어리버리 백수, 세상과 맞짱 뜨다

국립중앙도서관 출판시도서목록(CIP)

어리버리 백수, 세상과 맞짱 뜨다 : 전은강 장편소설 / 지은이: 전은강.
-- 서울 : 디오네, 2006
  p. ;   cm
ISBN 89-89903-87-4 03810 : ₩8800
813.6-KDC4
895.735-DDC21   CIP2006000643

어리버리 백수, 세상과 맞짱 뜨다

전은강 장편소설

디오네

1

 바퀴벌레가 너무 많다. 한 마리만 보여도 보이지 않는 곳에는 열 마리가 숨어 산다고 한다. 그런데 우리 집에는 수시로 보이니 그 수를 가늠할 수 없다. 나는 그중에서 내 눈에 띈 바퀴벌레 한 마리를 생포했다. 놈은 느긋하게 여유를 부리며 내 앞을 한가롭게 걸어가고 있었다. 그 느린 동작이 내 머리의 회전속도를 닮았다. 그래서였는지 문득 어린 사촌 동생이 부르던 동요가 생각났다.
 "우체부 아저씨는 코가 손이래, 과자를 주면은 코로 받지요."
 유치원에 다니는 녀석이었다.
 나는 그 노래가 틀렸다는 것을 알아내기까지 한참의 시간이 걸렸다. 나와 나란히 서서 그 노래를 들으며 키득거리는 친척 동생들의 모습이 의아할 뿐이었다.
 친척 동생들은 어이없다는 표정을 지으며 내게 그 노래가 어딘가 이상한 것 같지 않냐고 물었다. 나는 지극히 정상적으로 들렸으므로 뭐가 이상하냐고 되물으며 그들을 멀뚱멀뚱 쳐다보았다.

"형 귀에는 저 노래가 정상으로 들린다는 말이지?"

친척 동생들 중의 하나가 내게 물었다.

"음정 좋고 박자 좋고……, 뭐가 문제야?"

나는 그들의 나를 바라보는 야릇한 눈빛의 의미를 이해하지 못하여 어리벙벙했다.

"오빠, 유치원 안 나왔지?"

친척 동생들이 놀리고 있다는 것쯤은 나도 알 수 있었다. 하지만 내가 왜 그들의 놀림감이 되고 있는지는 여전히 모르고 있었다.

"유치원 나오면 저 노래가 비정상적으로……?"

'들리겠구나!'라고 나는 남은 말을 마음속으로 마저 했다. 이의를 제기하는 도중에 286 원시 컴퓨터를 닮은 내 머리가 드르륵 소리를 내며 작동을 시작했기 때문이다. 나는 너무 늦게 그 노래의 오류를 찾아낸 내 머리가 원망스러웠다. 노래를 이상하게 불러서 내 아이큐가 적정 수준 미달임을 많은 사람에게 광고하도록 만든 그 녀석도.

코로 과자를 받는 것은 우체부 아저씨가 아니라 코끼리 아저씨였다.

나는 머리가 둔한 탓에 이미 친척 동생들로부터 어처구니없는 형, 오빠가 되어 있었다. 그때부터 친척 동생들은 나를 부를 때마다 형, 오빠 앞에 이름 대신 '8비트(bit)'를 붙였다.

내 두뇌를 펜티엄 시대의 8비트로 만든 그 얄미운 녀석. 내가 마당에 서서 녀석이 고립되기만 기다리고 있을 때였다. 드디어 친척 동생들은 집 안으로 들어가고 녀석과 나만 마당에 남게 되었다. 녀석은 이제 깊은 악마의 숲에 홀로 남게 되었다. 녀석도 그게 불안했던 모양이다. 내 앞에 허리를 구부리고 놀던 녀석이 갑자기 일어서서 집 뒤쪽을 향하여 뛰어갔다.

"원위치!"

나는 뛰어가는 녀석을 향해 힘차게 소리쳤다. 녀석이 내 손아귀를 빠져나가도록 그냥 둘 수 없었다. 하지만 녀석은 내 말이 들리지 않는지 뛰는 발걸음에 제동을 걸지 않았다.

"어딜 가, 원위치하라는데?"

내가 녀석을 향해 다시 위협적으로 소리쳤다. 그제야 녀석은 삑ㅡ, 브레이크를 걸어 달리던 발걸음을 멈추고 나를 돌아보았다.

"......?"

녀석은 원위치할 생각은 않고 왜 그러느냐는 물음표를 표정에 달아 물끄러미 나를 쳐다보았다.

"원위치 몰라? 원위치."

내가 다시 소리쳤다.

"얘, 어린애한테 영어로 말하면 알아듣니?"

나는 깜짝 놀라서 뒤를 돌아보았다. 언제 나왔는지 작은아버지가 등 뒤에 서 있었다.

"이리 되돌아오란 말이야."

나도 순간적으로 '원위치'가 영어라고 여겼던 모양이다. 응? 그런데 그 단어가 영어였던가? 언뜻 생각하기에는 그런 것 같기도 하고······.

내가 그 말이 영어가 아니었음을 깨달았을 때 녀석의 아버지는 이미 신발을 신고 저 멀리 걸어가고 있었다. 부전자전이라더니, 녀석의 아버지도 녀석과 똑같은 수법으로 나를 속였다.

나는 내 앞으로 다가온 녀석의 손에 들린 과자를 발견했다. 녀석이 그것을 손에 꽉 움켜쥐고 있는 것으로 보아 애지중지 아끼던 것이 분명했다. 내가 그것을 빼앗아버리면 녀석은 상당한 심적 고통을 느낄 것 같았다.

"그거 뭐야?"

나는 녀석의 과자 쥔 손을 손가락질하며 다가섰다. 아마도 나는 속에 든 흉악하고 파렴치한 음모를 숨기고 인자하면서도 포근한 미소를 지었을 것이다.

"과자."

녀석은 수상쩍은 표정으로 내 동태를 살피며 슬슬 뒷걸음질을 쳤다.

나는 잽싸게 몸을 날려 녀석의 손목을 낚아챘다. 그리고 과자를 빼앗기지 않으려 더욱 힘을 가하는 녀석의 손가락을 강제로 펼쳤다. 나는 녀석의 손바닥에 놓인, 꿀이 발라져서 반질반질 빛나는 먹음직스러운 과자를 강탈했다. 그것을 얼른 입에 던져 넣고는 꼭꼭 씹어서 보란듯이 꿀꺽 삼켰다.

이제 녀석이 울음을 터트릴 차례였다. 그러나 어찌된 일인지 녀석은 멀뚱멀뚱 나를 쳐다보고만 있었다.

"와, 맛있다!"

나는 녀석의 심적 고통을 더욱 가중시키기 위해 감탄사를 연발하며 혀를 날름 내밀어 보였다. 그런데도 녀석은 눈물 떨어뜨릴 생각은 하지 않고 한참 동안 더 멀뚱거렸다. 나는 녀석을 더욱더 고통스럽게 만들 요량으로 입 안에 남은 과자 부스러기를 쪽쪽 빨아서 마저 삼켰다.

"그거……, 개 줄 건데."

내가 침으로 입 안을 깨끗이 씻어 넘기는 것을 바라보던 녀석이 느릿느릿 말했다.

"뭐?"

"저기 개똥 옆에 있는 거 주운 건데."

녀석은 개똥 옆에 뒹굴던 과자를 발견하고는 그것의 원래 임자는—개똥 옆에서 뒹굴고 있었으므로—개라고 생각했나 보다. 그래서 그것을 원주인에게 돌려주기 위해 개가 있는 뒤뜰로 뛰어가고 있었던 모양이다.

"그럼 진작 말했어야지, 인마!"

경악하며 내가 소리쳤다. 나는 녀석의 머리통에 꿀밤을 '꽝' 먹이지 않을 수 없었다. 어쩐지 구린 냄새가 나는 것도 같고…….

녀석은 내게 머리를 쥐어박히고도 싱글싱글 웃고 있었다. 진정 녀석은 나보다 한 수 위였다. 녀석이 내 천적인 것이 분명했으므로 나는 멋진 보복의 꿈을 접고 무릎을 꿇어야 했다.

어쨌거나 나는 지금 바퀴벌레를 잡았고, 그 처리 방법에 대해 생각하고 있다.

나는 놈이 바퀴벌레라서 잡은 게 아니었다. 너무 건방지기에 체포했다. 우리 집에 들어와 기생하는 주제에 자기가 주인인 양 행세했다. 주제를 알았다면 내 앞에서 그토록 느긋하게 걸어가지는 않았을 것이다.

너무 편하게 살도록 내버려두니 이젠 이 집이 자기 집인 줄 착각하고 있다. 나는 놈에게 사형을 선고했다.

주제 파악을 못한다고 사형까지 시키는 것은 너무 가혹한 측면이 있다. 그러나 인간인 나도 주제 파악을 못했다가 심하게 얻어맞은 적이 있다.

중학생일 때였다. 국어 선생님은 교과서의 어떤 내용을 읽어주고서 내게 주제가 뭐냐고 물었다. 내가 대답하지 못하고 우물쭈물하자 교단 앞으로 나오라고 했다. 그는 교단 앞으로 걸어나간 내게 주제를 모른다고 나무라지 않았다. 고개를 떨구고 있는 내게 얼토당토않게 사탕 뱉으라고 소리쳤다. 내가 그때 무의식중에 혀로 볼을 밀어내어 볼록 튀어나오도록 하고 있었던 모양이다. 부끄러울 때마다 나오는 버릇이었다. 그것을 보고 선생님은 사탕을 문 것으로 오해했다.

당시로서는 영문을 알 수 없었던 내가 무슨 말이냐는 표정으로 고개를 들었다. 그런데 그 선생님은 한가롭게 놀고 있는 입을 두고 주먹으로 그 이유를 설명했다. 입 안에 새콤한 피 맛이 퍼졌다. 나는 찢어진 듯한 입 안의 볼을 혀로 더듬어보았다. 벗겨진 껍질이 볼 안쪽에 너덜너덜하게 달려 있었다. 순간 나는 「껍데기는 가라」는 신동엽의 시를 떠올렸다. 그래서 껍데기를 보내버리려고 혀로 그것을 긁어냈고 씹어서 삼키려 했다.

"이 새끼가 맞으면서도 사탕을 빨아?"

혀로 다시 볼을 더듬었던 것이 더욱 화를 불렀다. 국어 선생님은 내가 꾸지람을 들으면서도 사탕을 빨고 있다며 더욱 세차게 볼따구니에 주먹질을 했다.

연거푸 다섯 대쯤 맞았다. 나는 벌건 대낮에 별을 바라보며 교실 바닥에 길게 드러누웠다. 누군가가 팔베개를 해주었지만 그가 누구인지는 알 수 없었다. 다만 포근한 여자의 품이 아니었던 것만은 확실했다. 국어 선생님이 여자가 아닌데다 남녀 합반도 아니었다. 그러므로 그때의 나의 별 감상은 별로 낭만적이지 못했다.

물론 그 선생님은 주제 파악을 못했다고 나를 그토록 심하게 혼내지는 않았다. 그러나 그 원인을 제공한 것은 분명 주제 파악이었다. 인간인 내가 주제 파악 때문에 그 난타를 당하였는데, 하물며 바퀴벌레야 당연한 사형감이 아닐 수 없다.

나는 바퀴벌레를 2층 내 방에서 창밖으로 던지기로 했다. 물론 내 머리가 8비트이기는 해도 아주 작동을 않는 것은 아니기에 그냥 떨어뜨려서는 죽지 않는다는 것 정도는 충분히 알 수 있었다. 나는 사각형 비닐 모서리마다 실을 묶고 낙하산을 만들어 놈의 목에 매달 생각이었다. 그리고 그 몸통에는 아버지의 낡은 전동 면도기를 달 계획이었다.

그 면도기는 고물이 되었는데도 아버지는 바꿀 생각을 않고 있다. 그것을 버릴 기회만 엿보던 내게 핑곗거리가 생긴 것이다. 그냥 버리는 것보다 바퀴벌레를 죽이는 데 사용했을 뿐인데 어쩌다 보니 버려진 것이라고 변명한다. 그러면 열 대 맞을 것 아홉 대만 맞아도 될 것 같았다. 즉, 바퀴벌레의 죽음이 내게 돌아올 책임을 분산시키는 데 일조할 수 있는 것이다.

버려야 할 면도기는 무게가 제법 나간다. 던지면 빨리 떨어진다. 그러나 낙하산은 그 반대의 특성을 지니고 있다. 목은 낙하산, 몸통은 면도기에 묶인 바퀴벌레는 낙하산과 면도기의 상대적 특성 사이에서 고민하지 않을 수 없다. 그 갈등은 바퀴벌레의 목을 길게 쭉 늘어뜨릴 것이다. 그러다가 인장력의 한계를 넘어서면 뚝 끊어지게 되겠지.

물론 바퀴벌레의 목이 생각보다 질길 수도 있다. 그래도 상관없다. 또 하나의 목적인 면도기를 버리는 데 성공한다면 바퀴벌레가 죽지 않는다고 해도 억울할 것 없다. 바퀴벌레가 엄청 힘이 좋아서 면도기를 끌고 우리 집으로 돌아오지는 않을 테니까.

그 면도기를 주운 사람이 바퀴벌레가 묶인 것을 보지 못하고 그냥 다 들고 가버리는 것이 최상이다. 그러나 내게는 별로 운이 따라주지 않으므로 그 기대에 운명을 걸지는 않겠다. 난감하지 않게 바퀴벌레가 떨어지는 도중에 죽어주거나 면도기를 주운 사람이 놈의 몸에 묶인 실을 완력으로 잡아당겨서 놈을 동강 내고 면도기를 가져가면 대체로 성공적이다.

나의 숨은 잔혹성을 드러나게 한 것은 초조함이었겠지만 바퀴벌레 또한 죽어야 할 운명인 것이 틀림없다. 내 속이 시커멓게 타들어가고 있는 햇살 따사로운 오후에 놈의 발걸음은 한없이 느렸던 것이 탈이다.

나는 낙하산을 탈 수 있는 바퀴벌레가 차라리 부러웠다. 공수특전단 출신은 아니었지만 나는 정말이지 낙하산이라도 타고 싶었다. 그래서 비굴한 방법인 것을 알면서도 큰아버지의 절친한 친구 분이 경영주인 벤처기업에 입사 지원서를 넣었다. 그 회사에서 내게 찢어진 낙하산이라도 지급하도록 큰아버지가 친구 분에게 압력 넣을 기회를 주려는 것이었다.

 필기 시험은 내 실력으로 통과했다. 면접에는 큰아버지의 입김이 살짝 작용했을 것이므로 나는 여느 때보다 큰 기대를 걸고 소식을 기다렸다. 그러나 '늦어도 그날까지'의 '그날'이 되었음에도 나를 찾는 전화는 없었다.

 그들이 '그날'을 잊은 것은 아닐까. 애간장이 타는 시기를 넘겨 이젠 비참한 현실 앞에 울분이 치솟았다. 나는 나의 터질 것 같은 울화를 바퀴벌레에게 투사하기로 했다. 그래서 기꺼이 면도기와 바퀴벌레와 낙하산을 실로 서로 연결했다.

 그 면도기는 아버지만 쓰는 것이 아니었다. 나도 쓰고 내 여동생도 쓴다. 나도 그렇지만 여동생도 좋은 면도기로 진화가 미진한 부분의 털을 밀고 싶을 것이다. 그러니 그 애가 나의 행위를 두둔할지도 모른다는 기대 또한 가져본다.

 나와 내 동생의 간절한 소망을 모르지 않으면서도 철망이 부서져서 자칫 잘못하면 살이 베이는 그 면도기를 아직도 버리지 않는 아버지는 털이 날 자격도 없다. 불쌍하게도 바퀴벌레는 그런 아버지의 굼벵이 습성을 닮았다.

 각오하라, 아버지를 닮아 급할 것이 없는 얄미운 바퀴벌레야. 아버지의 느린 행동 때문에 내가 당한 불이익이 너무 많다. 화장실 사용을 위한 대기시간은 물론이고, 식사 때에도 꼬르륵 소리가 나는 배를 움켜잡고 아버지가 숟가락을 들 때까지 기다리는 건 정말 고역이었다.

 아버지는 빨리 입에 넣어달라는 밥알들의 아우성을 들은 척도 않고 신문을 아주 천천히 읽으며 더욱 천천히 손을 움직여 숟가락을 든다. 그러고도 한참 동안 머뭇거리다가 숟가락을 국그릇에 넣고 천천히 휘젓는다. 그런 다음에 국물을 뜨긴 하지만 밥상 앞에서 뭐 하는 거냐는 어머니의 질타가 있을 때까지 숟가락을 들고서 신문을 계속 읽는다. 그러는 동안 나는 고픈 배를 달래려 침을 꿀꺽 삼키며, 아버지의 숟가락이 빨리 입으로 들어가길 간절히 고대하며 지켜보고 있어야 한다. 아버지의 숟가락이 국그릇에 들어갔다고 나도 숟가락을 들었다가는 내가 별로 달가워하지 않는 어머니의 숟가락이 내 이마를 애무한다.

아버지를 닮았다는 이유로 바퀴벌레가 더욱 미워진다. 어째서 나무늘보의 성격을 갖고 바퀴벌레로 태어났을까. 아버지처럼 차라리 인간으로 태어났더라면 사형은 면했을 것을.

그러고 보니 이건 형평성에 어긋난다. 아버지도 나무늘보를 닮아서 천하태평 바쁠 것이 없다. 그런데 왜 아버지에게는 사형을 선고하지 않는가.

아버지에게는 어머니가 있다. 아버지와 어머니는 '너무 느림'과 '너무 빠름'을 서로 섞어서 '너무'를 어느 정도 희석시킬 수 있다. 그렇기에 사형감은 아니다. 설사 사형감이라고 해도 내 능력으로는 때릴 수 있는 형량이 아니다. 능력을 망각하고 사형을 선고했다가는 아버지와 너무 달라 날쌘마미로 불리는 우리 어머니가 내 인생을 내 코에서 뽑은 고추장으로 잘 버무려 먹음직스러운 비빔밥으로 만든다.

어머니는 그 형태가 다 사라질 때까지 냄비로 나를 내리칠 것이다. 그리고 찌그러진 내 인생에 찌그러진 냄비를 덧씌워 내쫓겠지. 어쩌면 어머니는 인자하게도 냄비에 끈은 달아줄지도 모른다. 그 끈은 요긴하게 쓰일 것이다. 쫓겨난 나는 내 머리통을 작살낸 찌그러진 냄비를 앞에 놓고 지하철 계단에 앉아 있게 될 테니까. 내게 고통을 준 그 냄비에 의지한 채, 그 냄비만큼 찌그러진 몰골로 동냥을 구하면서도 어머니가 달아준 그 끈만은 놓치지 않고 꼭 움켜쥐고 있을 것이다. 바퀴벌레보다 야비한 어떤 놈이 냄비에 담긴 돈을 슬쩍하려고 손을 뻗으면 잽싸게 당겨야 하기 때문이다.

다행스럽게도 나는 아무리 사형을 때려도 냄비의 광란이 없을 바퀴벌레를 선택했다. 선택이 이루어진 이상 더 지체할 이유가 없다. 나는 포획한 바퀴벌레를 갖고 창가로 갔다. 비닐 낙하산과 면도기 사이에 놈을 매달아 창밖으로 던졌다.

내가 던진 낙하산은 내가 기다리는 낙하산 같지 않았다. 내 의도를 정확히 읽고 확실하게 자신의 임무를 완성했다. 그러나 나는 후련하지 않았다. 여전히 초조하고 불안했다. 이런 정서 불안 해소에는 약간의 어수선함과 소란이 도움이 된다.

나는 초조함과 불안감을 씻을 만한 '짓거리'를 찾아 집 안을 돌아다니다가 여동생의 방문을 열게 되었다. 그 방에서 바퀴벌레만큼 밉지만 바퀴벌레로 취급할 수는 없는 생물을 발견했다. 나보다 서열이 한참 높은 여동생과 나보다 서열이 최소 한 단계 이상은 높은 보신탕이었다.

노른자위로 불리는 배다른 여동생. 알을 낳아서 붙은 별명이 아니었다. 얄밉게 계란에서 노른자위만 쏙쏙 뽑아 먹은 후로 생긴 별명이었다. 큰집에서 지낸 제사 때였다. 그 애는 제사상에 올렸던 계란을 반씩 잘라놓은 것에서 속 알맹이만 모두 빼먹었다.

노른자위는 침대 위에 벌러덩 누워서 코를 드르릉드르릉 골고 있었다. 그 애의 옆에는 나의 장난감인, 어떤 때는 스트레스 해소용 생물인 '보신탕'이 그 애를 흉내 내듯이 벌렁 누운 자세로 잠들어 있었다.

"오잉?"

나는 히죽히죽 웃으며 예사롭지 않은 눈빛으로 보신탕을 바라보았다.

보신탕은 음식 이름이 아니다. 멍멍이의 이름이다. 살아 있는 멍멍이 이름을 보신탕이라고 지은 사람은 그 생물의 보호자이기를 자청한 노른자위였다. 노른자위는 어머니가 수시로 노리고 있는 보신탕거리에게 보신탕이라는 이름을 달았다.

어머니는 느림보 아버지가 건전지 다 닳은 장난감 로봇처럼 더욱 행동이 느려지는 것을 느낄 때마다 노른자위가 애지중지하는, 원래는 순돌이로 불리던 비숑 프리제(Bichon Frise)종 털북숭이 멍멍이를 바라보며 눈동자에 반짝 빛을 뿜었다.

"너희 아버지가 요즘 힘들어하시는 것 같지 않니?"

어머니는 김이 모락모락 피어오르는 보신탕의 알몸을 머릿속에 그리며 말하고 있었다. 놈의 몸에 김이 피어오르게 하기 위해서는 반드시 노른자위의 동의가 필요했던 것이다.

"아버지는 아이 만들 때에도 만들다가 놀다가 다시 만들다가 또 쉬다가……, 하지? 하긴, 그럴 만도 하지. 아이 만드는 일은 스피드가 중요한데 말야, 아버지에게서는 스피드라는 것을 느낄 수가 없잖아. 안 그래, 엄마?"

언젠가 어머니에게 그 말을 했다가 눈동자를 외출시킬 뻔했다. 너무 빨라 무엇이었는지를 볼 수는 없었지만 날쌘마미의 육체 중 일부가 내 뒤통수에 다녀갔다. 나는 불길한 예감이나 고통 따위를 느낄 여유도 없이 본능적으로 두 손바닥으로 눈알부터 감싸 쥐어야 했다.
　"더 늙으면 고기가 질겨질 텐데……."
　어머니는 안타까운 눈빛으로 노른자위를 바라보며 동정을 구했다.
　"엄마!"
　노른자위는 그런 어머니를 대할 때마다 눈에 힘을 주고 빽 소리쳤다. 엉뚱한 생각을 품지 말라는 경고였다. 그런 일이 반복되자 그 애는 사람의 애칭을 돌바위, 돌쇠, 마당쇠, 돼지 등으로 천하게 지으면 오래 산다는 옛 어른들의 가르침을 참고하여 원래는 순돌이였던 개 이름을 보신탕으로 바꾸었다. 그래서 가엾게도 놈은 살아서 통통통 튀어 다니는 보신탕이 되어야 했다.
　보신탕은 개 팔자가 상팔자라는 말을 증명하며 늘어지게 낮잠을 즐기고 있었다. 그냥 잠만 잤다면 놈의 가여운 이름을 떠올려서라도 일말의 동정심을 발휘할 수 있었을 것이다. 놈은 자기가 인간인 줄 아는지 몸을 벌렁 까뒤집고 누워 있었다. 뿐만 아니라 뒷다리를 세워서 척 포개고 있었다.
　개라면 마땅히 엎드려서 잠을 자거나 모로 누워서 자야 그 신분에 걸맞다. 아무리 노른자위가 예뻐해준다고 해도 그렇지, 개 주제에 감히 안락한 침대 위에서, 그것도 벌러덩 까뒤집어져서 낮잠을 즐기다니. 인간인 나보다 개가 더 행복하다는 것은 사리에 맞지 않았다.

"이런, 주제넘은 개새끼 하고는……."

나는 구석에 숨어서 내 눈치를 살피며 좌불안석해야 마땅할 개가 너무 편안한 모습인 것이 배 아팠다. 그래서 보신탕에게도 제 주제를 일깨워주기로 했다.

나는 발소리를 죽이고 살금살금 다가가 조용한 손길로 놈을 끌어안았다. 놈은 내가 예뻐해주는 것으로 착각했다. 처음에는 어떤 놈이 귀찮게 단잠을 깨우느냐는 듯 한쪽 눈만 살짝 뜨고서 나를 쳐다보았다. 그러나 내가 머리를 쓰다듬어주자 생긋 웃는 얼굴을 하며 다시 눈을 감았다. 내 품에 안겨서 남은 잠을 마저 즐기겠다는 계산일 터였다.

나는 보신탕을 안고 살며시 노른자위의 방을 빠져나와 내 방으로 건너갔다. 놈은 여전히 눈을 감은 상태에서 게으른 하품을 한 번 했고, 혀를 길게 뻗어서 내 손등을 쓱 핥았다. 선물을 준비한 것이 있으면 어서 달라는 뜻이리라.

나는 놈을 안고 햇살 포근한 창가로 갔다. 놈이 흉악스러운 내 계획을 눈치 못 채도록 머리와 배를 쓰다듬어서 안심시켰다. 그러면서 천천히 청테이프로 다리를 감았다. 앞다리는 앞다리끼리 뒷다리는 뒷다리끼리 묶은 것이 아니라 다리 네 개를 한꺼번에 동였다.

그제야 놈은 뭔가 수상쩍다는 것을 느꼈는지 눈을 번쩍 뜨고 나를 쳐다보았다. 감히 이 무슨 해괴한 짓이냐고 소리칠 것 같은 표정이었다. 나는 그것 또한 마음에 들지 않았다. 그래서 콧구멍이 막히지 않도록 주의하면서 튀어나온 주둥이도 아래위로 동여버렸다. 이제 놈은 달아날 수도 소리를 쳐서 구원을 청할 수도 없다.

보신탕이 낑낑거리며 앓는 소리를 냈다. 얼굴도 위협적이던 표정에서 불쌍한 표정으로 바뀌었다. 무슨 죄가 있어 이러는 거냐고 묻는 것 같은 그 눈빛이 애처로워서 잠시 내 마음이 약해졌다. 그러나 놈은 팔자가 늘어졌다. 세상 근심걱정 없이 마냥 행복한 표정으로 잠들어 있었다. 그 모습이 다시 떠오르면서 잠시 일었던 나의 동정심은 거품처럼 사라졌다. 하루도 맘 편하게 살지 못하는 백수의 처지를 안다면 내 앞에서 그렇듯 팔자 늘어지게 낮잠을 즐기지는 않았을 것이다.

취직도 못하는 주제에 밥은 꾸역꾸역 잘도 입에 퍼 넣는다는 구박과 함께 밥상머리에서 숟가락으로 이마를 맞아본 사람만이 내 아픔을 안다. 어머니에 의해 쌩— 허공을 가르며 날아온 숟가락의 볼록한 부분이 반질반질한 과녁에 딱 소리를 내며 꽂히면, 아야 소리도 내기 전에 주르르 볼을 타고 흘러내리는 물기의 그 축축함을 먼저 느껴야 했다. 그 물기는 입에 물었던 숟가락을 타고 입 안으로 흘러든다. 눈물 젖은 밥을 먹어본 사람이라면 익히 알겠지만 그것은 간이 딱 맞아서 밥과 함께 씹으면 달리 반찬을 추가하지 않아도 달착지근하게 입에 착착 달라붙는다. 덕분에 식욕은 더욱 당기게 되지만 어머니의 눈총 때문에 더는 턱뼈를 놀릴 수가 없다. 슬그머니 숟가락을 내려놓고 자리에서 일어나야 하는 상황인 것이다.

어머니는 내가 일어서기 무섭게 밥그릇을 회수하여 보신탕 밥그릇에 엎어버린다. 나와 똑같이 하는 일 없이 놀기만 하면서도 보신탕은 밥을 얻어먹고 나는 굶었던 적이 한두 번이 아니었다. 늘보 아버지의 야간 행군이 시원찮은 날 아침이면 으레 치르는 행사였다.

그럴 때면 옆에서 지켜보는 아버지는 가엾게도 한껏 기가 죽어 있었다. 간밤에 군화 대신 장화를 신고 질퍽거리는 뻘밭을 흐느적거리며 진군했지만 '포복 앞으로'도 하나 제대로 못하는 고문관인 탓에 교관의 분노만 샀다. 그래서 왜 죄 없는 아들을 구박하냐고 감히 말하지 못했다. 기저귀를 떼지도 않은 나를 맡아 이만큼이나마 키워준 새엄마였다. 다른 여자가 낳은 자식인 내게 남들이 손가락질하지 않을 정도의 정성은 쏟아서 키웠다. 그렇기에 아버지는 자기 배 아파 낳은 자식이 아니라고 편애하는 거냐고 어머니에게 따질 수도 없었다. 다 나 때문이라고 자책하는 눈빛으로 애처롭게 나를 쓰다듬을 뿐이었다.

나와 아버지의 그러한 설움에 상관없이 보신탕은 내 눈물로 알맞게 간이 밴 그 밥을 씩씩하게 먹어 치우곤 했다. 눈물 젖은 밥은 정말 맛있다. 그 맛있는 밥을 한 톨도 남기지 않고 홀라당 닦아 치우던 보신탕. 그때 조금이라도 남겼다면 내가 죄책감 전혀 없이 놈을 학대하지는 않았을 것이다.

나는 먼저 보신탕의 입가에 난 수염을 뽑으며 죄목을 알렸다. 딱 한 가닥의 수염을 뽑았을 뿐임에도 놈은 무척 괴로워했다. 내 짐작보다 고통이 심했던 모양이다. 하지만 놈은 소리를 낼 수 없었다. 소리를 질러 구원을 청하려고 목에 힘을 주어보지만 개구리도 아닌 것이 배만 볼록거렸다. 입이 막혀 있었기 때문이다. 놈은 뒤늦게 그 사실을 간파하고 코로 바람을 내어 구원의 소리를 만들어보려 했다. 그러나 코에는 성대가 없으므로 놈은 만족할 만한 성과를 얻지 못했다. 콧방귀를 뀌는 것 같은 소리만 피식피식 날 뿐이었다. 그 정도의 소리는 나 외의 그 누구에게도 미치지 못한다.

 물론 내 방문은 자위하는 소리까지 빠져나갈 정도로 방음이 허술했다. 그 때문에 내가 당혹스러웠던 적이 한두 번이 아니었다. 그 소리를 들은 어머니는 아버지를 시켜 자위를 자제하라고 주문했다. 백수가 딸딸이 치는 것은 에너지의 과소비에 해당한다는 것이 어머니의 주장이었다. 그렇지만 지금은 놈의 소리가 방문을 뚫고 밖으로 새어나가 봤자 아무 소용없다. 어머니는 외출 중이었고, 놈의 구원자인 노른자위는 지금 잠들어 있다. 놈이 내는 소리가 노른자위에게 미친다고 해도 그 애의 깊은 잠을 뚫고 들어가 의식을 흔들기에는 역부족이다.

 만일 보신탕이 그 정도에서 소리 내는 것을 포기했다면 나도, 그리고 놈도 최악의 경우는 모면할 수 있었다. 불행하게도 놈은 자기가 인간인 줄 안다. 잔머리가 만만찮게 돌아가는 개인 것이다. 놈은 자신의 몸에 난 구멍 중에서 입 다음으로 큰소리를 내는 구멍을 이용하여 구원을 청하려고 시도했다.

 "뿌~웅."

 이게 뭐야. 나는 기가 막히고 어이가 없어서 멍하니 놈을 바라보았다. 앞으로 난 구멍을 포기하고 뒤로 난 구멍으로 소리를 내다니……. 그러나 굉장한 힘을 주어 내지른 쌍바윗골의 함성 또한 놈이 의도한 목적을 이루기에는 태부족이었다. 노른자위가 잠이 깨었다면 족히 들었을 소리였으나 그 애는 지금 보신탕이 사라진 줄도 모르고 단잠에 빠져 있다.

 나는 내심 미안한 마음이 없지 않았다. 단지 수염 하나를 뽑았을 뿐임에도 놈이 심하게 괴로워했기 때문이다. 그렇지만 나는 그 정도에서 놈을 용서하고 풀어줄 수가 없었다. 놈의 꽁무니에서 풍겨오는 진한 박하 향.

"욱, 지독해."

나는 코를 움켜쥐었다. 그리고 좌변기 위에서 끙끙거리던 노른자위와, 그 옆의 신문지 위에 쭈그려 앉아 같이 끙끙거리던 보신탕을 떠올렸다. 둘은 변비였다. 요 며칠 동안 같이 화장실에 앉아 끙끙거렸지만 좋은 결과를 보지는 못한 듯했다. 그렇게 몇 날 며칠 삭힌 내용물에서 얻어진 가스를 놈이 내 방에서 분출했다. 냄새가 너무 역겨워서 구역질까지 일었다.

놈이 노린 것은 방귀 소리가 아니라 이것이었을지도 몰랐다. 놈은 한 번 더 스컹크 흉내를 내어 나로 하여금 어쩔 수 없이 풀어주게 할 것 같았다. 그래서 나는 놈의 항문을 막아버리기로 했다.

나는 똘똘 만 휴지를 보신탕의 항문에 밀어 넣어 꽉 막았다. 그 다음 놈의 배를 눌러서 똥꼬에 박은 휴지를 총알처럼 발사되고, 그 날아간 휴지가 목표물을 맞히게 하려고 했던 것은 아니었다. 다만 돋보기로 놈의 콧등이나 좀 구워볼까 생각했을 뿐이었다. 그러면 놈이 그 고통을 다시 방귀로 표출할 것이고, 놈의 똥꼬는 총알을 발사할 것이었다. 그 총의 위력을 확인하고 싶었다.

그전에 놈이 배출한 가스가 빠져나가게 방문을 활짝 열어둘 필요가 있었다. 그래서 나는 놈의 항문을 앞으로 향하게 하여 옆구리에 끼고 걸어가 방문을 열게 되었다. 그런데 하필 그때 외출했던 어머니가 현관에 들어서고 있었다.

 얼떨결에 일어난 일이었다. 나는 갑작스런 어머니의 등장에 깜짝 놀랐다. 그 때문에 나도 몰래 그만 보신탕을 낀 팔에 힘을 꽉 주고 말았다. 보신탕의 배를 꾹 눌러버린 꼴이었다.

 보신탕 똥꼬에서 '뽕' 소리가 났고, 총알이 발사되었다. 그런데 또 하필이면 날아간 그 총알이 어머니의 얼굴에 가서 맞았다.

 "킁킁. 이게 무슨 냄새야. 야, 너 또 무슨 짓을 한 거야?"

 손바닥으로 총알 맞은 얼굴을 쓸어 냄새를 맡아본 어머니가 입술을 꽉 물고 나를 째렸다. 나는 얼른 어머니의 눈길을 피했다.

 이제 곧 어머니는 냄비를 찾으러 주방으로 갈 것이다. 그리고 그 냄비로 뼈가 부스러지도록 나를 내리쳐서 분노를 표출할 것이다. 거기에 더하여 보신탕에게 가한 해코지까지 알게 된다면……, 나를 마당에다 묶어두고 개 사료를 먹일지도 모른다. 어쩌면 모양새를 제대로 내기 위해 꼬리도 하나 만들어 붙일지도 모른다.

 그 정도는 그래도 참을 수 있다. 그렇지만 개집까지 만들어주어 내가 거기서 잠을 자야 한다면 너무 비참할 것 같다. 아래층에 세 들어 사는 사람들이 지날 때마다 내 앞에 과자 하나씩은 던져주겠지. 그러나 기분이 좋지 않을 때에는 발길질도 할 것이다.

 나는 증거인멸을 위해 옆구리에 끼고 있던 보신탕을 얼른 버렸다. 어머니가 미처 사태를 파악하지 못한 틈을 타 그 옆을 잽싸게 빠져나갔다. 그리고 달렸다. 신발도 신지 않고 무작정 앞만 보고 뛰기 시작했다.

 "게 섰거라!"

어머니가 소리쳤지만 나는 뒤를 돌아보지 않았다. 있는 힘껏 뛰고 있었지만 내 발걸음이 너무 느리게 느껴졌다. 어머니가 달려와서 금방이라도 내 목덜미를 잡을 듯한 기분에 자꾸만 목이 뒤로 젖혀졌다. 어머니의 발걸음 소리가 등 바로 뒤에서 들리는 것 같기도 했다.

더 빨리 뛰고 싶었지만 나의 풀린 다리는 이미 흐느적거리고 있었다. 나는 누군가가 큰 폭죽을 내 똥꼬에 박아 도화선에 불을 붙여주길 간절히 원했다. 그래서 그 폭발력을 추진력으로 이용할 수만 있다면…….

2

　백수는 최소한의 인간이다. 작아지고 싶어서가 아니라 주변인의 경멸에 의해 작아진 인격체이기에 인간적인 삶이 불가능하다. 온전한 인간으로 인정받지 못하는 인간군에 속하므로 백수에게는 사랑도 사치이며 허영이다. 이것이 나도 모르는 사이에 세상의 평범한 상식이 되어버린 것 같다.
　그렇게 생각하지 않으려 해도 배다른 여동생은 어쩔 수 없다는 생각이 들 때가 있었다. 나의 허물을 감싸주고 결점도 보완해줘야 할 노른자위가 내 여동생이라는 신분을 망각하고 나의 허물을 들추어 상처를 입힐 때가 그런 경우이다. 그 아이는 불쾌하게도 백수 주제에 무슨 사랑 타령이냐며 콧방귀를 뀌었다.
　노른자위뿐만 아니라 어머니도 마땅찮은 표정이었다.
　"이력서에 추가할 항목은 못 만드는 놈이 쓸데없는 짓은 잘도 해요. 아쟈씨, 여자 만나 시시덕거릴 시간이 있거들랑 나가서 알바나 좀 하시지요. 엄마 부업하는 거나 좀 돕든가."

어머니의 그런 반응이야 예상을 했다. 그러나 아버지마저 눈을 흘길 줄은 몰랐다. 그 느린 동작으로도 할 수 있는 사랑을 백수는 할 수 없다는 것은 불공평하다.

백수란 세상에서 가장 빈곤한 인간군인지도 모른다. 살인자와 조폭 두목도 하는 사랑이지만 백수는 할 자격이 없는 것 같다. 아무리 최소한의 인간일지라도 씨 뿌릴 권리까지 박탈당해야 하는 것이라면, 그러잖아도 좋은 눈길 받지 못하는 우리 백수들이 너무 가엾다. 백수의 사랑, 그것이 또 나를 울린다.

우리 가족만 그러는 것이 아니었다. 백수가 아닌 대부분의 사람들은 내게 사랑하는 여자가 생겼다고 말하면 같잖은 표정으로 웃음을 흘린다. 그들이 흘리는 웃음에서는 비린내가 풍긴다. 생선의 비늘보다 더 비린 그 웃음은 나를 적잖게 불쾌하게 만든다. 그러나 백수는 최소한의 인격만 인정되므로 불쾌한 반응을 보일 수 없다. 불쾌감을 감추고 억지 웃음을 지으며 그 자리를 뜨는 것이 최상이다.

내 사랑은 영등포역 앞에 누가 흘린 것을 주운 것이 아니었다. 자판기에서 뽑은 것도 아니었다. 그것은 어느 날 스스로 내게 찾아왔다.

노른자위가 나를 백수라고 무시하기는 하지만 때론 도움을 줄 때도 있었다. 이번에도 그 애는 내 사랑을 먼지처럼 묻혀 와서 내게 옮겼다.

노른자위가 여태 친구랍시고 데려온 여자들 중에는 내 마음을 끄는 여자가 없었다. 제 오빠를 보신탕 아랫것으로 취급하는 노른자위가 내 흑심이 먹히지 못하도록 까마귀만 데려왔던 것은 아니었다. 그렇지만 노른자위와 어울려 다니는 여자들인지라 내 눈에는 모두가 까마귀로 보였다. 그런데 어쩌다 보니 그 애의 친구가 백로로 보이는 별일도 생겼다. 바로 그 백로가 내 사랑의 주인이 될 '하자'였다.

하자소녀는 늘 침착하고 차분했다. 그러나 때때로 엉뚱한 짓을 해서 사람들을 놀라게 했던 것이 그녀의 친구들에게는 보수공사가 필요한 자기모순으로 비쳤다. 이를테면, 여자인 주제에 여교수 치마 밑을 보겠다고 거울을 들이밀어 치명적인 하자를 드러내는 일이 그런 것이라고 노른자위는 설명했다. 그래서 그녀의 친구들은 그녀를 '보수'가 아닌 '하자'로 부르게 되었다.

"어떻게 보면 오빠랑 비슷한 하자가 있으니 오히려 잘 어울릴지도 모르지. 하지만 둘이 붙어 다니는 꼴을 보면 내 눈꼴이 시릴 것이기에 그 애랑 사귀는 건 허락할 수 없어."

노른자위는 강력하게 반대했다. 그렇지만 나는 하자소녀가 꼭 마음에 들었다.

하자소녀는 노른자위와 특별히 친하게 보이지는 않았는데, 방귀를 붕붕 뀌고 침 질질 흘리며 낮잠에 빠진 노른자위 옆에 오도카니 앉아서 독서에 열중인 모습이 내가 처음 본 그녀의 모습이었다.

"어, 친구가 와 있었네?"

실수인 척하고 노른자위의 방문을 활짝 열어젖힌 나의 연기 실력은 프로급이었다.

나는 취업 박람회에 간다는 거짓말로 어머니에게 용돈까지 받아서 집을 나와 PC방으로 직행했다. 그리고는 취업 박람회와 아무런 상관이 없는 18세 이하 출입금지 구역에서 죽쳤다. 그러다가 저녁때가 다 되어 집에 돌아왔는데, 현관에는 못 보던 여자 운동화가 놓여 있었다. 나는 직감적으로 노른자위가 친구를 데려왔다는 것을 알았다.

치마와 바지는 서로를 자석처럼 끌어당기거나 밀치는 묘한 에너지를 지녔다. 특히 나처럼 충전이 넘치는데도 에너지를 소비할 곳이 없는 바지는 치마의 자력에 맥을 못 춘다. 못된 여동생의 친구라고는 하지만 그것이 눈요기의 불충분 조건에 해당하지는 않는다.

나는 치마를 입고 넓적다리 쩍 벌린 채 널브러져 있을 여자를 기대하며 발소리를 죽이고 노른자위의 방문 앞으로 다가갔다. 노른자위의 친구가 벼락같이 화를 낼 경우에 대비하여 '어, 친구가 와 있었네?'라는 멘트도 미리 준비하는 치밀함을 보였다. 어쩌면 노팬티의 횡재를 만날지도 모를 일이었다. 그래서 다리 오므릴 시간을 주지 않기 위하여 힘껏 문을 열어젖혔다. 그러나 내 눈앞에는 기대치에 턱없이 모자라는 흰 바지 차림의 여자가 다소곳이 앉아 있었다.

나의 기습에도 불구하고 하자소녀는 조금도 놀라거나 당황하지 않았다. 미리 문이 열릴 것을 짐작하고 있던 것처럼 태연하게 읽던 책에서 눈길을 거두었다. 그리고 실망감을 감추지 못하며 "어, 친구가 와 있었네?"라고 멋쩍게 말하는 내 얼굴을 빤히 쳐다보았다.

"노른자위 오빠세요?"

그녀는 남자가 여자 방의 문을 거리낌 없이 열어준 것이 달갑지 않았을 텐데도 웃는 얼굴이었다. 오히려 내가 얼떨떨해져서 얼빵한 모습으로 고개를 끄덕였다.

그녀는 어깨를 움츠리며 킥 웃었다. 내가 가진 '여자는 앙큼하다'는 상식이 빗나가는 순간이었다. 나는 그녀의 그 웃음을 멍청함이 귀엽다는 표현일 것이라고 해석했다. 그러나 그것은 나의 잘못된 짐작이었다. 그녀는 나를 멍청하게 보지 않고 귀엽게만 봐주었다.

그녀는 이미 노른자위로부터 나에 관한 정보를 입수하였다. 노른자위에게 백수 오빠가 있는데 혼자서도 심심찮게 잘 논다는 얘기를 듣고는 기대 반 호기심 반으로 은근히 나를 기다렸다. 그런데 막상 얼굴을 보니 생각보다 귀엽다는 결론을 얻었고, 그 결론에 만족하여 그런 웃음을 흘렸다. 나중에 그녀에게 직접 들어서 확인한 내용이다.

"견공들의 수배를 받고 있는 그 오빠지요?"

그녀는 노른자위가 활동 중인 애완견 인터넷 동호회에서 배포한 수배 전단지를 보고 말하고 있었다. 동물을 학대한 죄로 나를 공개 수배한다는 내용이었다. 고발자는 견공들로, 피해자는 보신탕으로 되어 있었다. 전국의 견공들은 나를 보는 즉시 물어버리라는 강력한 메시지가 포함되어 있었다. 흉악 범죄 전과자처럼 죄수복 차림의 상반신 사진도 실렸다. 노른자위가 사진을 합성해서 올려놓았다.

나는 하자소녀의 그 질문을 받고서, 그녀가 보신탕 보호 위원회에서 파견한 체포조일 거라고 짐작했다. 그래서 대답을 머뭇거리다가 얼른 열었던 문을 도로 닫았다. 그리고 뒤돌아서서 줄행랑을 놓았다. 노른자위를 보면 짐작이 가듯이, 애완견 동호회 악바리들에게 잡히면 자못 심각한 고초를 겪을 것이었다.

똥꼬총알 사건으로 나는 이미 사흘 동안 집에 들어가지 못하고 바깥을 떠돌아야 했다. 배가 고파 자진 귀가를 했다가 어머니로부터 보신탕의 1미터 내 접근 금지 명령과 함께 냄비 타작을 당했다. 그리고 나를 찌그러지게 한, 내 인상만큼이나 찌그러져 버린 양은냄비를 머리에 쓰고 보신탕 앞에 꿇어앉아 사과하며 용서를 구했다. 수염도 열 개나 뽑혔다. 새 면도기를 사야 하므로 용돈도 줄었다. 뿐만 아니라 노른자위에게는 허벅지를 꼬집혔다. 아버지로부터 보신탕과 아무 상관이 없는 컴퓨터의 사용 금지 명령도 받았다. 꼭 필요한 경우에는 노른자위나 어머니의 입회하에 컴퓨터를 사용할 수 있다는 예외 규정이 붙었다.

사실 아버지가 보신탕 때문에 내게 컴퓨터를 못하도록 조치한 것은 아니었다. 아버지는 노른자위 방에 놓인 컴퓨터를 그 애가 학교 간 사이에 내가 사용하는 것에 대해서는 이의를 달지 않았다. 그렇지만 내가 다 큰 처녀인 노른자위 방에서 문을 잠그고 18세 이하 금지구역에 드나드는 것은 달가워하지 않았다. 그러던 것이 마침 보신탕 해코지 사건으로 내게 벌칙을 내릴 일이 생기자 이때라는 듯이 컴퓨터 사용 금지 명령을 내렸다. 때문에 나는 집에서 편하게 드나들던 18금 구역을 PC방에 가서 남들의 따가운 눈총 받으며 드나들었다. 그러기 위해 어머니에게 취업 박람회 어쩌고 거짓말까지 해야 했다. 그곳에서 얻은 감동 때문에 특정 부위가 거북해졌고, 그것을 본 여자들의 따가운 눈총까지 곁들여 맞아야 하는 것이 가련한 요즘 생활이었다. 그런데도 아직 보신탕에게 해코지한 대가를 더 치러야 한다는 것은 너무 가혹하다.

보신탕 보호 위원회에서 파견한 체포조에 잡히면 나는 끝장이었다. 어쩌면 보신탕과 똑같이 똥꼬에 휴지를 박아 방귀로 총알을 쏘아 날리라는 끔찍한 벌칙을 내릴지도 몰랐다. 나의 개인적인 망신도 망신이려니와 나를 낳아 기른 아버지의 망신도 걱정하지 않을 수 없었다.

그러나 이상하게도 체포조로 추정되는 그녀는 나를 추격하지 않았다. 집에서 편안하게 기다리면 다시 들어올 것이라고 생각하고서 내가 돌아오기만 기다리고 있을 것 같았다. 나는 그런 체포조를 실망시키기 위하여 나는 그날 밤도 자취하는 지방 출신의 대학 동기인 이코노믹 애니멀(economic animal)의 방에서 샐러리맨의 우월감을 채워주며 새우잠을 자야 했다.

이코노믹 애니멀은 회사원이 벼슬이라도 된다는 듯 직장을 자랑했다. 나를 취업도 못하는 가여운 놈으로 비하하며 마음껏 비웃었다. 대학 시절 그가 하숙집 딸을 건드렸다가 쫓겨 다닐 때, 나는 우리 집에 그를 재워주면서도 유세하지 않았다.

'올챙이 시절을 생각하지 못하는 개구리 같으니라고……'

나는 마음속으로 욕하면서도 겉으로는 바보처럼 히죽 웃었다.

그런데 오해였다. 이튿날, 하자소녀는 또 노른자위를 따라서 우리 집에 왔다. 나는 꼼짝도 못하고 내 방에서 없는 척하고 숨어 있었다. 그것을 알았는지 그녀는 거실에서 큰소리로 노른자위에게 내 첫인상을 이야기했다.

"네 오빠 참 귀엽더라. 보신탕에게 했다는 짓도 좀 잔인하기는 했지만 귀엽지 않니?"

"너, 오빠 때문에 날 따라온 거지? 행여 그 동물 학대범하고 눈 맞출 생각이라면 애당초 접어라. 내가 가만두지 않을 거야."

노른자위의 경고였다.

"그게 너와 무슨 상관이게?"

"너에게도 좋지 않은 영향을 끼칠 게 뻔해. 그러니 친구로서 당연히 막아야 하지 않겠어? 생각해봐, 그 괴물이 네 애인이 되었을 때를. 인간 로켓을 발사하겠다며 널 발가벗겨서 똥꼬에 폭죽을 꽂고 창가로 던지고도 남을 인간이야. 그 모욕을 당하고도 날 원망하지 않겠다면 막지 않을게."

"원망하지 않아. 오히려 재미있을 것 같은데 뭘."

하자소녀가 확신에 찬 목소리로 냉큼 대답했다.

예상치 못한 반응에 당황하였는지 노른자위는 한동안 말이 없었다. 자신의 말이 경솔했다고 후회했을 것이다.

"너, 짐작보다 훨씬 더 엽기적이고 변태적이구나? 그 쓸모없는 인간을 만나다가는 너의 하자가 곱하기 되어서 너도 그 인간처럼 구제 불능이 될 거야."

"영화 보고 술 마시다가 시간 되면 그렇고 그런 순서로 흐르는 끈적끈적한 데이트는 질색이야. 내가 네 오빠랑 사귄다면 매우 활기차고 신선한 연애가 될 것이라고 생각해, 나는."

그녀가 나를 좋아한다는 것을 알았을 때, 나는 그 사실보다 그녀가 체포조가 아니었다는 사실이 더욱 기뻤다. 그 해방감에 숨어서 숨죽인 채 그녀들의 대화를 엿듣고 있었다는 사실조차 잊어버리고 '야푸' 환호성을 지를 뻔했다. 다행이 8비트 고물 뇌가 평소보다 일찍 작동을 해주었으므로 나는 금방 그 사실을 상기할 수 있었다.

나는 그녀가 노른자위와 함께 노른자위의 방으로 들어간 틈을 노려 살금살금 발소리를 죽이고 내 방을 나섰다. 현관에 놓인 신발을 두고서 신발장에 놓인 신발 중 하나를 꺼내 신고 밖으로 나갔다. 그리고는 대문 밖에서 한참 서성이다가 외출에서 돌아오는 척하고 집으로 들어갔다.

"엄마, 나 왔어."

현관문을 소리 나게 열고 쿵쾅거리며 집에 들어선 나는 노른자위 들어왔냐고 소리치면서 그 애의 방문을 열어보기까지 했다.

"아까까지 방에 있더니 언제 나갔었니?"

어머니가 안방에서 소리쳤지만 나는 대답하지 않았다.

"혹시 형광펜 있니?"

나는 방긋 웃는 하자소녀의 얼굴을 바라보면서도 말은 가자미 눈알로 나를 째리고 있는 노른자위에게 했다.

노른자위의 방문을 열 핑곗거리를 만들기 위해 대문 밖에서 서성거린 시간이 10분 넘었다. 내 8비트 뇌가 작동을 거부하고 딴청을 부렸기 때문이다. 마음은 바빠 죽겠는데 머리는 노른자위의 방문을 열 적당한 핑계를 떠올리지 못하고 있었다. 그렇게 10분이 넘는 시간을 소모한 후에야 뭔가 빌리려는 척하면 되겠다고 생각했고, 빌릴 물건은 형광펜이 적당하다는 결론을 얻게 되었다. 그리고 그 다음에는 '어, 친구가 와 있었네?'라고 말할 계획을 세웠고, 계획대로 했다. 그런데 고역스럽게도 메인보드가 왜 그리 드르륵거리는지……. 하자소녀가 그 소리를 들을 것 같았다.

"어, 친구가 와 있었네?"

하자소녀는 내가 하는 말을 그대로 따라서 합창했다. "그 말을 할 줄 알았어요. 어제도 그러시더니……. 그런데 어젠 왜 갑자기 도망쳤어요?"

아차. '백수 여우(女友) 만들기 프로젝트'에 치명적인 오류가 발생했다. 밖에 나갔다가 오는 척하는 것에 너무 신경을 쓰다 보니 어제 도망친 이유를 설명할 준비를 미처 하지 못했다.

"응? 아, 그게 말야……."

나는 적당히 둘러댈 말을 찾기 위해 프로세스를 작동시켰다. 그러나 프로세스가 또 작동을 거부하고 약만 올리는 바람에 얼굴을 붉히며 머리만 긁적거렸다.

"오빠는 예쁜 여자를 보면 부끄러워하는 스타일이군요? 나를 그렇게 예쁘게 봐주지 않아도 되는데."

그녀가 배시시 웃으며 정말 귀엽다는 투로 말했다.

"놀고들 있네. 네가 너무 예뻐서 오빠가 도망쳤다는 거야? 착각도 가지가지셔. 미안하지만 저 백수 씨는 순진성과 수천 광년 떨어진 별에서 온 외계인이네요. 여자 앞에서 부끄러워한다고? 그런 외계인이 허구한 날 포르노 사이트나 들락거리겠어?"

노른자위가 팔에 돋아난 닭살을 손톱으로 긁어내며 비아냥거렸다.

"저게!"

내가 윗니 네 개로 아랫입술을 물며 노른자위를 향해 위협적인 표정을 지었다. 그러나 노른자위는 혀를 날름 내밀며 나의 위협을 무시했다.

"그런 것에 관심이 많은 걸 보니 성불구는 절대로 아니겠네. 오빠, 나하고 사귀지 않을래요?"

얌전하게 보이는 외모의 소녀가 생각보다 실하게 대시했다. 빼지 않는 것은 좋았지만 밝히는 것 같은 모습은 나쁘게 보였다. 그러나 백수 주제에 진밥 된밥 가릴 형편이 아니었다. 나는 황홀한 표정을 지었다.

"얘, 세상에 널린 게 남자인데 하필이면 백수를 애인으로 삼으려 하니? 백수 사귀면 커피 한 잔 못 얻어먹어."

날쌘마미답게 순식간에 안방에서 뛰어나온 어머니가 노른자위의 방해 작전을 거들었다. 안방에서 우리가 나누는 대화를 듣고 있다가 소녀와 내가 정말 사귀게 될 것 같으니까 급히 뛰쳐나온 모양이었다.

"엄마, 정말 이러기야?"

내가 항의했지만 어머니는 내 쪽으로 눈길조차 주지 않고 무시했다.

"난 가난한 사랑이 낭만적이라서 좋아요. 우리의 엉덩이가 놓일 공원 벤치로서는 많이 괴롭게 되겠지만 우린 행복할 거예요. 그렇죠, 오빠?"

하자소녀가 어깨를 으쓱해 보이며 어머니 말에 대꾸했다.

"응? 그건 그래."

내가 고개를 끄덕인 것은 그녀가 너무 갑작스럽게 내게 공을 떠넘겼기 때문이다. 그러한 나의 행위는 가난한 데이트가 곧 불행이라는 공식에 대한 부정이었다. 그런데 다른 한편으로는 그녀와 사귀는 데 동의한다는 대답까지 한 꼴이 되어버렸다. 그래서 나는 얼떨결에 그녀의 남자친구가 되어 있었다. 많은 사람의 비웃음을 사는 백수의 사랑이 시작되는 순간이었다.

"네 주제를 생각해라, 이놈아. 백수 주제에 사랑이 다 뭐야. 또 이런

저런 거짓말로 데이트 비용 뜯어갈 것을 생각하니 벌써 내 눈앞이 캄캄하다."

어머니는 그제야 나를 돌아보며 눈을 흘겼다.

"어머님, 걱정하지 마세요. 데이트 비용 정도는 제가 감당할 수 있어요."

하자소녀가 나서서 방어했다.

"얘, 노른자위를 봐서라도 저놈과 사귀는 것은 다시 생각해다오. 저놈이 내 아들이기는 하지만 어떤 여자라도 저놈과 사귄다면 난 머리띠 두르고 따라다니며 결사반대를 외치고 싶다. 오죽 못났으면 취직도 못할까만, 취직을 못하면 사고라도 치지 말아야지······. 저번엔 얘, 앞집 새댁이 아들을 낳아서 금줄 쳐놓았는데, 거기 달린 고추를 다 뽑아버려서 또 한 번 개망신을 당했잖니. 새댁이 펄펄 뛰며 항의를 하는데, 아들이라고 감싸는 것도 정도가 있지······, 동네 창피해서 얼굴을 들고 다닐 수 없다. 모르기는 해도 너도 저놈이랑 사귀면 그런 창피를 심심찮게 당할 거야."

어머니는 어떻게든 그녀의 마음을 돌려보려고 나의 비행을 들추었다.

"그땐 엄마가 라면에 넣을 풋고추 하나도 못 쓰게 하니까 성질이 나서 그거 따다가 썰어 넣었던 거잖아."

내가 변명을 겸하여 어머니에게 항의했다.

"백수 주제에 라면에 든 수프만으로 족할 일이지, 추가할 고추라는 게 가당키나 하니? 오감스러운 것도 유분수지."

"엄마는 말마다 백수야."

"어머니, 우리 사귀는 것 허락해주세요. 부탁이에요. 오빠가 나랑 사귀면서 정서가 안정된다면 취업에도 도움이 될 거예요."

하자소녀의 그 말에는 어머니도 반박을 하지 못했다. 나의 어디가 좋은지는 몰라도 쉽사리 포기하지 않을 것 같은 소녀의 태도에 어머니도 손을 들었다.

"네게 미안할 일이 생길 것 같으니까 그렇지."

어머니는 못마땅한 표정이기는 했지만 마지못해 우리가 사귀는 것을 반은 허락하고 안방으로 돌아갔다. 노른자위가 언제까지 가나 두고 보자고 악담했다. 하지만 나나 하자소녀는 개의치 않았다.

나는 이제 소녀의 애인이었다. 그것을 자축하는 의미로 손을 내밀었다. 그녀도 기쁜 표정으로 내 손을 잡았다. 나는 벌레 씹은 표정인 노른자위를 뒤로하고 소녀를 데리고 내 방으로 건너갔다.

우리는 침대에 걸터앉아서 교제에 필요한 서로의 기초자료를 수집하며 시간을 보냈다. 그렇게 얻어진 자료에 의하면, 그녀는 사업가인 아버지와 교사 출신 어머니 사이에서 태어난 평범한 여자였다. 언니 둘에 오빠 하나가 있었고, 그녀가 막내딸이었다. 언니 오빠들은 다 결혼했고, 이제 그녀만 남았다. 그녀는 아버지가 엄하기는 하지만 어머니가 개방적이라서 이성 교제 정도는 자유롭게 하는 편이라고 했다.

나는 그녀가 변변치 않은 내게 관심을 가져준 것에 감사했다. 그래서 그녀에게 커피를 대접하기로 했다.

나는 물 한 컵과 인스턴트커피를 들고 와서 그녀 앞에 놓았다. 서로 마주앉아서 커피 알갱이를 입에 넣고 침으로 녹여 빨아먹으며 이야기를 계속했다.

"참 난해한 맛이군요."

소녀의 커피 맛에 대한 평이었다.

"커피만 먹다 보면 입 안이 쓰니까 가끔 맹물도 마셔주어야 해."

나는 그녀와 많은 이야기를 나누었지만 특별히 기억에 남는 것이 없었다. 그만큼 우리의 첫 만남은 평범했다. 평범함이 지나친 것이 특별하다면 특별할 것이었다.

잡다한 대화에 에너지를 소비한 탓에 얼마 후에는 배가 고파졌다. 그래서 나는 그녀에게 간식을 먹겠느냐고 물었다. 그녀가 좋다고 했으므로 나는 냉장고로 갔고, 어머니 몰래 김치와 환타를 훔쳐서 돌아왔다.

나는 그녀에게 환타김치 만드는 법을 가르쳐주었다. 환타에 김치를 씻어서 김치는 먹고 환타는 마시는 방식이었다. 김치에는 환타 맛이, 환타에는 김치 맛이 가미되어 신선한 맛을 느낄 수 있었다. 나만의 그 간식에 대해 그녀는 생각보다 훨씬 맛있다고 평했다.

노른자위가 모처럼 여동생 역할을 한 것이 있다면 하자소녀를 선물한 것이다. 노른자위의 입장에서야 의도하지 않았고 바라지도 않았던 바이므로 못마땅하겠지만 나로서는 고마워하지 않을 수 없었다. 그래서 나는 노른자위가 쓰는 기저귀를 바늘로 마구 찔러서 내용물 차단 기능에 구멍을 내는 것으로 그 은혜에 보답했다. 노른자위는 마법에 걸린 날 빨간 색 치마에 얼룩을 만들어 들어왔다.

3

 나는 이제부터 개구리를 미워하기로 했다. 내가 면접을 보고 오는 날 눈치 없는 개구리 한 마리가 하필 내 눈에 띄었다. 그래서 받지 않아도 될 나의 미움을 전체 개구리가 받도록 만들었다.
 개구리에게 잘못이 있기 때문은 아니었다. 다만 그 볼록한 배가 나를 면접한 '시네마르멜로(cinemarmelo)'라는 영화사 사장의 그것을 연상시켰다는 것이 문제였다.
 사장의 그 배를 보는 순간 나는 바람이 빵빵하게 들어찬 튜브를 떠올렸다. 물에 잘 뜰 것 같은 배였다. 구명대로 쓰면 딱 좋겠다는 생각이 들었다. 당장 그를 물에 던져보고 싶은 충동이 일었다. 그렇지만 면접 시험을 보러 와서 그 회사 사장을 물에 던질 수는 없었다. 그랬다가는 물에 던져진 사장이 아닌, 사장을 물에 던진 내가 물먹는다.
 "배우에게 펜치를 들려서 안 웃는 사람은 배꼽을 빼겠다고 하면 어떻겠습니까. 그렇게 하면 배꼽이 뽑히기 싫어서라도 웃게 될 걸요?"

안 웃고는 못 배길 코믹 영화에 대한 아이디어가 있으면 말해보라는 사장의 질의에 나는 그렇듯 엉뚱하게 응답했다.

"배꼽을 뽑는다……?"

개구리배가 인상을 찌푸리며 물었다.

"시작하자마자 주인공이 카메라를 향해 펜치를 내보이지요. '안 웃으면 이놈이 여러분 배꼽을 먹을 겁니다' 하고 장난스럽게 위협을 합니다. 웃을 준비가 되지 않은 사람에게 웃을 준비를 먼저 시키는 거지요. 그런 다음에 본 내용으로 들어가면 코믹 효과가 극대화될 것입니다."

"그런 건 내용에 자신 없을 때나 할 수 있는 짓 아닐까요?"

"아무리 재밌는 영화라도 웃지 않기로 작정을 하고 본다면 웃기지 않습니다. 관객이건 평론가이건 먼저 무장해제를 시킨 다음에 간질여야 제대로 웃을 것입니다. 예를 들어, 이 회사가 제작한 영화 「내 심장을 노크하는 남자」 같은 경우, 내용은 재밌지만 주제가 너무 무거워서 처음부터 웃을 준비가 되어 있지 않으면 코믹 부분을 놓치기 십상입니다. 그럴 때에……."

"우리 영화가 관객을 웃길 준비가 되지 않았다는 말로 들리는데……?"

개구리배의 매우 비아냥거리는 말투에 나는 또 실수했음을 알고 가슴을 쳤다. 남의 입을 달고 나가지도 않았는데 나는 내 입의 방정을 통제할 수 없었다. 획기적인 아이디어를 내놓는답시고 고용자 측이 좋아할 리 없는 말을 내뱉고 말았다. 개구리배는 내가 내놓은 획기적 아이디어에 흥미를 보이지 않았다.

잘 나가다가 입 때문에 또 망쳤다. 나는 허탈감에 바로 집으로 돌아갈 수 없었다.

나는 상념에 사로잡힌 사람답게 뒷짐을 지고 시 외곽의 들판을 걸었다. 손에 들린 두유는 착잡함도 배는 채운 후에 달래야 한다는 나의 지론을 뒷받침하고 있었다. 시내버스 정류장 앞 슈퍼마켓에서 산 것이었는데, 걸으면서 먹으면 사레에 걸릴 것 같아서 나중에 먹기로 했다.

짙은 녹음에 꽃내음이 더해지는 화창한 날씨가 참 고왔다. 그러나 나의 청춘은 흐린 날 안개까지 겹친 꼴이었다. 그것 때문은 아니었지만 나는 내 발걸음이 몹시도 무겁게 느껴졌다. 그래서 걸음을 멈추고 논둑풀들을 엉덩이로 눌렀다.

꽃에서 꿀을 추출할 수 없었던, 벌레 먹은 청춘의 나는 씹던 고독을 뱉었다. 꽃에서 꿀을 빼는 대신 팩에 빨대를 꽂아 두유를 빨았다. 시름에 잠긴 내 얼굴은 버려진 캔처럼 찌그러져 있었다. 입에서는 간간이 한숨이 튀어나왔다. 그때 내 한숨이 닿을 듯 말 듯한 거리에서 개구리 한 마리가 폴짝 뛰었다. 순간 내 머릿속에는 내 말을 듣고 똥 씹은 표정이던 '시네마르멜로' 사장이 떠올랐다.

뛰어온 개구리가 다음 뛰어갈 곳을 미처 정하지 못한 듯 머뭇거리는데, 내 눈에는 이미 그 개구리가 그 사장으로 보이고 있었다. 그리고 개구리가 미워졌다.

나는 그 개구리를 잡아 괴롭혀주고 싶었다. 그럴 리가 없겠지만 그렇게 하면 예의 그 개구리배도 고통스러워할 것만 같았다. 그래서 개구리를 향해 손을 뻗었다. 그러나 개구리는 폴짝 뛰어서 내 손을 피했다. 나는 놈이 뛰어간 거리만큼 뛰어가서 다시 손을 뻗었다. 개구리는 다시 폴짝 뛰어서 내 손을 피했다. 나는 다시 놈을 향해 뛰어가서 손을 뻗었고, 놈은 또 피했다. 놈은 멀리 가지도 않고서 약을 올리듯이 폴짝폴짝 한두 번의 뜀뛰기로만 달아났다.

"더러워서 안 잡는다. 잘먹고 잘살아라, 이 똥배야."

나는 개구리 잡기를 포기했다. 만약에 그 개구리가 내 손에 잡혔다면 나는 아마도 개구리로 구명대를 만들어 사용할 수 있을지 실험했을 것이다. 배에 바람을 더 채워서 빵빵하게 불린다면 구명대로 용도 전환이 가능할 것 같았다.

내가 그 이야기를 했을 때, 하자소녀는 부정적으로 고개를 저었다.

"그게 된다고 하더라도 물에 빠진 사람이 그 경황에 어떻게 개구리를 잡아서 바람을 불어넣고 있겠어요? 차라리 물에 빠진 당사자가 바람을 들이마시는 게 낫겠어요. 자기 배를 불려 물에 뜨는 법을 개발하는 것이 더 확실하겠다는 말이지요."

나는 하자소녀의 아이디어가 신선하다고 생각했고, 그것을 직접 실험해보았다. 풍선에 바람 넣는 펌프를 구해다가 엉덩이에 쑤셔 넣고 바람을 넣었다. 내 배가 개구리배만큼 부풀어 오르도록 바람을 넣는 미련을 떨지는 않았으므로 큰 고통은 없었다. 하지만 기분은 이상했는데, 피식피식 똥꼬로 바람이 샐 때의 느낌은 방귀를 뀔 때의 그 느낌과 사뭇 달랐다. 색다른 뭔가가 있었다. 너무 웃으면 눈물이 나듯이 과한 불쾌감 때문에 생긴 듯한 약간의 쾌감이 감각의 저 밑바닥에서 꿈틀거렸다.

나는 바람이 새지 않도록 엉덩이를 움켜쥐었다. 그리고 물이 가득한 욕조에 몸을 담았다. 그런데 짐작과는 달리 바람이 든 내 몸은 바람이 들지 않은 내 몸과 별반 다를 것 없이 물을 대하고 있었다. 나는 구부린 자세이기 때문일지도 모른다고 생각했고, 다리를 쭉 뻗으며 길게 누워 보았다. 그러나 결과는 달라지지 않았다.

실망한 나는 막고 있던 엉덩이에서 손을 뗐었다. 그 순간 뱃속에 압축되어 갇혀 있던 바람이 방귀처럼 붕붕 터져나오면서 물에 방울을 크게 만들었다. 그 공기 방울은 물을 뚫고 부글부글 솟아올랐다. 이어지는 악취는 내 몸에 들어갔다가 나온 공기가 그 속의 오래된 냄새들을 대동하고 나왔기 때문이다.

나는 오래된 냄새들이 씻겼으므로 이제 속이 시원해질 것이라고 짐작했다. 그런데 전혀 뜻밖으로 갑자기 똥이 마려웠다.

"아이 씨, 망했다."

나는 중얼거리며 일어나 좌변기에 올라앉았다.

내가 개구리를 미워하기로 했다는 얘기를 하기 전에 하자소녀는 면접 결과가 어떻게 되었느냐고 내게 물었다. 나는 또 떨어질 것 같은 예감이라고 말하지 못했다. 대답 대신에 개구리를 '주는 것 없이 미운 것들'의 축에 끼워 넣기로 한 사실을 전했다. 하자소녀는 내가 개구리를 미워하게 된 이유를 짐작한 듯 면접 이야기는 다시 꺼내지 않았다.

나에게 실망하지 않는 사람이라고는 딱 한 사람, 하자소녀뿐이었다. 하지만 그녀도 곧 실망을 하게 될 것이다. 그녀마저 나에 대한 실망파가 되는 그날을 조금이라도 연장하고 싶은 것이 나의 간절한 소망이었다. 그녀마저 당연히 또 떨어졌을 것이라고 여기며 결과를 물어보지도 않게 된다면 누군가 그것을 물어보는 사람이 있어 좋았던 나는 그 쓸쓸함을 감당할 수 없을 것 같았다. 그 때문에 하자소녀와 만나는 것이 두려워지기 시작했다. 그래서 그녀를 슬슬 피하게 되었다.

"소녀야, 오빠도 네가 무진장 보고 싶어. 그런데 널 보면 내가 너무 비참해지는 거 있지. 너의 몸에 손을 댈 때마다 그 순결함에 때를 묻히는 것만 같아서 가슴이 아려. 그런데 널 만나면 자꾸 만지고 싶어지거든. 엉큼한 내 탐심이 순수한 우리 사랑을 오염시키는 것 같아서 괴로워. 내가 정말 한 점 티끌도 없는 깨끗한 마음으로 널 대할 수 있을 때까지 수도(修道)할 시간을 줬으면 좋겠어. 그럴 수 있겠지?"

밖에서 만나자는 하자소녀의 전화를 받고 나는 그렇게 핑계를 댔다.

"오빠가 그토록 순수한 정신적 사랑을 갈망하는 줄은 몰랐어요. 그럼 다음에 만나지요."

그렇지만 하자소녀는 내게 그다지 긴 시간을 주지 않았다. 오래 못 보면 잊혀지게 마련이라면서 자주 전화를 걸어왔다. 나는 그녀의 전화도 피했다. 그러나 어쩔 수 없이 전화를 받게 될 때도 있었다. 그때는 '화내기 전술'을 썼다.

"밥 먹었니?"

"아니요, 아직……."

"내 사랑이 닿아 있는 그 몸을 여태 굶기고 있단 말야? 지금 내 사랑을 학대하는 거야?"

내 목소리는 대단히 화가 난 사람의 그것이었다.

"왜 화를 내고 그래요?"

"넌 이제 너만의 몸이 아니야. 내 사랑이 닿아 있다는 걸 명심해. 그런 귀한 몸이라면 때를 놓치지 말고 꼬박꼬박 밥을 챙겨줘야 할 것 아냐. 때가 지나고서도 아직 네 위장이 비어 있다면 너의 고픈 배에게 내가 얼마나 미안하겠어. 그건 나에 대한 고문이기도 하다는 걸 알아야지."

"그럼 오빠가 맛난 것 사줘요."

"그럴 수 없는 백수라고 원망하는 거야, 지금?"

내가 매우 비참한 척 자학을 하면서 전화를 끊으면 그녀도 의심하지 못한다. 그러나 아무리 좋은 전술이라도 너무 자주 쓰면 역효과를 얻는다. 그런 수법을 몇 번 썼더니 그녀는 자주 만나지 못해서 오해가 생긴 것이라면서 집으로 오겠다고 했다.

"오지 않아도 괜찮아. 난 아직 정신 수양이 덜 됐어. 좀더 시간을 줘."

"아직 친해지지도 못했는데 벌써 오해가 생기면 안 되지요. 지금은 정신 수양보다 오해를 푸는 것이 더 시급해요."

내 전공이 삼십육계 줄행랑이었지만 하자소녀 앞에서는 써먹고 싶지 않았다. 그녀가 달리기를 잘하게 생겼기 때문이다. 그렇다고 내 부전공을 살려서 침대 밑에 숨을 수도 없었다. 그녀는 눈치가 빨라서 금방 찾아낼 것 같았다. 코를 벌름거리며 내 냄새를 찾아 침대 밑에 머리를 들이민 그녀와 어둠 속에서 두 눈이 딱 마주치는 순간, 그녀는 아마도 내 얼굴에 침을 찍 뱉고 절교를 선언하게 될지도 모른다. 그녀는 예전에 사귀던 남자와 그렇게 헤어진 적이 있다고 말했다.

그녀는 미니 스커트를 입고 공원 산책로에서 당시의 남자 친구와 데이트를 하게 되었다. 그런데 신발을 운동화로 신은 것이 화근이었다. 그 남자 친구가 신발끈을 밟아서 풀어지게 되었고, 그녀는 신발끈을 다시 묶기 위해 허리를 굽혔다. 그런데 하필이면 비탈길이었다.

산책로를 오르면 체육공원이 있었다. 그 체육공원에는 인라인 스케이트를 타는 사람들이 많았다. 그녀와 남자 친구는 체육공원을 향하여 오르던 중이 아니라 체육공원에서 내려오던 길이었다. 그리고 그들 뒤에는 인라인을 타는 한 소년이 서 있었다.

그 소년은 인라인을 타다가 오줌이 마려웠고, 화장실까지 가기가 귀찮아서 산책로 옆 소나무를 짚고 서서 소나무에 요소비료를 주게 되었다.

소년은 비료를 무사히 주었고, 비료 부대 지퍼를 올리려고 했다. 그런데 지퍼에 옷이 끼여 잘 올라가지 않았다. 소년은 소나무 짚은 손을 놓고서 두 손으로 지퍼를 끌어올리려 했다. 그리고 잠시 후, 소년은 수상한 느낌을 받고 고개를 좌우로 돌리게 되었다. 요상하게도 좌우에 늘어선 수많은 나무들이 소년을 스쳐 지나고 있었다. 인라인의 바퀴가 구르기 시작한 것이다.

비탈길이었다. 인라인은 점점 가속이 붙으면서 점점 아래로 빠르게 전진했다. 소년은 아직은 서툰 솜씨인지라 브레이크를 걸 수 없었다. 그래서 넘어지지 않으려고 쪼그려 앉아 활강했다. 그러다가 커브를 돌면서 앞에 장애물이 두 개 있는 것을 발견하고는 엉거주춤한 자세로 반만 서서 내려가게 되었다.

소년은 잡았던 지퍼를 놓고 두 손을 가슴 앞에서 모았다가 양옆으로 펴게 된다. 그것은 공기를 갈라 더 빨리 나아가기 위함이 아니라 앞에

선 두 개의 장애물을 헤치기 위함이었다. 하나는 살이 모자라는 아랫도리를 가진 인간이었고, 다른 하나는 살이 남는 아랫도리를 가진 인간이었다. 하자소녀와 그 남자 친구였다.

하자소녀의 남자 친구는 또르르 소리를 내며 굴러오는 인라인 소리를 듣고 뒤를 돌아보았다. 그러나 이미 바로 등뒤에까지 문제의 소년이 다가와 있었다. 그는 깜짝 놀라며 풀쩍 뛰어 몸을 피했다. 반대로 신발끈에 정신을 팔고 있던 하자소녀는 소년이 뒤에서 소리를 질러도 듣지 못했다. 그러다가 어느 순간 '헉' 하는 소리와 함께 풀쩍 뛰어 한 걸음 떨어지는 남자 친구를 보게 되었다. 왜 그러는지를 몰랐던 그녀가 의문의 눈길을 그에게 던지고 있을 때였다. 하늘을 향해 치솟아 있는 그녀의 엉덩이에 뭔가가 와서 퍽 꽂혔다. 그리고 웬일인지 죄 없는 둔부에 묵직한 고통이 느껴졌다.

파렴치한 소년이었을지도 모른다. 소년은 그 다급하고 짧은 순간에도 짧은 치마를 입고 허리를 굽힌 탓에 마치 다리 달린 치마 같아 보이는 하자소녀를 보고는 아랫도리가 빳빳하게 굳은 것이다. 소년은 그 빳빳한 것으로 인정사정없이, 그리고 무지막지하게 소녀를 찔렀다.

다행히도 각도는 빗나갔다. 그래서 애꿎은 소녀의 엉덩이에 없어도 될 구멍이 하나 생길 뻔했다. 소녀는 뒤에서 덮친 소년에게 밀려 앞으로 고꾸라지는 바람에 손바닥과 무릎과 팔꿈치가 까졌다. 그리고 얼마 후에는 찔린 둔부에 구멍이 뚫릴 뻔한 흔적으로 멍이 생겼다.

소년이 그녀의 엉덩이에 올라탄 꼴이 되어서, 둘은 마치 교미 중인 암수 도마뱀 같았다. 하지만 인라인이 소녀를 타고 넘어가지는 않았으므로 더 큰 불행은 막을 수 있었다.

그녀는 자신이 다치기는 했지만 덕분에 소년이 차도로 뛰어들지 않았기에 방호벽의 역할에 충실했다는 자부심을 가질 만했다. 그래서 소년을 크게 나무라지 않았다. 오히려 창이 아닌 것을 창처럼 사용하여 치명적 부상을 입었을지도 모를 소년을 걱정해주기까지 했다.

"비명을 지르며 뒹구는 아이가 얼마나 불쌍하던지……. 내가 처녀의 몸으로 차마 그렇게 하지는 못했지만 정말이지 너무 가엾어서 입으로 그곳을 호―, 해주고 싶었다니까요."

하자소녀는 소년이 악의는 전혀 없었음을 설명하며 그렇게 안타까워했다. 소년이 순수하지 못했다면 몰라도 실수로 한 잘못을 탓할 수는 없었다는 것이다. 다만 그녀를 당혹스럽게 한 것은 당시의 남자 친구였던 그 남자였다. 그가 혼란을 틈타 사라져버린 것이었다.

"그 아이가 두 손으로 사타구니를 감싼 채 비명을 지르며 뒹굴고 있었고, 나 또한 여기저기 찰과상을 입었음에도 내 상처는 살피지 못하고 뒹구는 아이를 살피고 있었지요. 그러니 지나가던 사람들이 무슨 일인지 궁금해하며 몰려든 것은 지극히 당연한 일이었어요. 그런데 그 사람들은 그 아이의 열린 지퍼와 앞으로 고꾸라졌다가 일어난 나를 보고는 둘의 상관관계를 의심하더라고요. 그 때문에 그놈이 사라진 거였어요. 창피하니까 숲으로 몸을 숨긴 거였죠."

하자소녀는 그의 비굴함을 용서할 수 없었다. 그래서 뒹구는 그 아이를 구경꾼들에게 맡기고는 술 취한 고릴라처럼 식식 콧김을 내뿜으며 그를 찾아 주변을 뒤졌다. 그녀는 멀리 떨어지지 않은 곳의 활엽수 밑에 웅크린 그를 발견했다. 그녀는 오리걸음으로 다가가 그의 얼굴 앞에 자기 얼굴을 가져다 댔다.

"그래도 부끄러운 것은 있었던지 눈을 피하며 겨우 고개를 들더군요. 나는 그 들려지는 얼굴에다가 침을 찍 쏘고 바로 돌아섰어요."

하자소녀도 썩 대단한 연애운을 갖지는 못한 모양이었다. 나는 그런 그녀에게 또다시 같은 아픔을 줘서는 안 되겠다는 생각을 했다. 그래서 그녀를 피하지 않고 만났다. 그리고 데이트를 나가자는 그녀의 제의를 받아들여 함께 전철을 타고 교외 유원지로 가게 되었다.

그녀는 전철에서는 물론이고 걸을 때에도 내 팔에 착 안겨서 제대로 여우 노릇을 해주었다. 오랜만에 여자의 말랑말랑한 살을 접한 내 손은 웬 횡재냐는 듯이 들떠서 가끔 그 행정구역을 벗어나려고 했다. 그때마다 나는 그녀에게 순수한 정신적 사랑을 표방한다고 터무니없는 거짓말을 했던 사실을 상기했고, 경계를 지키려고 각별히 신경 썼다.

우리는 또래들처럼 유원지 카페에 앉아 칵테일을 마시며 음악에 맞춰 몸을 흔들지 않았다. 둘 사이의 공간을 허물며 복사열을 생산하지도 않았다. 가난한 연인답게 실개천의 바위에 앉아 신발을 벗고는 흐르는 물에 발을 담그고 노래를 불렀다. 그러다가 심심해지면 물을 퉁겨 서로의 옷을 적셨다. 그러나 얼마 후에는 그것도 지겨워졌다. 그래서 나는 고추장을 사왔고, 그녀와 많이 먹기 내기를 했다. 고추장을 손가락에 찍어서 서로의 내민 혀에 닦는 식이었다.

계속 고추장만 먹다 보니 혓바닥이 따갑고 목구멍이 떨떠름했으며 속이 더부룩했다. 두 통의 고추장을 다 먹고도 승부가 나지 않았다. 우리는 더 먹을 수 있었지만 그러면 항문에게 미안해질 것 같아서 무승부로 끝냈다.

우리는 신발을 신고 계곡을 따라 내려왔다. 돌길을 걷다가 하자소녀가 발을 헛디뎌서 몸이 휘청거렸다. 나는 얼른 넘어지려는 그녀를 부축해 바로 세웠다. 다행히 발목을 다치지는 않았다. 하지만 오른쪽 하이힐 굽이 빠졌다. 나는 굽이 빠진 오른쪽 하이힐은 두고 멀쩡한 왼쪽 하이힐을 그녀의 발에서 벗겼다. 그것을 들고 다리 밑으로 갔다. 교각에 난 구멍을 찾아 그녀의 왼쪽 하이힐 굽을 끼웠다. 그 다음 망설임 없이 돌로 굽을 내리쳤다.

하자소녀가 뒤에서 뭐라고 소리를 질렀다. 그러나 물소리 때문에 알아들을 수 없었다. 나는 그녀가 좋은 생각이라는 말을 했을 것이라고 생각했고, 더욱 힘차게 돌로 하이힐을 내리찍었다. 그렇게 단 두 번의 시도로 멀쩡한 굽을 뽑는 데 성공했다.

나는 굽이 없어 슬리퍼처럼 된 하이힐을 들고 그녀에게 돌아갔고, 그녀의 발에 신겨주었다. 이제 양쪽 신발의 균형이 맞았으므로 소녀는 절룩거리지 않고도 걸을 수 있었다.

그녀의 둥그레진 두 눈은 아마도 나의 기지에 대한 감탄이었을 것이다. 그러나 잠시 후 나는 그게 아닐지도 모르겠다고 생각했다. 그녀가 말릴 수 있게 망설여나 주지 그랬냐고 퉁명스럽게 말했기 때문이다.

"앞으로는 망가진 것과 멀쩡한 것의 균형을 맞출 때는 멀쩡한 것을 망가뜨리기보다 망가진 것을 복원하였으면 해요."

어쨌거나 굽이 없는 신발임에도 그녀는 잘 걸었다. 그러면 된 것이다. 나는 애인으로서 여자친구 보호에 충실했다는 자부심을 가졌다.

*

하자소녀가 백수의 여우로는 많이 아깝다는 것을, 그리고 싶지는 않지만 나는 인정한다. 얼굴과 몸매도 어느 정도 받쳐주지만 어른들이 따지기 좋아하는 집안도 모자람이 없었고, 두뇌도 명석했다. 마음씨까지 고와서, 내 고충을 함께 나누며 나의 미래에 대해서도 고민해 주었다.

"오빠는 그저 샐러리맨이 되려고만 했지 어떤 샐러리맨이 되어서 어떻게 살겠다는 설계가 보이지 않아요."

"나도 처음에는 구체적이면서도 어마어마한 꿈을 무거운 줄도 모르고 등에 짊어지고 다녔어. 그렇지만 미역국하고 너무 친해지면 그 꿈의 무게에 짓눌려서 몸이 자꾸만 줄어들게 되지. 그렇게 몇 년을 지내면 지금의 나처럼 작아지게 되는 거야."

"자격증도 취업에 도움이 된다던데……."

"백수 2년차부터였던가? 나도 취업 시험 위주로 공부할 게 아니라 자격증 위주로 공부를 해야겠다고 생각하고서 이마에 머리띠를 두르고 살았어. 그렇지만 청년 실업자 적체가 계속되다 보니 자격증도 별 도움이 안 되는 것 같았어. 그래서 대학원에 진학하여 공부를 더 해야겠다고 엄마한테 말했다가 밥을 세 끼나 굶었어."

"방에서 공부만 하고 있으면 아무리 열심히 몸부림을 쳐도 노는 것 같이 보여요. 아르바이트를 해보는 건 어떨까요?"

"내 나이에는 아르바이트 자리 구하기도 쉽지가 않아. 나도 예전에는 할인점 주차 안내원으로 일한 적이 있었어. 그 할인점이 불황을 견뎌야 한다며 주차 안내원을 없애버린 후로 주유소 아르바이트 하다가 어린 학생들에게 자리 양보하라고 잘렸고, 다시 아르바이트 자리 구하러 나섰지. 백방으로 알아보았지만 나 같은 백수 유급생을 기다려주는 아르바이트 자리는 삐끼나 나이트클럽 웨이터 같은 것뿐이었어. 그것도 감지덕지하고 주점 삐끼로 나가서 며칠 해봤어. 근데 취업한 친구들을 자꾸 만나게 되는 거야. 자식들이 '너한테 딱 맞는 일을 구했구나' 하면서 어깨 두드려줄 때마다 어깨를 없애버리고 싶었어. 그놈들이 친구를 도울 겸 한잔해야겠다며 내게 앞장서라고 할 때는 더 모욕적이지. 그놈들 뒤에 달고 사장님 앞에 가면 자식들은 '우리 친구인데 어찌 외면하겠습니까. 우리가 자주 와서 팔아드릴 테니 우리 친구 잘 부탁드립니다'라며 생색을 낸단 말이야. 그러면 사장님이 참 열심히 한다는 눈빛으로 그윽하게 나를 바라볼 것 같지? 천만에. 남들은 좋은 직장 구해서 양복 쫙 빼입고 서류 가방 휘저으며 빌딩 숲을 헤치는데 넌 여태 뭘 했기에 아직 직장도 없이 전단지 들고 빌딩 숲을 헤치느냐는 눈빛으로 머리에서 발끝까지 쫙 훑어. 그 모멸감이란 당해보지 않고는 알 수가 없지."

"그런 고충이 있다는 것을 생각하지 못했네요. 그래도 오빠만 포기하지 않으면 꿈은 이루어져요."

하자소녀는 내가 투정하고 하소연을 하기에 알맞은 상대였다. 그렇지만 나는 그녀에게 먼저 전화해서 만나자고 하지 못했다. 그녀는 학생이었고, 나는 백수였다. 내 신분도 신분이었지만 손을 넣으면 먼지만 만져지는 주머니를 깨달을 때마다 한껏 주눅이 드는 것은 어쩔 수 없는 일이었다. 그래서 나는 그녀가 나를 불러내거나 우리 집에 찾아올 때에만 만날 수 있었다.

모처럼 돈이 생겼을 때에도 나는 그녀를 만나러 가지 못했다. 나도 남들이 그렇게 하듯이 그녀가 강의를 마칠 때에 맞춰 학교 앞에서 그녀를 기다리고 싶었다. 그녀를 만나 차를 마시고 술을 마시고 영화를 보며 스킨십을 나누고……, 그런 데이트를 즐기고 싶었다. 그러나 그것도 쉬운 일은 아니었다. 백수가 하릴없이 학교 앞에서 여우나 기다리는 모습을 남들이 한심하게 바라볼 것 같았기 때문은 아니었다. 하자소녀가 백수 애인이 창피하다며 학교 앞으로는 오지 말라고 했던 것도 아니었다. 아니꼽게도 나의 낭만을 가장 크게 억압하는 것은 내 여동생이었다.

노른자위는 학교 앞에서 나와 마주치는 꼴을 안 보게 해달라고 강력히 요구했다. 나를 친구들에게 보이기 창피하다는 것이었다. 내가 하자소녀와 사귄다는 것을 친구들이 다 알게 되었으므로 더욱 창피하다고 했다. 더군다나 '보신탕 사건'이 학교에서 화제가 되었던 적이 있었다.

노른자위만 침묵했어도 그 일은 '집안의 일'로 한정되어 찻잔 속의 태풍으로 끝날 수 있었다. 그런데 그 애가 누워서 침 뱉기인지도 모르고 신이 나서 인터넷 동호회와 학교 등에서 떠벌리는 바람에 게이트 수준으로 발전했다.

하자소녀가 내 여우가 될 것을 예감하지 못한 노른자위는 저주스러운 육담을 곁들이며 나를 마구 씹고 다녔다. 그 결과 나는 매우 파렴치하고도 정상인의 기준에 미치지 못하는 무뇌아이며 재수 없는 놈으로 소문이 나버렸다. 그 소문을 들은 하자소녀가 호기심에 나를 보러 왔다가 내 여자 친구가 되는 횡재도 있었다. 그러나 나는 여동생에 의해 인격 파탄자로 매도되었다.

"그 해괴한 짓을 하고 다니는 인간을 내 극성맞은 친구들이 그냥 두겠어? 희귀한 동물이라도 되는 듯이 구경하려고 몰려들 게 뻔해. 그러면 나는 물론이고 오빠도 꽤나 괴롭게 될걸? 친구들이 오빠가 나타나기만 하면 콩을 잔뜩 먹여서 똥꼬로 콩알을 발사시키겠다고 벼르고 있걸랑. 그러니 용기 있으면 학교 앞에 나타나봐."

노른자위의 협박이었는데, 그 애의 입장에서는 아주 적절한 조치였다. 나 또한 그 애 친구들에게 이리저리 끌려다니며 그때의 상황을 리얼하게 재연하고 싶지 않았다. 때문에 학교 앞으로 가서 하자소녀를 기다릴 수 없었다.

굳이 그런 점이 아니더라도, 어머니는 나의 쓸데없는 외출을 달가워하지 않았다. 그것을 아는 하자소녀는 1주일에 한 번씩 우리 집에 와서 나와 놀아주었다. 노른자위와 함께 와서 어머니에게 인사를 한 후, 노른자위는 자기 방으로 직행하고 소녀는 조심스럽게 내 방문을 두드렸다.

하자소녀는 남들처럼 분위기 잘잘 흐르는 데이트 장소를 찾지 못하고 꾀죄죄하고도 우중충한 방안에서 나와 접선하면서도 불평하지 않았다. 통통하게 살찐 토끼 같은 그녀는 착 달라붙어서 치근거리는 스타일도 아니었다. 건조하게 거리를 두고서 필요할 때에만 접촉하는 스타일이었다.

그녀는 이야기를 나누다가 키스가 하고 싶어지면 슬쩍 내 손을 끌어당기며 입술을 내밀었다. 그러다가 싫증 나면 미소를 머금으며 떨어졌다. 젖가슴을 자극받고 싶을 때에도 내 손을 끌어다가 자신의 가슴 위에 얹었다. 그럴 때의 그녀에게서는 설익은 매실 같은 새콤한 맛이 느껴졌다.

그녀는 부위별로 값을 매기고 싼 부위부터 단계별로 접촉을 허락하는 유형의 여자가 아니었다. 고차원적 애무를 위한 준비 동작으로서의 저차원적 애무가 아니라 필요에 의한 적절하고도 직접적인 애무를 원했다. 예를 들자면, 손을 허락한 후에 입술을 허락하고, 입술을 허락한 후에 가슴을 허락하는 순서가 아니라 필요하다고 느낄 때에는 어떤 부위든 곧장 직행하는 방식이었다. 다만 삽입의 경우는 그녀나 나나 아직 때가 이르다고 여겼기에 예외로 두었다. 그런 이유로 그녀와 나의 첫 키스는 신비스럽지 못하게, 약간은 성급하게 이루어졌다.

그날, 나와 그녀는 내 방에 틀어박혀서 오랫동안 조용히 앉아 있었다. 우리는 거의 아무 말도 않고 서로의 눈만 바라보고 있었는데, 말을 모르기 때문은 아니었다. 우리에게는 말이 필요하지 않았을 뿐이었다. 서로의 눈만 바라보며 가끔 웃고 가끔 깜박거리며, 눈 속에서 서로를 그리워하는 순수한 마음을 찾고 있었다. 맨송맨송하게 서로를 바라보고 있었지만 부끄럽지 않았고 지겹지도 않았다.

한참 그러고 있을 때였다.

"나, 부업한 거 갖다주러 민호네 갈 테니까 무슨 일이 있으면 그리로 전화해."

어머니가 소리치고 현관을 나갔고, 잠시 집 안에는 적막이 흘렀다. 그러나 그 적막은 그리 오래가지 않아서 깨어졌다. 다른 것은 몰라도 시와 때와 장소만은 꼭 가려야 할 청춘 남녀가 오랜 시간 기척도 없이 방안에 콕 틀어박혀 있는 것을 수상히 여긴 노른자위가 살금살금 내 방 앞으로 다가와 문틈에 눈을 가져다 댔다.

노른자위의 움직임을 나와 소녀는 동시에 감지했다. 우리는 의미 있는 미소를 교환했고, 서로의 의사를 확인한 후엔 입과 입의 거리를 좁혀갔다. 좀 아깝기는 하지만 우리 첫 키스의 의미를 노른자위의 히스테리와 교환하기로 했던 것이다. 나는 우리가 그렇게 하면 노른자위가 어떻게 나올지 무척 기대되었다.

마침내 눈꼴이 시리고 배알이 뒤틀려 더 두고 볼 수 없었던 노른자위는 모르는 척 방문을 벌컥 열었다. 예상했던 바였다.

"뭐 해?"

그 애가 소리쳤을 때, 우리의 입과 입은 전생의 연으로 인한 그리움에 이끌려 본능적으로 경계를 허물었다. 천년의 해후도 아니면서 갈망의 혀는 운명처럼 뜨겁게 접촉했다.

"어쭈, 잘 논다."

노른자위가 방해를 했다. 그렇지만 우리는 그 방해를 쓸모없이 만들기 위하여 더욱 격렬하게 부둥켜안았고, 서로의 혀 길이를 재었다. 그래서 더는 참을 수 없어진 노른자위가 질투의 화신이 되어 손날로 우리의 얼굴과 얼굴 사이를 내리쳐 우리의 입과 입을 갈라놓을 때까지 쪽쪽 소리를 내며 촉수를 포개고 분비물을 맛보았다.

노른자위에 의해 갈라서면서도 우리는 미련의 표현으로 혀를 내밀었고, 더는 애정의 꿀을 빨지 못하게 된 현실을 안타까워했다.

"사람이 왔으면 쳐다보기라도 해야 할 것 아냐."

식식거리며 숨을 몰아쉬던 노른자위가 신경질을 부렸다. 그렇지만 우리는 노른자위를 돌아보지 않았다. 아쉬움 가득한 눈으로 서로의 입술만 바라보았다.

"꼴사납게 벌건 대낮에 방안에서 무슨 짓들이야?"

우리에 의해 하찮은 존재로 내몰린 노른자위는 발을 구르며 자신의 존재를 원상회복시키려고 악을 썼다. 그러나 우리는 노른자위의 말이 들리지 않는 것처럼 계속 무시했다. 더욱 간절히 서로를 원하며 손을 내밀어 뺨을 어루만졌다.

"하자! 너 그럴 거면 우리 집에 오지 마. 오빠를 만나더라도 밖에서 만나."

노른자위가 사납게 눈에 힘을 빡 주고서 성난 황소처럼 콧김을 씩씩 뿜었다.

"배 아프면 너도 남자 친구를 데리고 오면 되잖아."

내가 눈길은 여전히 하자소녀에게 두고서 능글맞은 목소리로 말했다.

"배가 아파서 그러는 것 같아? 반인반수와 한집에서 지내야 하는 현실이 비통해서 그러지."

"개처럼 길거리에서 합치는 것보다는 낫잖아."

"계집애, 네가 더 나빠. 오빠야 원래가 그런 인간이니 그렇다고 쳐도 너는 예의를 지켜야지. 부끄럽지도 않아?"

하자소녀는 노른자위의 말을 들은 기척도 않은 채 내 손을 끌어다가 자신의 어깨에 얹었다. 하던 일을 계속하고 싶다는 뜻이었다. 그래서 나는 다시 입술을 그녀의 입술에 가져다 대려고 했다. 그런데 노른자위의 손바닥이 다가와서 막을 쳤다.

"계집애, 내 말 안 들려?"

노른자위가 다시 하자소녀에게 신경질을 부렸다.

"응, 안 들려."

하자소녀가 대답했다. 그 순간에도 우리는 입술과 입술 사이에 처진 막을 넘으려고 이리저리 얼굴을 돌리며 빈틈을 찾고 있었다.

"안 들리는데 대답은 왜 했어?"

"노른자위야, 우리 지금 바쁘거든?"

"하자, 너 정말……? 애가 어떻게 그리 뻔뻔하니?"

노른자위의 방해가 집요할 듯했다. 이쯤 되면 둘만의 꿀을 채취하는 시간을 더 지속하기 어렵다는 것을, 소녀도 나도 잘 알고 있었다. 그래서 우리는 눈빛으로 노른자위를 그만 약 올리자는 의사를 교환했다. 서로에게서 눈길을 거두어 노른자위를 쳐다보았다.

"노른자위, 네가 더 뻔뻔스러운 것 아니니? 우리 둘이 있을 때는 인기척을 하고 들어오는 것이 에티켓 아니겠어?"

내가 말했다.

"오빠나 잘해. 엄마 아빠가 사랑을 나눌 때에도 안방 문을 벌컥벌컥 열면서……."

"난 그때 눌린 아버지는 가만 계시는데 올라탄 엄마가 앓는 소리를 내기에 가해자가 더 고통스러운 연유를 알아보려고 문을 열었던 거지."

"오호라, 그러니까 문틈으로 엿보다가 더 자세히 보기 위해 고의로 문을 열고는 실수인 척했다는 것이지?"

"너도 아까 문틈으로 엿보다가 우리가 키스하니까 실수인 척하며 뛰어들었잖아."

노른자위의 얼굴이 붉어졌다.

"사실은 네가 우릴 엿보니까 갑자기 약을 올려주고 싶어지더라. 덕분에 우리 첫 키스의 무드만 날렸지만."

하자소녀가 말했다.

"못된 계집애. 두고 보자, 응?"

노른자위가 어금니를 사리물고는 이 사이로 말을 내뱉더니 몸을 돌려 휭하니 방을 나갔다. 목이 타는지 냉장고에서 물을 꺼내 마시는 소리가 들렸다. 그렇지만 이내 다시 내 방 쪽으로 쿵쿵 발소리를 내며 걸어왔고, 발로 쾅쾅 방문을 걷어찼다.

"왜 또?"

내 목소리가 곱지는 않았다.

"오빠, 그런 짓 하는 거 한 번만 더 내게 걸리면 가만 안 둬?"

노른자위가 문 밖에서 소리쳤다.

"노른자위야, 가난한 백수 오빠를 생각해서 제발 모른 척 좀 해줘라. 대낮에 백수가 여우하고 어디 가서 진도를 나가겠니."

내가 엄살을 부리자 노른자위는 다시 방문을 빵 걷어찼다.

"그럼 내가 집에 없을 때 하자를 불러!"

노른자위의 히스테리가 이만저만이 아닐 것 같은 불길한 예감이었다. 그 히스테리만 아니었던들 우리는 좀더 오붓한 첫 키스를 나눌 수 있었을 것이다.

"오빠 입술은 참 달콤했어요. 간도 잘 맞았고."

그렇게 말한 하자소녀를 버스에 태워 보내고 집으로 돌아왔을 때였다. 가죽을 세척하고서도 면피에 색깔을 입혀 원판의 누추함을 감쪽같이 숨긴 노른자위가 외출 준비를 하고 있었다. 양극을 찾아가서 자신의 음극 작용의 이상 여부를 확인하려는 것이 틀림없었다.

이 오빠가 여우와 짝짜꿍하는 것은 눈꼴서하면서 자기는 남자 친구하고 짜릿한 전자파를 교환하려는 야마리를 그냥 내보낼 수는 없었다. 나는 그 애가 신고 갈 것으로 보이는 검은 하이힐 밑바닥에 참기름을 발랐다. 어머니가 내 나물국에는 아까워서 차마 못 떨어뜨리고 노른자위와 아버지의 나물국에만 떨어뜨리는 바로 그 참기름이었다.

잠시 뒤, 잠깐 나갔다가 온다고 소리치고 현관을 나간 그 애는 아리랑을 부르지도 않고 발병이 나서 1미터도 못 가 휘딱 미끄러졌다. 쿠당탕탕 소리를 내더니 '엄마야!' 소리를 질렀다. 그리고는 절룩거리며 다시 현관으로 들어섰다.

"오빠!"

나는 방문을 걸어 잠그고 문틈으로 노른자위를 내다보았다. 그 애는 울상이 되어 이를 바득바득 갈며 내 방 쪽을 노려보고 있었다. 발에 신고 나갔던 하이힐을 손에 신고 있었다. 미끄러지면서 발을 삐끗했는지, 한쪽 발을 들고 있었다.

"계단 입구에서 넘어졌으니 망정이지 계단에서 미끄러졌으면 굴러서 죽었을 거야. 이런 짓을 하고도 무사할 것 같아?"

노른자위가 소리쳤는데, 나도 무사히 넘어가지 못할 것이라는 정도는 알고 있었다. 우리 집에서 그런 짓을 할 사람이라고는 나밖에 없기에 시침을 떼고 발뺌을 해봐야 점점 더 신변만 위태로워질 뿐이었다. 곧 노른자위의 최대 원군인 어머니가 돌아올 것이었다. 그리고 아버지도 곧 들어올 시간이었다. 그렇기에 방문을 잠그고 버티는 것도 한계가 있었다.

다른 것은 몰라도 참기름을 허락 없이 사용한 것만큼은 어머니의 용서를 구하기 힘들었다. 최고의 상책은 줄행랑이요, 하책은 노른자위에게 잘못했다고 싹싹 비는 것이었다. 상책은 그러나 노른자위가 현관 앞을 막고 서 있는 한 성공 가능성이 별로 없었다. 하책 또한 그다지 바람직하지 못한 결과를 안겨줄 것이 분명했다. 노른자위는 너무 분개한 나머지 내가 자기 오빠라는 사실을 망각하고 있었다. 그러므로 무릎을 꿇고 빌더라도 하이힐 밑바닥에 칠해진 참기름을 내 볼에다가 다 닦을 것이었다. 아니면 혀로 핥아서 구두 밑바닥을 깨끗한 원상태로 돌려놓으라고 하거나. 또는 몇 달 전 내가 그 애의 팬티 고무줄을 끊어놓았을 때 그랬던 것처럼 어머니와 동네 한 바퀴를 돌게 되겠지.

그때 나는 노른자위가 혼자 먹기 위해 만들어놓은 냉면에서 계란을 홀랑 건져 먹었다가 일이 꼬여서 엄청난 수모를 당했다. 노른자위로 불릴 만큼 계란이라면 환장을 하는 그 애가 그 소중한 계란을 날치기 당하였으니 얼마나 원통했을지는 짐작이 가고도 남았다. 그렇지만 백수 주제에 냉면에서 계란을 훔쳐 먹었다고 어머니에게 고자질을 한 것은 너무했다. 그 바람에 나는 '백수 주제에 냉면에서 계란을 훔쳐 먹은 대가' 로 하루 종일 집안일을 했다. 빨래에 집안 청소에 설거지까지.

백수가 유노동 무임금 원칙을 적용받고도 억울하지 않을 수는 없었다. 백수인 것만도 서글픈데 노동력까지 착취를 당하고 보면 처량한 신세에 절로 눈물이 맺힌다. 그래서 나는 빨래를 개다가 그 애의 팬티 중에서도 아주 고전적 스타일의 분홍색 삼각팬티 하나를 골라서 고무줄을 절반 이하만 칼로 살짝 그어놓았다. 어머니가 시장에서 다섯 장에 만 원 주고 산 팬티였을 것이다.

그 이튿날이었다. 노른자위가 그 많은 팬티 중에서 하필이면 고무줄이 부상당한 그 팬티에, 몸뚱이 중에서 가장 빵빵한 중부지방을 끼워서 속을 채우고 외출했다. 불행 중 다행으로 그 애는 긴 치마를 입고 나갔다. 나로서는 그 애가 짧은 치마를 입고 나가서 그 일을 당하길 바랐지만……

노른자위는 친구들과 길거리를 활보하다가 일순간 슬그머니 흘러내리는 팬티를 감지했다.

만두피가 만두소를 거부하고 독립운동을 한 것은 만두소가 마음에 들지 않았기 때문이 아니었다. 너무 꽉 찬 만두소가 부담스러웠기 때문이다. 그 애는 즉시 치마를 움켜쥐는 척하며 그 속의 팬티를 움켜잡았다. 그래서 팬티가 발목에 걸리는 사태는 가까스로 막을 수 있었다.

당황한 노른자위는 자신의 엉덩이만 바라보며 뒤따르던 변태는 없었는지 주변을 둘러보았다. 그리고 가까운 화장실을 찾아서 고무줄 끊긴 팬티를 벗어 가방에 넣고는 태연하게 친구들과 다시 어울렸다.

노른자위는 일정에 대단한 지장을 받지는 않았다. 그랬으면서도 집에 돌아와서는 나 때문에 외출을 다 망쳤다면서 어머니에게 또 일러바쳤다. 어머니는 바로 냄비를 찾아들었다.

어머니와 노른자위의 대화를 엿듣고 있었던 나는 즉시 문을 박차고 뛰어나갔다. 그래서 어머니에게 길이 가로막히기 전에 현관을 빠져나갈 수 있었다.

나는 구르듯이 계단을 내려갔다. 어머니가 포기하지 않고 뒤따라오는 소리가 들려왔다. 나는 더욱 빠르게 달아나려다가 다리가 꼬여 마당에서 넘어졌다. 그 바람에 가까이 다가온 어머니에게 잡힐 뻔했다.

내가 황급히 다시 일어났을 때는 바지 지퍼가 풀어져 있었다. 넘어지면서 배에 과다한 힘이 가해졌던 모양이다. 그 압력에 지퍼 고리가 벌어졌다. 허리띠를 착용하지 않았으므로 바지가 흘러내렸다. 나는 한 손으로 바지를 그러쥐고 다른 한 손은 앞뒤로 휘저으며 대문을 열고 골목으로 달아났다.

나는 달리면서 뒤를 힐끔거렸다. 어머니는 절대로 포기하지 않겠다는 듯이 어금니를 앙다물고 치마를 펄렁이며, 동시에 냄비를 휘저으며 바람처럼 빠른 속도로 쫓아오고 있었다. 등골이 오싹해진 나는 더욱 속도를 내어 달리면서도 만나는 동네 사람들에게 '안녕하세요' 라는 인사는 잊지 않았다.

"또 냄비 타작이냐? 이젠 지겨울 때도 됐건만……. 쯧쯧."

누군가가 비아냥거렸지만 나는 너무 다급한지라 그 얼굴을 확인할 수 없었다.

"또 무슨 사고를 쳤대? 이번에는 보신탕을 홀랑 벗기기라도 했나?"

몇 명이 모인 곳을 지나칠 때에 또 누군가가 말했다. 나는 그 말도 누가 했는지 알 수 없었다. 다만 그 말을 들으면서 다음에는 그것도 한 번 해봐야겠다는 생각은 했다. 그렇지만 나는 얼마 못 가서 흘러내리려는 바지의 고집을 꺾지 못하고 손을 놓쳤다.

흘러내린 바지가 발목을 붙잡고 늘어졌다. 그 바람에 나는 땅바닥에 나뒹굴고 말았다. 나는 길바닥에 드러누웠다. 그리고 미처 비명도 지르지 못한 상태에서 높다란 석탑처럼 느껴지는 어머니가 태양을 가리고 선 것을 보게 되었다. 어머니의 그 손에 들린 냄비가 바람을 가르며 내리꽂히는 것도 목격했다.

냄비는 차갑고 시리며 따가운 느낌을 내 허벅지에 남기고 다시 공중으로 솟아올랐다. 그리고 이내 다음 목적지를 향하여 매처럼 우아하게 활강했다. 그것은 나의 옆구리와 배와 가슴과 어깨를 차례로 훑으며 머리를 향해 전진했다. 내가 뒹굴며 '아야, 아야' 때늦은 비명을 질렀지만 냄비는 나를 가여워하지 않고 무지막지하게 춤췄다.

이대로 맞고 있다가는 냄비보다 내가 먼저 찌그러질 것 같았다. 그래서 발버둥쳐 거치적거리는 바지를 발목에서 벗겼고, 뒹굴어서 냄비를 피했다. 그리고 벌떡 일어나 팬티 바람으로 다시 뛰었다. 생사의 기로에 서 있었던 나는 사람들의 구경거리가 된 것이 창피하다는 생각 따위는 사치스럽게 느껴질 뿐이었다.

따뜻한 햇살이 등에 내리쬐었고, 어머니의 치마 휘날리는 소리가 환청처럼 등에 따라붙었다. 나는 젖 먹던 힘까지 쏟아서 힘껏 달렸다. 뛰다가 잡혀서 집중 구타를 당한 후에 다시 달렸으므로 에너지를 많이 소비한 상태였다. 다리가 후들거렸고, 이마에 송송 솟아난 땀방울이 눈으로 흘러들어 눈알이 따가웠다.

나는 이 정도면 어머니도 힘겨울 때가 되었겠다 싶어서 뒤를 힐끔 돌아보았다. 그런데 어머니는 나를 쫓아오고 있지 않았다. 나를 때리던 그 자리에 서서 내가 벗어놓은 바지를 주워 들고 흔들며 뭐라고 소리치고 있었다.

나는 잠시 뜀박질을 멈추고 서서 어머니 목소리에 귀를 기울였다. 그러나 내 옆으로 마을버스가 지나가고 있었으므로 무슨 말을 하는지는 알아들을 수 없었다. 나는 힘에 부친 어머니가 추격을 포기하고서 가증스럽게도 바지로 나를 유인하는 중이라고 생각했다.

나는 어머니가 숨을 돌린 후에 다시 쫓아올 것이 두려웠다. 그래서 다시 몸을 돌려 달아났다. 정류장에 선 마을버스를 지나 옆 골목으로 꺾어 들어갔다. 방향을 집 쪽으로 틀어서 부지런히 뛰었다. 한 사람이라도 덜 볼 때에 집 근처에 가서 몸을 숨겼다가 어머니가 다른 데 정신이 쏠렸을 때에 몰래 집에 들어갈 생각이었다. 그런데 내가 뛰는 길은 하필이면 마을버스가 다니는 코스였다. 그래서 내가 방금 지나쳤던 마을버스가 다시 나를 따라잡아서 저 앞에 달려가게 되었다. 그러나 잠시 후, 나를 앞질러서 간 버스가 다음 정류장에 섰으므로 나는 다시 그 버스를 앞질렀다. 그리고 잠시 후에는 다시 그 버스에 따라잡혔다.

나는 마을버스와 서로 앞서거니 뒤서거니 몇 번이나 선두를 바꾸며 경주를 했다. 팬티 바람으로 질주하는 나를 반복해서 본 승객들이 내 얼굴을 다 익혔다. 짓궂은 몇몇 여학생은 내가 버스에 따라잡힐 때마다 더 빨리 뛰라고 소리쳤다. 차창 밖으로 손수건이나 모자를 내밀어 흔들며 응원했다. 내가 버스를 앞지를 때엔 힘차게 박수를 쳤다.

마을버스 승객들은 어머니에게 쫓기던 나를 보지 못하고 버스와 달리기 시합을 하는 나만 보았다. 그러니 정신이상자로 오인할 만했다. 그때의 나를 기억하는 어린아이 중에는 나중에 길거리에서 나를 발견하고 '오, 팬티맨이다!' 라고 소리치며 반가워하는 녀석도 있었다. 내가 슈퍼맨이나 배트맨 흉내를 낸 것인 줄 알았던 모양이다.

이번에도 노른자위가 어머니에게 일러바치면 그때 못지않은 봉변을 당할 것이었다.

"빨리 문 열고 나와서 용서를 구하지 않으면 하자에게 돈 많은 꽃미남을 소개해버리겠어."

노른자위는 분을 삭이지 못하고 식식거리며 나를 위협했다.

"세상에 돈 많은 꽃미남이 어디 있겠어? 돈이면 돈, 꽃미남이면 꽃미남, 둘 중의 하나 가진 남자 구하기도 쉽지 않을걸?"

"좋아, 그럼 타협을 하자. 엄마에게 이르지 않을 테니 보신탕 목에 다는 방울을 팬티에 달고 있어."

노른자위는 협박이 먹히지 않자 타협안을 제시했다. 그 애의 노림수는 뻔했다. 나의 망신살이 그것이었다.

방울이 달린 팬티를 착용하고 길거리를 활보하면 딸랑딸랑 소리가 난다. 그 소리를 들은 사람들은 내 쌍방울이 은방울이라서 소리를 내는 것이라고 짐작하게 되겠지. 그들은 그 희한한 방울에 대한 호기심에 나의 아랫도리를 눈여겨 살필 것이다. 그리고 옷을 벗기고 싶어하거나 멋대로 상상하며 키득키득 웃음을 흘리겠지. 그러나 잘만 하면 그 애의 노림수를 벗어나면서도 벌칙은 수행할 수 있을 것 같았다. 외출 시 다른 팬티를 하나 더 준비해 나가서 노른자위가 보지 못할 때에 갈아입고 다닌다. 그리고 집에 돌아올 때에는 또 방울 팬티를 입고 들어오는 방법 등을 생각해볼 수 있었다. 조금 불편하겠지만 어머니로부터 냄비 타작을 당하는 것보다 나으므로 감내할 만했다.

"좋아. 그것으로 하자."

내가 문을 열고 나가 노른자위에게 말했다.

"3박4일이야. 그동안 팬티를 갈아입으면 안 돼. 그리고 방울은 내가 달거야."

"하루만 깎자."

"할 거야, 말 거야?"

노른자위의 신경을 더 거스르는 것은 위험할 것 같았다. 그래서 나는 그렇게 하겠다고 대답했다.

노른자위는 내 팬티에 작은 방울을 걸었다. 내 쌍방울이 닿는 쪽이었다. 그 팬티를 바지에 꿰매서 서로 붙였다. 팬티와 바지의 분리를 금하는 봉인까지 붙었다. 봉인 위에는 스카치테이프가 덧씌워졌다. 내가 잔머리를 굴려도 소용없게 하려는 방책이었다.

"팬티를 살과 꿰매서 붙이고 싶었지만 그렇게는 차마 못하고 바지와 붙였어."

노른자위가 방울 달린 팬티가 안쪽에 붙은 바지를 내 손에 쥐어 주면서 말했다. 그것은 조금만 흔들려도 딸랑딸랑 방울이 울렸다.

"이 정도로 하는 것은 내가 오늘도 금방 들어올 거고, 내일과 모레는 강의가 없어서 집에 있기 때문이야."

노른자위의 강의가 없다면 하자소녀도 강의가 없을 것이었다. 그녀가 나를 만나러 올 확률이 많은 때에 나는 정조대를 차고 있게 생겼다. 노른자위가 바란 것도 그것이었던 모양이다. 진작 말했으면 이 벌칙을 절대 받아들이지 않았을 텐데……. 그 애는 영악하게도 내가 그 벌칙을 받아들이지 않을까봐서 나중에 그 사실을 알렸다.

염려는 현실이 되었다. 나는 방울 소리가 나는 바지를 입고 지내야 했다. 어머니가 그 소리를 듣게 되면 이유를 물을 것이다. 그러면 참기름을 무단 사용한 게 탄로 나서 미친 냄비의 애무를 받게 된다. 그런 연유로 나는 웬만하면 방안에 콕 처박혀 있어야 했다. 꼭 움직여야 하는 일이 있을 때에는 방울에 손을 얹고 살금살금, 그리고 천천히, 마치 포경 수술을 한 사람처럼 걸어다녀야 했다. 뒤꿈치까지 들고 조심을 하다보니 다리에 쥐가 날 것 같았다. 엄마가 그 소리를 들을 때에 대비하여 나는 주머니에 다른 방울을 하나 넣고 다녔다. 걸리면 그 방울을 꺼내 보이며 거기에서 난 소리라고 둘러댈 참이었다. 노른자위는 그런 나를 바라보며 키득키득 고소한 웃음을 흘리곤 했다.

담배를 사러 슈퍼마켓에 갈 때에는 바지 속에 손을 넣고 방울을 꽉 쥐어서 소리가 나지 않도록 조심조심 걸었다. 그래도 조금씩은 소리가 났다. 주머니 속에 든 손은 바지 앞섶을 불룩하게 만들었다. 슈퍼마켓 아주머니는 그것을 눈여겨보았다.

"성병 걸렸어?"

슈퍼마켓 아주머니가 담배를 건네며 내게 물을 때, 슈퍼마켓 안에는 이웃의 아리따운 미시가 와인을 고르고 있었다. 창피하여 미칠 지경이었지만 나는 방울 때문이라는 변명을 할 수 없었다. 방울을 달게 된 과정을 또 설명해야 할 것이었기 때문이다. 그래서 나는 얼굴을 붉힌 채 황망히 뛰었다. 덕분에 딸랑딸랑 방울 소리를 오히려 자랑하고 말았다.

　뒤에서 슈퍼마켓 아주머니의 쯧쯧 혀 차는 소리가 들렸다. 그녀는 아마도 '저놈은 철도 들지 않아' 라고 말했을 것이다.

　그리고 하자소녀도 그 방울 소리를 듣고 말았다. 벌칙 마지막 날이었다. 시간이 남아 놀러 왔다는 그녀는 손가락 끝으로 방울을 톡톡 쳐서 소리를 내며 장난했다. 그녀가 건드리는 것이 나는 괴로워 죽겠는데, 뭐가 좋다고 신이 나서 불끈불끈 힘자랑을 하는 놈이 하나 있었다.

4

'시네마르멜로'는 면접까지 갔던 몇 안 되는 곳 중의 하나였다. 서류 전형에서 낙방하는 횟수가 더욱 늘어나는 추세였으므로 이젠 필기시험을 보는 것도 희귀한 일이 되었다. 그런 상황일 때 면접까지 갔던 회사에서 나를 다시 한 번 보자고 전화를 걸어오자 어머니는 취직이 된 것인 줄 알고 호들갑스럽게 '부업 끝'을 선언했다.

"이제야 아들 효도를 받아보겠네. 내 고생 끝난 거 맞지?"

민망하게도 어머니는 노른자위를 시켜서 케이크를 사오게 했다. 쇠고기를 사다가 국을 끓였으며, 특별한 날에만 먹던 삼겹살도 사왔다. 축하잔치를 준비하는 것이었다. 어머니로부터 잘못된 정보를 접한 아버지도 들어오는 길에 샴페인을 사 들고 왔다.

저녁상에 둘러앉아 축하 인사가 오가고 케이크를 자르고 샴페인을 터트릴 때, 나는 이래도 되는가라는 생각이 잠시 들었다. 그러나 사실은 취직이 된 게 아니라는 말을 하지 못했다. 다른 식구들은 다 먹어도 나는 군침만 삼키며 바라보아야 했던 그 설움의 삼겹살도 오늘만큼은 나만 먹게 하는 어머니를 실망시킬 수 없었기 때문만은 아니었다.

어머니는 그동안 취직이 안 된다는 이유 하나만으로 맛난 것으로 배불리는 자리에서 나만 소외시키는 설움을 주었다. 보신탕까지 가족 구성원에 끼여 입으로 뜯는 고기를 나만 제외되어서 눈과 코로 뜯었다. 백수에게는 김치에 밥, 그 이상은 허비이고 낭비라는 것이 어머니의 주장이었다. 최소한의 목숨 부지용 음식만을 제공했던 것이다. 그러면서도 어머니는 수시로 나에게 면박을 주었다.

"돈 한푼 벌지 못하는 주제에 먹을 게 입으로 들어가니? 네 아버지를 본받아라. 명태가 되었을 때 '벌지 못하면 쓰지도 않겠다'라고 선언한 후 하루 한 끼만 드시지 않던? 그때 네 아버지는 사업이나 해볼까 했는데, 너 대학 졸업하고 취직되어서 기반이 잡힐 때까지는 모험을 않겠다면서 다시 직장을 알아보셨다. 그 나이에 어린 사람 밑에서 굽실거리며 일하시는 게 불쌍하지도 않니?"

아버지는 대기업 현장 관리로 한 회사에서만 20년 근속을 했지만 IMF 때 명퇴했다. 그 후 한 6개월 쉬다가 규모가 작은 중소기업의 현장 관리직에 재취업했다. 그래서 지금은 서울 사무실과 시화공단 공장을 오가며 일하고 있었다. 그런데 아버지의 상사는 나보다 조금 나이 많은 젊은 사람이었다. 아버지는 가끔 그 아들 같은 상사에게 질책을 당했고, 아버지의 경험과 그 상사의 신지식이 충돌할 때마다 괴로워했다.

어머니의 밥상머리 잔소리는 날마다 반복되었다. 다른 사람들과 비교하며 누군 단박에 대기업에 붙었다는 둥, 누구는 딸만 셋인데도 모두 취직해서 효도 받는다는 둥······. 대부분이 내가 평가절하되는 잔소리의 끝은 늘 '너는 어째서 그 모양'이었다.

어쩌다가 내가 눈물밥 눈칫밥 먹는 것을 더는 참을 수 없어서 그만 좀 하라고, 먹는 게 살로 안 간다고 반박이라도 할라치면 숟가락이 쌩—, 바람을 가르며 날아와서 짝 소리를 내고 원래의 자리로 돌아갔다. 대부분 볼에 숟가락 도장을 찍었지만 가끔은 그것이 애인 행세를 하며 내 입술에 애정을 퍼부을 때도 있었다. 그럴 때면 나는 새콤한 케첩 맛이 곁들여진 밥을 씹어야 했다. 그렇지만 그 다음 끼에는 입술이 부어올라서 그나마 얻어먹던 최소한의 목숨 부지용 음식도 입에 넣을 수 없었다. 입술 사이로 틈새가 벌어져서 말할 때 바람이 샜다. 그래서 다른 사람들은 내 말을 알아듣지 못했다. 또 침을 단속할 수 없는 사정 때문에 다 나을 때까지 축축한 베개를 베고 자야 했다.

나도 빨리 그 모진 세월을 종지부 찍었으면 좋겠다. 나름대로는 별별 생각을 다해보지만 어머니 눈에는 내가 그저 무위도식하는 놈팡이로만 보이는 모양이다.

열심히 잘 키운다고 키웠음에도 남들보다 뛰어나지 못한 아들이 미울 수밖에 없는 어머니의 심정은 이해하겠다. 하지만 먹는 것 가지고 설움을 줄 때면 계모는 어쩔 수 없다는 생각이 들기도 했다.

나를 낳고 며칠 뒤 멀리 가버렸다는 나의 친어머니. 아버지가 간직하고 있는 결혼사진을 보면 통통하고 무던하게 생겼다. 얼굴은 평범했지만 목소리가 예뻤고 날쌔지는 않았다고 큰어머니는 기억했다. 보통의 속도를 가진 어머니였던 모양이다. 그런데도 내가 어떻게 생겼는지 모르겠다. 아버지의 느림을 극복하고 나를 만들려면 어지간히 고생을 했을 것이다. 어머니는 그렇게 어렵게 만든 나를 두고 어떻게 눈을 감을 수 있었을까. 나쁜 어머니.

나의 친어머니는 원래 아이를 가질 수 없는 몸에 아이가 생겼기 때문에 일찍 떠날 수밖에 없었을 것이다. 나를 낳고 자궁이 닫히지 않아 과다출혈로 사망했다. 큰어머니는 요즘 세상이었으면 살렸을지도 모른다며 안타까워했다. 아버지는 큰어머니에게 핏덩이인 나를 맡겨 일정기간 키웠다. 그러다가 지금의 어머니가 와서 나를 맡아 길렀다.

그로부터 몇 년 후, 날쌘마미에게서 노른자위가 태어났다. 날쌘마미는 남들이 배다른 오누이라는 것을 눈치 채지 못할 정도로 차별 없이 우리 둘을 정성으로 키워주었다. 적어도 나의 백수생활이 굳어지기 전까지는. 그러니까 어머니가 노른자위와 나를 차별하기 시작한 것은 최근이었다.

"먹는 것 가지고 자꾸 구박하면 제삿날에 죽은 엄마에게 다 일러바칠 거야."

한 번은 어머니의 밥상머리 구박에 나는 그런 협박으로 대응했다. 그러나 나는 곧바로 잘못했다고, 절대 그런 일은 없을 거라고, 장난삼아 해본 소리였다고 무릎 꿇고 싹싹 빌어야 했다. 어머니가 저놈의 자식이 키워준 공을 모른다며 냄비를 집어던졌기 때문이 아니었다. 나의 그 말이 끝나기가 무섭게 어머니의 두 눈에서는 눈물이 주르륵 흘러내렸다. 날쌘마미의 그것답게 순식간에 작동한 눈물샘은 방바닥이 홍건하도록 눈물을 배출했다.

73

엄청난 양의 흘러내린 눈물을 보며 아버지는 느릿느릿 눈을 끔벅였다. 노른자위는 재빨리 걸레를 찾아다가 방바닥을 훔쳤다. 그 애는 그 걸레로 어머니의 얼굴도 닦아주었다. 어머니는 그 걸레를 받아들고 코를 감싸더니 '헹' 하고 코를 풀었다.

　그렇지만 나는 결단코 나를 키워준 어머니의 은혜를 잊고 미워하거나 원망하는 것이 아니었다. 내가 원래 비뚤어진 아이가 아니었듯이 어머니도 원래부터 먹는 것 아까워하는 어머니가 아니었기 때문이다. 어머니를 그렇게 만든 것은 나였다. 치매에 효부 없듯이 오랜 백수에 현모도 없을 것이다. 그 점에 있어 어머니에게 정말 죄송스럽다.

　어머니도 오죽하면 그런 설움을 줘서라도 끊임없이 나를 자각시키려 할까. 계모가 아닌 친엄마라도 다르지는 않았을 것이다. 그러나 배가 고프면 의욕이 생기지 않는다는 것도 좀 생각해주었으면…….

　매일같이 밥상머리 설움을 당하다 보면 면역이 생겨서 웬만한 구박엔 자각도 되지 않는다. 어머니는 이번에도 사실은 취직이 된 것이 아니라는 것을 알게 되면 이미 뱃속에 넘어간 삼겹살도 소화되기 전에 다시 꺼내서 보신탕 먹이로 던지려고 내 등을 힘차게 두드리는 수고를 할 것이다. 그리고 가시적인 결과가 나올 때까지 잔치를 보류할 것이다. 그 결과가 좋지 않을 시에는 내가 취직이 된 것처럼 사기를 쳤다고 전단지를 만들어 붙이며 인민재판을 유도할지도 모른다.

　노른자위가 걸핏하면 내 수배 전단을 만들어서 인터넷에 올리는 것은 어머니에게서 그 방법을 배웠기 때문이다. 그 애도 그렇지만 어머니도 전단지 만들어서 나를 욕보이길 엄청 좋아한다. 때리는 것으로 풀릴

분이 아니다 싶을 때면 동네 골목 전봇대에다가 나를 비난하는 내용의 전단지를 붙여서 동네 사람들로부터 욕을 먹게 만든다.

지난번, 이웃집에 새로 이사 온 새댁이 내 방 창문 아래에서 하얀 망사 팬티를 주워갔을 때에는 내 귀를 잡아끌고 디카 현상소에 가서 즉석 전단지를 만들었다. 속옷을 훔치는 파렴치한이 이 동네에 있으니 빨래를 널 때에는 각별히 주의하라는 경고문이 적힌 종이를 가슴에 붙이고 선 내 모습을 디지털 카메라로 찍어 현상했다. 사진 자체가 전단지였다.

그러나 나는 결단코 그런 변태가 아니다. 바람이 내게 억울한 누명을 씌웠다. 그녀의 빨래가 바람에 날려서 하필이면 내 방 창문 아래쪽에 떨어져 있었을 뿐이다. 그런데도 새댁은 팬티를 주워 들고 내 방 창을 올려다보며 빨래집게로 꼭 집어뒀는데 이게 왜 여기까지 왔는지 모르겠다고 중얼거렸다. 순간, 내 방 옆의 안방에서 창으로 고개를 내민 채 빨래 좀 가져가겠다고 우리 집 대문에 들어선 그녀를 바라보던 어머니의 고개가 갑자기 90도 휙 돌았다. 그리고 불타는 눈동자로 나를 쨰렸다. 나 역시 창밖으로 얼굴을 내밀고 아름다운 새댁의 들추어진 윗옷 사이로 드러난 젖가슴을 감상하고 있다가 갑작스러운 의심을 받고는 황당하여 어깨를 으쓱 들썩이며 손바닥을 펼쳤다.

어머니는 내 양심보다 바람을 더 믿었다. 나는 백수였지만 바람은 백수가 아니었기 때문이리라. 창밖으로 삐져나왔던 어머니의 머리가 사라지는가 싶더니 내 방문이 확 열렸다. 그리고 곧바로 어머니의 손가락이 내 귓바퀴를 감았다.

작년 여름, 어머니가 힘겹게 부업해서 번 돈으로 큰 맘 먹고 산 아버지의 (진짜)보신탕 일부가 사라졌을 때는 더한 누명에 더욱 모욕적인 벌칙을 받아야 했다. 어머니는 내 얼굴에 잉크를 칠하고는 종이를 가져다 대 탁본을 떴고, 그것으로 전단지를 만들었다. 나중에 그 사라진 뼈다귀가 노른자위의 침대 밑에서 발견되었을 때에는 입술만, 그전까지 흑백이던 탁본을 컬러로 바꿔서 떠다가 다시 전단지를 만들었다. 그러나 그 새로 바뀐 컬러는 잉크가 아니었다. 내 입술에서 추출한 적혈구였다. 그리고 내 입에는 개뼈다귀가 물려 있었다.

그 두 사건의 진실은 아직까지 밝혀지지 못하여 모두들 내가 그런 것으로 알고 있다. 그러나 나는 진짜 억울하다. 후자의 경우, 짐작건대 노른자위가 보신탕을 훔쳐 먹고 뼈를 침대 밑에 버린 것 같지는 않다. 그 애는 자칭 동물 보호론자다. 아무래도 우리 집에 살아서 통통 튀어 다니는 보신탕, 이놈이 수상쩍다.

나는 누명을 벗어볼 생각에서 그 개뼈다귀를 보신탕 앞에 던졌다. 하지만 놈은 본 척도 않고 고개를 휙 돌렸다. 나는 아무리 개라도 동족을 먹겠느냐는 노른자위의 힐난과 이젠 덮어씌울 데가 없어서 개한테 덮어씌우느냐는 어머니의 비난을 동시에 받았다. 그리고 그것은 같은 사건으로 두 번째 전단지가 만들어지는 이유가 되었다. 그러나 그 이튿날 내가 외출에서 돌아왔을 때, 텅 빈 집을 혼자 지키고 있던 보신탕은 쓰레기통에 버렸던 문제의 개뼈다귀를 꺼내서 앞발로 누르고 혓바닥으로 쓱쓱 핥고 있었다.

카메라가 있었다면 찍어서 가족에게 보여주고 나의 결백을 증명할 수 있었을 것이다. 그게 없었으므로 나는 디카폰이 있는 친구를 불러서

라도 촬영을 하려 했다. 그러나 내가 들어오는 것을 본 보신탕은 즉시 개뼈다귀를 버리고 시침을 뚝 떼며 고개를 쳐들었다. 놈은 그때까지 냠냠 맛있게 핥던 개뼈다귀 쪽으로는 고개를 돌리지도 않고 내 눈치를 보며 실실 노른자위의 방으로 피해갔다.

나는 그 개뼈다귀를 치우지 않고 두었다가 가족들에게 보여줄 마음도 없지 않았다. 그러나 가족들이 들어오기 전에 서둘러 그것을 치우는 것으로 보신당의 범죄 은닉을 도와야 했다. 그것을 본 어머니나 노른자위는 내가 보신탕에게 누명을 씌우려고 별짓을 다했다고 비난할 것이 뻔했다.

백수가 아니었다면 받지 않아도 될 오해들이었다. 내가 한가로운 몸인데다, 그 일들이 일어난 시간에 집에 있었기 때문에 가장 의심을 살 수밖에 없었다. 그것만 해도 서러운데, 보신탕에게는 삼겹살을 주어도 나는 못 준다는 어머니의 밥상머리에서의 편애는 나를 더욱 서럽게 했다.

먹고 죽은 귀신은 때깔도 좋다는데, 나는 가끔 맞아서 죽는 한이 있더라도 일단 먹고 보자는 쪽을 선택할 때가 있다. 지난번 노른자위의 냉면에서 계란을 훔쳐 먹었을 때가 그럴 때였다. 그리고 이번에 취직이 된 것도 아니면서 축하를 받으며 나만 특별 음식을 먹을 때가 그랬다.

나는 일단 먹고 후회는 나중에 해야 했다. 그렇기에 취직이 된 것이 아니라는 사실을 고의적으로 숨겼다. 내가 면접이 있는 일도 희귀했기에 어머니는 입사 전형에서 2차 면접이라는 것이 있다는 사실을 상기하지 못했다. 성급한 마음에 1차 면접 후 다시 온 연락을 합격이라고 믿어버렸다.

'시네마르멜로'라고 밝히면서 나를 바꾸어달라는 여직원의 전화를 받고 어머니는 무엇 때문에 그러냐고 물었다. 내가 그 회사에 가서 면접까지 보았던 터라 사뭇 표정이 밝았다. 그러나 당사자 외에는 용건을 말씀드리기 곤란하다는 저쪽의 말을 듣고는 입을 삐죽거리며 약간의 실망감을 표했다. 나쁜 소식이기에 당사자에게만 말할 수 있지, 좋은 소식이라면 아무에게나 전해달라고 했을 것이라는 게 어머니의 생각이었다.

"어이, 백수 씨, 전화!"

어머니 목소리는 무척 차가웠다. 그러나 내가 전화를 받으면서 내일 아침 10시까지란 말이냐고 확인하는 소릴 듣고는 어머니의 표정이 다시 밝아졌다. 어머니는 하던 일을 내던지고 또르르 굴러오더니 내 옆에 바짝 붙어서 내가 들고 있는 수화기에 귀를 들이밀었다. 나는 팔꿈치로 어머니를 밀어내며 가만 좀 있으라고 눈치를 주었다. 그런데도 어머니는 침까지 꼴깍 삼키며 다시 수화기에 귀를 가져다 댔다.

"요강을 보셔서 아시겠지만 저희 회사는 2차 심층 면접이 있습니다. 다른 회사에 취업이 되신 건 아니죠? 내일 나올 수 있는 걸로 체크해도 되겠습니까?"

"물론입니다."

"내일 좋은 결과 있으시길 바랍니다."

어머니는 그 말 중에서 '다른 회사에 취업이 되신 건 아니죠?'라는 말만 제대로 들은 모양이었다. 나의 방해 때문이었지만 천만다행으로 '심층 면접'이라는 말은 듣지 못했다. 그러니 원래가 급한 성격인 어머니로서는 내가 취직이 되어 첫 부름을 받은 것이라고 믿을 만했다. 그렇게 철석같이 믿고는 푸짐하게 음식을 차렸다. 그동안 설움 준 것을 사과하고 앞으로도 잘 보여야 내가 탈 월급에 손을 댈 수 있을 것이기 때문이었다.

나는 사실이 들통 난 후에 혼나면서 소비해야 할 에너지를 미리 보충하고서도 그동안 못 먹은 것까지 보충해야 했다. 그러므로 좀처럼 오지 않는 귀한 자리에 하자소녀를 불러서 벅찬 행복을 나누자는 아버지의 제의에 응하지 않았다. 내 몫이 줄어들 것이었기 때문이다. 또한 아버지 몫의 삼겹살을 조금은 남기길 바라는 어머니의 간절한 눈빛도, 도저히 배가 불러서 못 먹고 몇 점은 남길 것이라는 노른자위의 헛된 기대의 눈빛도, 그동안은 가장 우선순위였음에도 이번만큼은 아들에게 우선순위를 내어주고 침만 꿀꺽거리는 아버지의 자애로운 눈빛도 독하게 마음먹고 모두 외면했다. 그래서 기어코 5인분의 삼겹살을 마지막 한 점까지 입에 넣고 꾹꾹 씹어 삼키고는 '크윽' 기분 좋은 트림을 했다.

나는 부른 배를 두드리며 보신탕을 돌아보았고, 회심의 미소를 지었다. 그동안은 옆에 앉아만 있어도 삼겹살 찌꺼기 서너 개 정도는 얻어먹던 보신탕이 나는 그렇게 부러울 수가 없었다. 내가 굽다가 타서 못 먹게 된 부스러기를 향하여 젓가락을 들이밀라치면 어머니의 날렵한 젓가락이 내 젓가락보다 한 치 앞서 날아와서 그것을 냉큼 집었다. 그것은 내 밥그릇이 아닌 보신탕의 밥그릇으로 옮겨졌다. 그럴 때면 나도 차라리 개가 되고 싶다는 생각까지 했다. 먹을 때는 개도 안 건드린다는데 매일 밥상머리에서 맞아야 하는 신세이기 때문에 생긴 생각이 아니었다. 좀 비참하고 비굴하기는 하지만 솔직히 말하자면, 그것은 보신탕도 얻어먹는 몇 점의 고기가 먹고 싶었기 때문이다.

보신탕은 충격을 받은 모양인지 멍한 표정이었다. 그도 그럴 것이, 어머니의 친구가 키우다가 더는 키울 수 없는 사정이 생겨서 놈이 두 살 때에 우리 집에 보내진 후로 내가 놈보다 우위에서 음식을 대했던 적은 한 번도 없었다. 그런데 오늘의 음식상은 내가 독점을 하고 있었다. 뿐만 아니라 아무에게도 배분을 하지 않고 맛난 것을 혼자 다 먹어치우는데도 주위에서 이의를 제기하지 않았다. 놈으로서는 도저히 이해 못할 일이었을 것이다. 하지만 놈만 이해를 못할 뿐, 우리 가족들은 모두 이해하는 사항이었다. 그들은 평상시에 얼마나 한이 맺혔으면 저러겠냐는 표정으로 금붕어배처럼 건드리기만 해도 터질 듯 부풀어오른 내 배를 걱정스럽게 바라볼 뿐이었다.

평상시에는 나보다 우위에 있었던 보신탕의 격도 오늘은 별수없었다. 놈은 자기보다 아랫것인 내가 음식을 독점한 것만도 이해하지 못하겠는데 아랫것 주제에 고기 한 점 나눠주지 않는 것이 여간 짜증스럽지 않은 모양이었다. 자기 발바닥을 핥는 척하고 있었지만 곁눈질로 살살 나를 흘기는 것이, 속으로 욕을 하고 있는 게 분명했다.

오늘만큼은 보신탕보다 높은 존재성이 인정되고 있는 내가 놈의 불평을 용납할 리 없었다. 나는 국에 든 쇠고기 한 점을 젓가락으로 집어올렸고, 보신탕 밥그릇에 툭 던졌다. 노른자위는 내가 더는 먹을 수 없을 정도로 배가 부르니 이제야 배분을 시작하는 것이라고 생각하며 흐뭇한 미소를 지었다.

자기 그릇에 고기가 떨어지는 것을 본 보신탕이 벌떡 몸을 일으켰다. 놈은 일단 꼬리를 쳐서 내게 감사의 인사를 했다. 얻어먹는 입장이라면 누구나 취해야 할 최소한의 예의였다. 나 또한 늘 그런 식으로 밥상을 대하고 있었으므로 '그래, 그래야지'라는 표정으로 놈을 바라보며 고개를 끄덕였다.

보신탕은 나의 끄덕임을 먹어도 좋다는 허락으로 받아들였다. 부산하게 밥그릇을 향하여 달려갔다. 그러나 나는 얼른 발을 뻗어서 뛰어가는 놈의 배를 걷어 올렸다. 그리고 몸을 눕히며 손을 뻗어서 놈의 밥그릇을 집어 들었다.

노른자위를 비롯한 우리 가족 모두는 줄 것이면 그냥 주지 가엾게도 말 못하는 짐승을 먹는 것 가지고 괴롭히지는 말라고 말하고 싶은 눈빛이었다. 그러나 그들은 헛된 기대를 하고 있었다. 그들이 설마라고 생각하며 모두들 그 가능성을 제외하고 있었지만 내게는 설마가 사람을 잡아먹게 하려는 계획이 애초부터 서 있었다.

나는 주워 든 개 밥그릇에 얼굴을 들이박았다. 혀를 내밀어서 보신탕이 그것을 핥는 모습 그대로 흉내내며 쇠고기를 입에 넣었다. 다시 혀를 내밀어 그 위에 얹힌 쇠고기를 보신탕에게 한 번 더 보여준 후 혀를 말았다. 입 안으로 가져간 고기를 꼭꼭 씹어 삼켜버렸다.

나는 보신탕의 빈 밥그릇을 원래의 자리에 돌려놓았다. 보신탕이 허탈한 표정을 지었다. 나는 그런 보신탕을 향하여 혀를 날름 내밀었다.

"왜, 서럽냐? 그렇게 서러워할 것 없다. 그동안 내가 그런 설움을 당할 때 넌 보란듯이 혀를 날름거리며 잘도 처먹더라."

보신탕은 감히 반항하지 못하고 실망한 얼굴로 노른자위 옆에 가서 앉았다. 놈뿐만 아니라 가족들도 실망한 표정이었다. 그렇지만 그동안 한이 맺히도록 내게 설움을 주었으므로 그들 또한 나를 힐난하는 말 한 마디 내뱉지 못했다.

내가 모든 음식을 독점할 수 있었던 것이 생전 처음은 아니었다. 내가 대학에 붙었을 때도 가장(家長)보다 더 우대받았다. 대학에 다닐 때까지는 가장 다음의, 노른자위와 동등한 대우를 받았다. 졸업을 하고 곧 취직이 될 것이라는 기대감이 살아 있을 때까지도 그 정도 지위는 인정받았다. 그러던 것이 어머니의 인내심이 바닥난 다음부터는 보신탕 밑의 바퀴벌레 수준으로 하대를 받아야 했다.

그 천대에 대한 보상은 아직 멀었다. 그렇지만 내일부터 다시 바퀴벌레와 동급으로 돌아가야 할 내 입장이었기에 더는 유세를 부리지 않았다. 내일 실망한 어머니가 거만스럽게 거들먹거리던 오늘의 내 모습을 떠올리며 '일일 천하의 끝'을 선언하고 내릴 처벌을 생각하니 벌써부터 간이 오그라든다. 어쩌면 내가 내 명복을 비는 사태가 발생할지도 모르겠다.

나는 노른자위의 방에 들어갔고, 인터넷 취업 정보 사이트에 들어가서 면접 족보를 훑어보았다. 업무와 관련된 정보를 미리 수집해야 한다는 거짓 명분이 있었으므로 컴퓨터 사용 금지 조치는 무시해도 좋았다. 그러나 그 회사에 대한 면접 족보는 없었다. 심층 면접이 있는 다른 회사에서는 어떤 형식으로 면접을 하는지 대충 훑어보았지만 도움이 될 만한 내용도 없었다.

내 방으로 건너간 나는 부른 배를 두드리며 침대에 누워서 면접 생각만 했다. 그 회사에서 내게 또 다시 기회를 줄 것이라고는 생각하지 못했다. 그래서 전혀 준비를 하지 않고 있었다. 1차 면접 때 말을 실수했기에 2차 면접은 어떻게 준비해야 하는지 알아보지도 않았다. 입사 신청서를 넣을 다른 회사만 찾고 있었다.

이튿날 아침, 노른자위로부터 나의 취직 소식을 들은 하자소녀가 축하차 달려왔다.

"1차 때 사장이 대놓고 나를 비아냥거렸거든. 그런데도 어떻게 통과를 시켰는지 모르겠어."

나는 소녀에게 사실은 취직이 된 것이 아니라 심층 면접일 뿐임을 털어놓았다.

"가능성을 발견했기 때문이 아니겠어? 오빠의 그 당돌한 답변이 오히려 점수를 더 얻은 걸 거야. 발상의 전환이라는 측면에서 볼 때 회사에 이런 사람이 하나쯤 필요하다고 생각했겠지."

나는 그녀가 실망했을 거라고 생각했다. 그런데 그녀의 표정과 말에는 실망감 같은 것이 보이지 않았다.

"그랬을까? 그랬으면 다행이고. 그런데 너, 왜 반말이야?"

"이제 한 단계 더 친해졌으니 반말해도 될 것 같아서. 오빠는 싫어?"

"좋기는 한데, 너무 갑작스러워서. 예고가 없었잖아."

"예고편에 집착하면 영화의 감동이 떨어지기 십상이잖아."

하자소녀와 나는 그런 쓸데없는 이야기를 주고받으며 버스에 올랐다. 그녀는 내가 떨고 있는 것 같다면서 목적지까지 동행을 자청했다.

나도 의지가 많이 되었으므로 그녀의 동행을 거절하지 않았다.

"당당한 모습을 보여. 모르는 부분에 대한 질문이 나오더라도 '공부해서 말씀드리겠습니다'라고 크게 말하란 말이지. 오빠는 위트가 있으니까 '한라산을 하루 만에 혼자서 옮기는 방법' 같은 것은 잘 답할 수 있을 거야."

그녀가 조언했다.

"2차에서는 회사 업무와 관련된 전문적인 질의가 많아."

"그럼 영화에 관한 질문이 많겠네? 공부는 많이 했어?"

"전혀 못했지. 당연히 1차 면접에서 떨어질 줄 알았거든."

"그럼 면접관을 웃겨. 요즘은 웃음이 먹히는 시대잖아. 어떤 질문이든 무조건 재밌게 대답해."

"전에도 그러다가 혼이 났는걸."

"반대로 생각하면 그 덕분에 지금 다시 그 회사의 부름을 받은 거잖아."

하자소녀의 조언이 큰 도움은 될 것 같지 않았다. 그러나 마음을 안정시키는 데는 도움이 되었다. 그래서 회사 앞에 도착하였을 땐 긴장이 상당히 풀어져 있었다.

"당황하지 말고 생각을 해가면서 천천히 대답해. 잘하고 와, 오빠. 파이팅."

하자소녀가 내 손을 꼭 잡아 힘을 불어넣어 주면서 말했다.

"나, 싸우러 가는 것 아냐."

"그렇게 물러 터져서야 어디 믿음이 가겠나. 세상을 산다는 것 자체가 전투야."

"알았어, 잘 싸우고 올게."

나는 그녀에게 손을 흔들며 엘리베이터에 올랐다. 그러나 소녀의 격려는 그 효력을 다하지 못하였다. 각자의 팀원을 뽑으려는 팀장들은 내게 질문 한 마디 던지지 않았다. 그 회사는 1차 면접에서 사장을 비롯한 중역들이 다수를 추천하고, 2차에서는 1차에서 추천된 다수 중에서 각 팀장들이 직접 필요한 사람을 고르는 인사 시스템이었다. 그러나 사장이 추천한 나를 팀장들은 거들떠보지 않았다. 그래서 당당한 모습을 보일 기회도, 면접관을 웃길 기회도 오지 않았다.

"내가 투자자예요. 영화를 한 편 기획해서 내가 투자를 할 수 있도록 설득해보세요."

기획팀장이 내 오른쪽 사람에게 던진 주문이었다.

"지금 당장 말입니까?"

"그럼 집에 가서 기획해오시려고요?"

"그건 아니지만 그러니까 그게 어떤 형식의 기획안이어야 하는지……."

그는 머뭇거렸고, 기획 팀장은 대답하지 않았다. 나는 실망한 기획팀장이 그 문제를 내게 돌려주길 바라며 간절한 눈빛을 건넸다. 그러나 그는 나와 눈도 마주치지 않고 나를 건너뛰어서 내 왼쪽에 앉은 사람을 바라보았다. 그에게는 영화를 보지 않고도 눈물이 흐를 슬픈 제목 세 가지를 만들어보라고 했다.

팀장들이 자리를 옮겨가며 2시간이 넘게 계속된 면접에서 내게 질문을 던지는 팀장은 한 사람도 없었다. 내 외모가 평범하기 때문인지 그들에게 나는 투명인간이었다.

"자, 모두 수고하셨습니다. 이제 일어나 나가셔도 좋습니다."

진행을 맡은 인사 담당이 박수를 치며 소리쳤다. 말 한마디 못하고 면접이 끝나버린 것이다. 나는 이대로 아무런 질문도 받지 못한 채 나의 존재 가치를 무시당하고는 순순히 물러날 수 없었다.

"저기요! 저에게는 아무도 질문을 하지 않았습니다. 저에게도 능력을 시험받을 기회를 주십시오."

내가 손을 번쩍 들고 소리쳤다.

"아, 당신이군요."

인사 담당이 내 명찰을 살핀 후에 생각이 난 듯 눈을 크게 뜨며 말했다. 전형장의 모든 사람들이 내 쪽으로 고개를 돌렸다. 때문에 괜한 짓을 한 것 같다는 생각과 함께 당혹감이 일면서 얼굴이 붉어졌다.

"원래 당신에게는 사장님이 참석해서 질문을 하게 되어 있었는데, 사장님께서 오늘 급한 일이 있어 참석하지 못하신 것 같습니다."

"2차 면접은 사장님이 관여하지 않는다고 하시지 않았습니까?"

"예, 그렇습니다. 그러나 당신을 필요로 하는 부서는 사장님 직속이라서 사장님이 직접 면접을 하십니다."

"어떤 부서인지는 알 수 없습니까?"

"회사 기밀이라 자세히 밝힐 수는 없고요, 새로 생길 부서라는 것만 말씀드리겠습니다."

"그런데 그 대상이 저뿐입니까? 왜 저만 질문을 못 받았나요?"

"다른 분들은 다른 부서에서도 욕심을 낸 거구요, 당신은 사장님만 욕심을 낸다고 보면 되겠지요."

"그럼 저만 오늘 면접을 보지 못했는데, 어떻게 되는 겁니까?"

"사장님이 들어오시면 말씀드리고 따로 연락을 드리겠습니다. 그래도 되겠지요?"

나는 아직은 기회가 남아 있다는 사실에 희망을 걸기로 했다. 그래도 떨어진 것보다는 낫다는 생각이었다. 사장이 나를 탐내고 있다면 틀림없이 다시 불러줄 것 같았다. 그래서 나는 알았다고 대답했고, 1차 때보다는 당당한 발걸음으로 면접 시험장을 나섰다. 그러나 긴장감 때문에 생긴 오줌보 속의 수분을 비우고 가려고 그 회사 화장실에 들어갔을 때 나의 희망은 껍데기를 벗고 그 본모습을 보여주었다.

"사장에게 찍힌 어떤 멍청한 사람이 오늘 심층 면접을 보았다는 거야. 우리 회사가 제작한 영화에 대한 우리 사장의 그 대단한 자부심을 무참히 짓밟은 작자래. 사장 앞에서 우리 회사 영화가 수준 미달이며 웃길 준비가 덜 됐다고 말했다나?"

"나도 그 사람 얘기는 들었어. 그런데 웬일로 1차 면접을 통과시켰대?"

"사장이 열 받아서 일부러 통과시켰다는 거야. 그런 놈은 한 번 더 떨어질 기회를 줘서 반성하게 해야지 쉽게 떨어뜨리면 정신을 못 차린다면서. 우리 사장 자존심에 그런 사람을 그냥 두겠어?"

나를 두고 하는 말임은 의심의 여지가 없었다.

"그 사람도 불쌍하지. 우리 사장이 어떤 사람인지만 알았어도 그런 실수는 않았을 텐데……. 어떻게 입사 면접을 보러 오면서 미리 그 회사 경영자의 마인드도 조사해보지 않았을까? 그런 건 기본 아닌가?"

그들은 내가 그 당사자라는 사실을 모르고 내 바로 옆에서 자기들끼리 말하고 있었다.

나는 그 와중에도 준비가 철저하지 못했다는 그들의 말에 공감하며 고개를 끄덕였다. 하지만 나도 이 회사 사장의 마인드 정도는 미리 조사했다. 다만 치밀하지 못했던 것뿐이다. 그렇지만 노력이 부족했음을 스스로 인정하지 않을 수 없었다.

바짓가랑이가 축축했다. 그들의 말을 듣고 충격을 받은 것은 아니었다. 그들의 대화에 귀를 기울이느라 조준을 게을리 하는 바람에 오줌줄기가 방향을 잃고 흔들려서 그렇게 되었다.

5

한두 번 당하는 일이 아니었다. 마치 어미 고양이가 쥐를 가지고 새끼 고양이들의 사냥 훈련을 시키듯이, 가진 자가 못 가진 자를 가지고 장난친 것은 어제오늘의 일도 아니었다. 직장을 구걸하러 다니다 보면 그보다 더한 일도 숱하게 당한다.

적어도 이 사회에서 구직자는 더이상 인격체가 아니었다. 그리고 고용주는 신이었다. 고용주는 구직자를 인간 취급도 하지 않으면서 정신무장은 완벽하게 갖추길 원했다. 이번에도 나는 신이 만족할 만한 정신력을 지니지 못한 대가로 고용주의 장난감이 되었다.

나는 어린 시절에 '장난감'이라는 말을 못해 '잠깐만'이라고 했다. 어머니가 '장'하면 '장', '난'하면 '난', '감'하면 '감' 잘 따라하다가도 붙여서 '장난감' 하면 어김없이 '잠깐만'이라고 했다. 그래서인지 나는 고용주의 장난감이 되는 모욕을 당하고도 그저 잠깐 넘어졌다가 일어난 듯 무덤덤했다. 물론 기분이 울적해지기는 했다. 그렇지만 그것은 내가 그들의 놀림을 받았기 때문이 아니었다. 기대했던 기회가 사라진 데 대한 실망감 때문이었다.

나는 마음속으로 지지리 복도 없는 놈이라고 나를 향해 욕했다. 억울함도 억울함이었고 실망감도 실망감이었지만 자신감을 상실한 것이 가장 큰 문제였다. 다음에 좋은 기회가 다시 온다고 해도 똑같은 결과로 이어질 것 같았다. 그래서 막막했다.

내가 당당하게 나가면 저쪽에서 그것을 트집 잡았다. 소극적으로 나가도 저쪽에서는 또 그것을 트집 잡았다.

"그렇게 용기가 없어서야 사회생활을 제대로 하겠어요?"

면접에서 씩씩하게 대답했다가 너무 즉흥적이라거나 신중하지 못하다는 비판을 받은 적이 있었다. 그래서 한 번은 낮고 차분하게 대답해 보았다. 그런데 저쪽 반응은 또 너무 소심하다는 것이었다. 그래서 다시 당차게 대답했다가 이 꼴을 당했다. 도대체 날더러 어떡하라는 것인지 알 수 없었다.

나는 계속 오줌을 누는 중인 척했고, 옆의 사람들이 볼일을 보고 나가기만 기다렸다. 사람들이 다 나갔을 때 칸막이 안으로 들어가서 젖은 바지를 벗었다.

나는 팬티만 입고 화장실 벽에 걸린 핸드 드라이어에 젖은 바지를 말리면서 떨고 있었다. 꼭 누군가가 숨어서 나를 지켜보고 있는 것만 같아 사방을 두리번거려야 했다. 조마조마한 심정에 귀를 쫑긋 세우고 바깥의 동정을 살폈다. 그러다가 화장실 쪽으로 다가오는 누군가의 발소리가 들리면 얼른 칸막이 안으로 들어가서 좌변기에 올라앉았다. 그리고 화장실에 들어온 사람이 볼일을 마치고 나가기를 기다렸다.

다 마른 바지를 다시 입고 화장실을 나섰다. 누가 볼세라 고개를 푹 숙이고 황망히 그 건물을 빠져나왔다. 하지만 나는 소식을 기다리는 하자소녀에게 전화를 걸 수 없었다. 내가 아무리 연기를 잘해도 예리한 하자소녀는 내 목소리에 숨겨진 허탈감을 찾아낼 것이다. 그녀는 괜찮다고, 기회는 아직도 많이 남았다고 말하면서도 실망감에 한숨을 쉴 것이다. 그런 반응을 접하면 내가 비참해질 것 같았다. 나는 정말이지 더는 비참해지고 싶지 않았다.

하자소녀는 내가 좋지 않은 결과 때문에 전화하지 않았음을 짐작하고 있었다.

"그 회사가 박복한 거야. 오히려 잘됐어. 오빠의 창의성을 알아보지 못하는 회사는 장례가 불투명해. 그따위 회사에는 오빠 같은 인재가 아까워."

나중에, 사실은 이미 떨어졌다고 고백을 하자 그녀는 예감했던 일이라면서 그렇게 말했다. 그녀는 그런 상황에서 그럴 수밖에 없었던 내 기분을 이해해주었다.

나는 PC방에 가서 신입사원 모집 공고를 훑다 보면 또 떨어졌다는 허탈감을 다소나마 씻을 수 있을 것 같았다. 그따위 회사가 감히 나를 고용하지 않은 것만도 용서할 수 없는데 가지고 놀기까지 했다는 괘씸한 기분이 사라지고 대신 새로운 희망이 생길 것이었다. 그렇지만 나는 PC방으로 향할 수 없었다. 기업체의 전반기 신입사원 공채가 대부분 마감되었기 때문이기도 했지만 인터넷을 하다 보면 자꾸만 게시판에 글을 올리고 싶어질 것이기 때문이기도 했다.

　시네마르멜로 홈페이지에 들어가서 항의의 글을 올리거나 다른 게시판에라도 내가 당한 억울함을 호소하는 글을 올린다면, 그건 나 스스로를 더욱 초라하게 만드는 것에 불과했다. 그 글을 읽는 사람들은 오죽 못났으면 그런 꼴을 당하겠냐며 비웃을 것이다. 그 글을 누가 올렸는지 뻔히 알게 될 시네마르멜로 측에서 집으로 항의 전화를 할지도 몰랐다. 그래서 모든 사실을 어머니가 알게 된다면……, 어머니는 창피해서 더는 아들로 인정하고 싶지 않다며 들어오는 내 몸을 그대로 180도만 돌려서 엉덩이를 빵 걷어찰 것이다.

　나는 아무 목적도 없이 뚜벅뚜벅 아무 곳으로나 걸었다. 그러다가 문득 토니의 얼굴을 떠올렸다. 그에게 가서 술이라도 한 잔 얻어먹으며 수다라도 떨면 울적한 기분이 조금은 가실 것 같았다.

　토니는 외국인이 아니다. 술만 마시면 토하는 바람에 친구들이 '또 토하니'라고 자주 묻게 되었다. 그런 일이 너무 잦아서 '또 토하니'라고 말하기도 귀찮아졌다. 친구들은 줄여서 '토니'라고 부르게 되었다. 그러니까 토니는 늘 '토하는 중'인 셈이었다.

　나는 고개를 푹 숙인 채 토니의 카페를 향하여 쓸쓸한 발걸음을 옮겨놓았다.

　전철을 타면 15분 거리에 토니의 카페 '일각수'가 있었다. 하지만 나는 1시간을 넘게 걸어서 그 카페에 도착했다. 그렇게라도 내 발을 학대해야만 직성이 풀릴 것이라고 생각했던 것은 아니었다. 걷다 보면 몸이 흔들린다. 그 요동에 내 기분을 음습하고 있는 우울감이 다소나마 떨어져 나가기를 바랐다.

　토니는 내가 직장이 없는 것을 놀리지는 않았다. 그러나 애인이 없다고 어지간히 푸대접했다. 짝 없는 나와 함께 놀기 싫다며 짝 있는 친구들하고만 어울려 다녔다. 어쩌다가 전화라도 할라치면 애인 자랑만 늘어놓다가 끊었다. 하지만 이제 나도 애인이 생겼으므로 토니에게 기죽을 것 없다. 물론 토니처럼 여자 친구를 위해 차를 살 능력은 없지만.

　토니는 카페를 하고 있지만 차(茶)는 별로 못 팔고 파리만 사육한다. 매달 적자를 보지만 그네 부모님이 식당에서 번 돈으로 메워준다. 그런 형편임에도 토니는 여자 친구인 '꽃수니(꽃순이)'를 위해 차(車)를 살 결심을 했다. 그녀를 더 즐겁게 해주려면 차가 꼭 필요하다는 생각이었다.

　차(茶)를 팔아서 차(車)를 못 산다고 카페를 팔아 차(車)를 살 수는 없었다. 결국 토니는 부모님을 졸라서 똥차를 하나 장만했다. 그런데 그는 똥차임에도 똥을 싣고 다니지 않았다. 나는 그의 차를 똥차답게 만들기로 했다. 그래서 친구들과 함께 청평에 놀러 갔을 때 그의 차를 얻어 타고 갔음에도 불구하고 밤에 몰래 실행에 옮겼다. 그리고 이튿날은 다른 친구의 차를 얻어 타고 다녔다.

　술을 잘 마시지 못하는 탓에 이튿날 아침 가장 먼저 눈을 뜬 토니는 무엇인가를 꺼내려고 차로 갔고, 은은한 향기에 코를 벌름거렸다. 그는 그 향기의 정체가 궁금했다. 그것을 알아내기 위하여 향기를 따라 킁킁 코를 벌름거리며 서서히 몸을 움직였다. 그러다가 뒷자리에서 온기는 가셨지만 아직은 말랑말랑한 채 오도카니 앉아 있는 요상한 물체를 발견했다.

토니는 어떤 놈의 짓이냐고 노발대발하며 코펠에 물을 떠다 날라서 차를 씻었다. 그가 그러는 동안 나는 텐트에서 늦잠을 즐기는 척했다.

"미친놈, 그러기에 차 문을 잘 잠갔어야지."

나는 즐거운 마음으로 놈의 발광을 감상하며 혼자 중얼거렸다.

세차를 끝낸 토니는 불순분자를 색출해야 한다며 동행한 친구들을 추궁했다. 어젯밤 차 주변을 서성거렸던 그림자에 대한 목격자를 찾았다. 포커를 하는 동안 텐트를 나가서 한참 있다가 들어온 자, 혹은 행방이 묘연했던 자의 알리바이를 조사했다. 하지만 대부분이 술에 만취되었던 친구들은 토니가 잘 때에 몰래 텐트를 빠져나간 나를 지목하지 않았다. 그리고 토니도 내게 혐의를 두지 않았다. 그도 그럴 것이, 그들은 토니의 차를 얻어 타고 다니는 내가 그런 짓을 할 리 만무하다고 생각했다.

바로 그 똥차의 주인인 토니는 자기 애인이 차에서만 몸을 허락한다며 좋아서 낄낄거렸다. 내가 그런 토니의 애인 얘기를 했더니 하자소녀는 자기는 리어카나 경운기에서도 몸을 허락할 수 있다고 했다. 다만 첫 관계만큼은 비 오는 날 공동묘지에서 갖자는 단서를 달았다. 하얀 소복을 입고 나타날 테니 강하게 안아달라는 말을 하면서도 그녀는 얼굴을 붉히지 않았다.

"내가 처녀는 아니니까 피를 연상하지는 말아요. 공동묘지의 피와 여자의 처녀성, 그리고 한(恨). 그런 건 아니에요."

"그럼 왜 하필 공동묘지야?"

"남자라면 그 정도 강심장은 돼야 여자가 마음을 의지할 수 있는 거예요. 남자의 물질적인 풍요로움에 의지한다는 건 너무 위험하지 않겠어요? 돈은 있다가도 없고 없다가도 있는 거니까. 나는 그런 것보다 남자 그 자체에 의지하고 싶어요."

어쩌면 그녀는 몸을 허락하기 싫어서 그런 요상한 단서를 달았을지도 모른다. 내가 비 오는 날 공동묘지에서 소복 입은 여자를 기다릴 정도의 강심장은 아닐 것으로 보였을 경우이다. 만일 그렇다면 나를 잘못 보아도 한참 잘못 본 것이다. 나는 공동묘지가 아니라 시체실에서 말캉말캉하게 삭아가는 시체하고 고스톱을 치면서도 그녀를 기다릴 수 있다.

군대에서 유격 훈련을 받을 때였다. 담력 훈련 프로그램에 훈련병으로 참가했던 내가 프로그램 진행자인 유격대 조교를 기절시킨 적이 있다. 정확히는 내가 기절시킨 것이 아니었음에도 사람들은 내가 그랬다고 믿었다.

깜깜한 동굴 벽에는 귀신 분장을 하고 숨어 있던 조교가 여러 명 있었다. 훈련병들은 그 동굴을 통과해야 했다. 그 동굴에 숨어 있던 조교들 중 입구 쪽을 맡은 한 조교는 홀로 동굴에 들어선 나를 기겁시키려고 음산한 소리를 내며 와락 달려들었다. 피로 얼룩진 소복을 입고 가슴에 칼을 꽂은 분장이었는데, 정육점의 그것과 비슷한 특수 조명이 잠깐 켜졌다가 꺼진 직후였다.

나는 그렇고 그런 훈련 과정임을 사전에 파악하고 있었다. 그래도 조금 놀라기는 했지만 침착하게 미리 준비한 도롱뇽을 주머니에서 꺼내 조교 가슴속에 쓱 집어넣었다.

그는 아마도 조교 경험이 별로 없는 졸병이었을 것이다. 훈련병들의 담력을 키워야 할 입장이었던 조교였지만 갑작스럽게 섬뜩한 기운이 온몸을 훑고 다니자 적이 놀란 모양이었다. 귀신이 더 놀라서는 '으악' 비명을 지르며 동굴 깊은 곳으로 뛰어갔다. 이에 어둠 속을 뛰어오는 발소리가 훈련병의 발소리라고 생각한 다른 조교들이 짜인 각본대로 그를 덮쳤다.

자라 보고 놀란 가슴 솥뚜껑 보고도 놀란다고 했던가. 문제의 조교는 덮친 동료들의 손길에 더욱 놀라 실신해버렸다. 그의 동료들은 더이상 움직임이 없는 그를 밖으로 끌어내어 그 정체를 확인했다. 자신들의 임무에 충실한 증거이므로 가슴 뿌듯한 보람을 느꼈을 것이다. 그런데 그 실신한 자가 훈련병이 아니라 귀신 분장 조교라는 사실을 확인한 그의 동료들은 자기들이 기절을 시켰음에도 그를 기절시킨 놈은 도롱뇽이라고 주장했다. 그들은 훈련병 막사로 와서 도롱뇽을 데리고 동굴에 침입한 범인을 물색했다.

결국 나는 조교들의 수사망에 걸려 체포되는 신세가 되었다. 문제의 동굴을 통과하지 않고 되돌아 나가서 돼지고기를 구해오느라 같은 조의 훈련병들보다 훨씬 늦게 막사에 도착했기 때문이다.

유격대 측에서는 동굴을 피해다니는 훈련병들에 대한 대책으로 죽은 돼지의 배를 갈라 나무에 걸어두었다. 배 밖으로 내장이 주렁주렁 흘러내린 흰 돼지였다. 그것은 발밑에 쳐진 피아노줄 센스에 의해 작동되는 충격장치였다. 내 발이 피아노줄을 건드리자 그 돼지 시체가 내 얼굴 앞으로 툭 떨어졌다.

나는 그것이 목매달아 죽은 여자 시체인 줄 알고 크게 놀라 비명을

지를 뻔했다. 그러나 정신을 가다듬고 다시 보니 죽은 돼지였다. 나는 그것을 확인하고 방긋 웃었다. 즉시 대검을 꺼내 배 쪽 살을 쓱쓱 베어 냈다. 그 묵직한 살점을 들고 막사로 돌아왔다. 동료 훈련병들과 함께 구워먹을 생각이었다.

조교들은 내 손에 들린 돼지고기를 보고 또 한 번 기겁했다. 정체 모를 뻘건 살점이 인육일지도 모른다고 생각한 모양이었다. 감히 다가오지 못하고 거리를 둔 채 말로만 취조했다. 그런데 그들은 내게 문제의 도롱뇽 주인이냐고 묻지 않았다. 내 손에 들린 살점의 출처를 추궁했다. 나는 흉악범으로 의심받고 싶지 않았으므로 순순히 자백했다.

조교들은 훈련을 마친 후 있을 자신들의 회식용 돼지 바비큐가 훼손된 사실을 밝혀냈다. 그러나 조교들이 소원했음에도 나는 영창에 가지 않았다. 대신에 조교들이 얼차려를 받았다.

멍청하게 훈련병한테 당하고도 뭐가 자랑이라고 범인을 체포한답시고 소문까지 냈느냐는 유격대장의 지엄한 훈시가 있었다. 조교들은 그 훈시를 들으며 개천에서 비단개구리 한 마리씩 잡아 입에 물고 알몸으로 낮은 포복을 했다. 그들을 바라보며 나는 동료 훈련병들과 함께 포복절도했다. 그리고 나는 우수 훈련병으로 유격대장 표창을 받아 포상 휴가를 나왔다. 귀신 때려잡은 담력을 인정받았던 것이다.

나는 그 숨은 담력을 하자소녀에게 자랑하지 않았다. 나의 담력을 알게 되면 그녀가 더 어려운 환경에서 첫 관계를 갖자며 단서를 변경할 가능성도 없지 않았기 때문이다. 내가 비록 8비트이기는 하지만 입에 날아든 파리 몸에서 똥냄새가 난다고 파리를 내뱉을 정도의 멍청한 개구리는 아니다.

"어디까지 정복했냐?"

나도 애인이 생겼으므로 같이 놀아도 될 것 같아서 왔다고 했더니 토니는 대뜸 그렇게 물었다.

"넌 네가 정복당하고 있다는 생각이 안 들어? 여자란 남자의 정복 대상이 아니라 쳐들어온 점령군일걸?"

그렇지만 나는 그녀와 상의하여 첫 관계에 대한 계획까지 세웠으므로 이제 손톱이 빠지고 무릎이 닳도록 기고 또 기며 오르고 또 올라 점령군이 나누어주는 구호품을 얻기만 하면 된다고 말했다.

"애인이 생겼으니 너도 차를 사야겠구나. 너, 차하고 애인하고 공통점이 뭔지 아냐?"

토니가 물었고, 나는 흥미 없는 표정으로 고개를 저었다.

"첫째, 누르면 소리가 난다. 둘째, 속도감이 있다. 단, 너무 속도감을 즐기면 멀미를 한다. 셋째, 몸을 의지하면 폭신하다. 넷째, 겨울이 와도 춥지 않다. 다섯째……."

"그만해라. 그러잖아도 잡념만 가득한 내 머리가 더욱 잡스러워진다."

나는 토니의 말을 끊었다.

"그런데 네 애인, 정신이 정상이기는 하지? 혹시 초원 위의 하얀 집을 탈출한 여자는 아니지?"

토니가 비아냥거렸지만 나는 즉각적인 대응을 피했다. 그에게는 내게 없는 돈이 풍부했기 때문이다. 그의 비위를 맞추면 공짜로 놀 일이 많아진다.

그는 부모님의 재산을 몽땅 물려받을 몸이었다. 아직 젊었으므로 실컷 놀다가 때가 되면 장가가서 아내와 함께 가업을 계승하라. 그것이 그의 부모님이 그에게 바라는 사항이었다. 그래서 아직은 '놀 때'인 그가 마음껏 놀 수 있도록 카페를 차려주었다. 카페에서 돈이 벌리면 그것으로 놀고, 적자가 나더라도 대충 놀 수 있을 만큼은 지원해주고 있었다.

토니는 내가 심심할 것 같다면서 자신의 여자 친구 꽃수니를 불렀다. 자기는 장사를 해야 하므로 나와 놀아줄 수 없으니 대신 꽃수니와 놀라는 것이었다.

꽃수니는 근처에서 대기하고 있다가 호출을 받고 달려온 것처럼 금방 카페에 나타났다. 토니는 카페에 들어선 그녀를 내가 있는 곳으로 안내했다. 나는 꽃수니에게 오랜만이라고 말하며 인사했고, 그녀는 고개만 숙여 인사했다.

"너도 애인을 불러서 소개하지 그러냐?"

토니가 말했다.

"오늘은 안 돼."

"짜식, 보여주면 닳을까 봐서 아끼는구나."

"그게 아니라, 오늘은 일이 많아서 나와 놀아줄 시간이 없대."

때마침 카페에 손님이 들었으므로 토니는 일어나서 주문을 받으러 갔다. 그러나 그는 금방 돌아와서 다시 앞자리에 앉았다. 아마도 손님이 이따가 주문을 하겠다고 말한 모양이었다.

"우리 꽃수니, 앞에 앉은 8비트의 고등학교 때 별명이 '걍'이었는데, 왜 걍인 줄 알아?"

토니가 말했다.

"그냥이라는 말 아냐?"

"그런데 왜 저놈 별명이 '그냥'이 되었는지 아느냐고."

"물에 물 탄 듯 술에 술 탄 듯한 성격 때문이 아닐까?"

"아니, 그렇지 않아. 사고를 치고도 이유를 물으면 자꾸만 '그냥'이라고 대답해서 생긴 별명이야."

"얌마. 그 정도에서 그만해라. 더하면 널 다시 안 볼지도 몰라."

내가 토니를 향해 눈을 부라리며 경고했다.

토니가 말하려는 것이 그리 대단한 사고는 아니었다. 그러나 내 인격을 먹칠할 수는 있었으므로 꽃수니가 알아서 좋을 게 없었다.

성적 호기심이 왕성한 고등학생 때의 일이었다. 어떤 친구가 노팬티로 생활하면 성기가 단련된다는 얘기를 내게 했다. 바지 속에서 성기가 자유로이 활동을 하면 감각이 무뎌진다는, 다소의 신빙성 있는 얘기였다. 나는 여자에게 조롱받는 남자가 되는 것이 꿈이 아니었으므로 그 말에 귀가 솔깃했다. 그래서 노팬티로 살아보기로 했다.

팬티를 벗고 보니 시원해서 좋긴 했다. 오줌을 누고 고추를 제대로 털지 않으면 바지에 티가 난다는 것, 바지를 제때 빨아서 입지 않으면 주변인의 코가 알싸해진다는 것 정도의 문제는 그다지 심각하지 않았다. 진짜 문제는, 볼일을 본 후에 깜박하고서 남대문을 닫아걸지 못했을 때다. 나는 그때 그 문제를 간과하고 있었고, 때문에 외침에 의한 파멸이 아니라 내부 전략의 노출에 의해 자멸하게 된다.

쉬는 시간에 오줌을 누고 돌아섰을 때까지는 별다른 문제가 없었다. 어느 정도 노팬티에 익숙해졌을 때였으므로 아랫도리가 허전하게 느껴지는 것, 선선한 바람이 드나드는 것은 노팬티의 전형적인 현상이라고 나는 생각했다. 그리고 주변의 남학생들도 남의 아랫도리를 눈여겨보지는 않았기에 나의 문제점을 발견하지 못했다.

문제는 내가 볼일을 보고 복도로 나섰을 때 불거졌다. 하필 내가 짝사랑하던 양호 선생님이 백의 차림으로 화장실에서 나오다가 화장실 앞 복도에서 나와 마주치게 되었다. 나는 여느 때처럼 콩닥거리는 가슴으로 얼굴을 붉히며 '안녕하세요' 하고 인사를 건넸다. 양호 선생님도 평소처럼 '응' 하고 대답하며 살짝 웃었다. 그러나 그때까지도 문제의 심각성은 드러나지 않고 있었다. 양호 선생님도 나에게 있는 문제점을 발견하지는 못했고, 자신의 앞섶에 묻은 먼지를 손등으로 톡톡 털며 내 앞을 지나 저만치 멀어져갔다.

언제 보아도 아름다운 선생님이었다. 나는 앞서가는 선생님의 얄랑거리는, 앙증맞은 엉덩이와 팬티 라인을 감상하며 그 뒤를 따라 교실로 돌아가고 있었다. 그러는 사이, 바보같이 시와 때를 가리지 못하는 남대문 속의 대머리 장군이 싸우고 싶다는 일념으로 의기양양하게 벌떡 일어나서 '진격하라!' 소리치고 있었다. 그런데도 나는 양호 선생님의 엉덩이에 정신이 팔려 그것도 눈치 채지 못하고 있었다. 그러나 복도에 무리를 이루고서 알콩달콩 수다를 떨던 여학생들은 그것을 보고 말았다. 그녀들은 비명을 질러 자기들의 구경거리를 감추도록 내게 경고하지 않았다. 키득거리며 '저기 봐, 저게 무슨 짓이지?'라고 속삭였고, 내 아랫도리를 힐끔거렸다.

아무것도 모르던 나는 내가 잘생겨서 그러는 것이리라 생각하며 어깨에 힘을 빡 주고 그녀들의 앞을 당당하게 지나갔다. 그때 마침 복도를 지나가던 수학 선생님이 내 등뒤에서 쿡쿡 웃음을 흘리며 속닥거리고 있는 여학생들의 대화를 엿듣게 되었다.

"어이, 학생."

수학 선생님이 나를 불렀다.

"네?"

영문을 모르는 내가 발걸음을 멈추고 몸을 돌렸다. 그제야 모여서 쑥덕거리던 여학생들이 호들갑스럽게 비명을 지르며 뿌르르 흩어졌다. 그러나 그녀들은 멀리 가지 않고 교실에 숨어서 계속 나를 지켜보았다.

"너, 뭐 하는 짓이야?"

수학 선생님이 소리쳤다.

"걸어가는 짓인데요?"

나는 이유를 몰라 눈을 말똥거렸다.

"뭐야? 이 새끼, 이거 완전히 또라이 아냐."

오히려 자신이 얼굴을 붉히며 내게 가까이 다가온 수학 선생님은 얼른 몸으로 내 앞을 가렸다. 그리고는 들고 있던 사랑의 매로 내 머리를 사정없이 내려쳤다.

"이 새끼, 너 노출증 환자야? 얼른 감추지 못해!"

그제야 나는 아픈 머리를 두 손으로 감싸 쥐며 허리를 굽혀 아랫도리를 살폈다. 거기 잘 익은 가지가 달려 있는 것을 발견했다. 가지가 밭에 있질 않고 왜 거기 있는 것인지 잠시 헷갈리는 상황이 전개되었다. 그리고 그게 보통 가지가 아니라는 사실을 깨닫고 다시 확인을 했다. 그때는 방금까지 있었던 가지가 온데간데없고 그 자리에 번데기 한 마리가 주름을 있는 대로 잡고 붙어 있었다. 당혹감과 부끄러움, 그리고 양호 선생님에 대한 환상이 깨어지면서 가지가 순식간에 번데기로 변태했던 것이다.

"오마나!"

나는 기겁을 하며 얼른 바지 지퍼를 끌어올렸다. 번데기의 주름 하나가 지퍼에 집혔지만 고통을 느낄 형편이 아니었다.

"이 새끼, 너 일부러 열고 다녔지?"

수학 선생님은 쥐구멍에 들어가고 싶어 쥐처럼 작아지려는 나의 몸짓 따위에는 아랑곳하지 않고 더욱 목소리를 높였다. 그는 그 많은 학생들이 창 너머로 구경하고 있는데도 불구하고 내가 쥐구멍을 찾도록 허락하지 않았다.

"아닌데요. 방금 화장실에 갔다가……."

내가 창피하여 얼굴을 손으로 가리고서 겨우 새어나오는 목소리로 말했다.

"요요요 나쁜 새끼. 그럼 팬티는 왜 안 입었어. 응?"

수학 선생님이 몽둥이로 내 어깨를 내리치며 물었다.

"그냥……."

"그냥이라니? 노팬티로 남대문을 닫아걸지 않고 다니는 게 그냥이라니……, 말이 돼?"

"정말 그냥인데요, 선생님."

"'그냥'도 '정말'이 있냐, 새끼야?"

"일부러 그런 것은 아니라는 뜻인데요, 선생님."

"그럼 그건 왜 세웠어? 세우지만 않았어도 실수라고 인정하겠다."

"그냥 그렇게 된 건데요, 선생님."

"이 새끼 봐라? 그것도 '그냥' 세웠고, 남대문도 '그냥' 열었고, 팬티도 '그냥' 안 입었단 말이지? 이 새끼, 정말 안 되겠네. 너 같은 놈은 '그냥' 퇴학을 시켜야 돼. 따라와!"

수학 선생님은 내 귓바퀴를 잡아당기며 교무실로 향했다.

왜 그랬을까. 너무 당황하고 부끄러워서 그랬겠지만 나는 사실은 이렇게 저렇게 되어서 결과가 이렇게 되었다고 말하지 못하고 '그냥'만 반복하다가 교무실까지 끌려갔다. 미리 말했으면 퇴학 위기까지 몰리고도 모자라 모든 학생의 놀림감이 되어서 전학을 생각하게 되지 않았을지도 몰랐다. 결국은 수학 선생님으로부터 나를 인계받은 학생주임의 추궁에 사실을 다 말하고 용서 받았지만 그 사건은 내 일생일대의 치욕으로 남게 되었다.

그 낯 뜨거운 사건을 토니가 자기 여자 친구에게 말하고 싶어한다. 내가 무척 당황하는 모습을 보이자 꽃수니는 착하게도 내가 싫어하는 얘기라면 듣지 않겠다고 말해주었다.

"그래, 하지 말자. 뭐 좀 마셔라. 뭘로 줄까?"

토니가 물었고, 나는 드라이진으로 부탁한다고 대답했다.

토니가 주방으로 간 사이 나는 꽃수니에게 내 여우를 자랑했다. 꽃수니가 나를 토니보다 못한 인간으로 보지 않길 바라는 마음이었다. 여우가 있는 인간임을 내세우면 내 모자람이 덜 부각될 것 같았다.

"솔직히 말해서 내 여동생 친구 중에 그렇게 예쁜 여자가 있을 줄은 몰랐어요. 그래서 살요깃감은 기대도 않았고, 다만 눈요기만 하려고 동생 방의 문을 벌컥 열었던 거죠. 그런데 거기 미래의 살요깃감이 다소곳이 앉아 있지 않겠어요. 얼마나 신비스럽게 보이는지……."

"그래서, 살요기는 어디까지 했어요?"

꽃수니가 눈을 동그랗게 뜨고 물었다.

"꽃수니 씨도 토니랑 똑같은 질문을 하는군요. 그게 그렇게 궁금한가요?"

"8비트 씨는 살요기하는 것도 남들과 달리 특별한 게 있을 듯해서요."

"그런 건 없어요. 남 먹지 못하게 침 발라놓는 것도 남들과 똑같고……, 아예 남이 거들떠보지도 못하게 코도 발라놓고 싶은데, 아직 거기까지는 못했어요."

"그런 이유에서 타액을 바르는 건 줄은 몰랐네요. 오호 호호호."

꽃수니는 내 표현 방식이 마음에 드는 모양인지 손으로 입을 가리고 한참 동안 웃었다.

"어이, 내가 왔다, 친구!"

낯익은 목소리가 들려서 출입구 쪽을 돌아보았다. 얌체짓 잘하는 물고기라는 뜻의 '얌치'가 카페에 들어서고 있었다. 그는 손을 높이 쳐들어서 주방에 있는 토니에게 인사를 건네고 있었다.

토니가 그를 반갑게 맞으며 내 쪽으로 턱짓을 해 보였다. 얌치가 고개를 돌려 확인하고는 다시 손을 흔들며 내가 있는 곳으로 걸어왔다.

"이거 얼마 만이냐. 반갑다. 오, 수니 씨도 계셨네. 그동안 별일 없었죠?"

나와 악수를 나눈 얌치가 꽃수니에게도 인사를 건넸다.

"어쩐 일이냐?"

내가 얌치에게 물었다.

"나, 여기 자주 와."

얌치랑, 또 다른 고등학교 동창이면서 하는 짓이 느끼하여 '돈자'로 불리는 녀석이랑 쌍쌍이 토니의 쌍과 자주 어울린다는 것은 나도 익히 아는 바였다. 다만 대낮에 회사에 있어야 할 그가 카페에 나타났기에 어쩐 일이냐고 물었을 뿐이다.

토니가 드라이진 한 병과 워터, 그리고 과일을 가져와서 탁자에 놓고 앉았다.

"그냥 문 닫아버릴까?"

얌치를 보자 토니는 놀고 싶어서 몸이 근질거리는 모양이었다.

"아버님이 적자 나는 건 상관없지만 영업시간만큼은 확실히 지키라고 했잖아."

꽃수니가 사나운 눈총을 쏘아서 토니를 다운시켰다.

"우리 감시원이 무서워서 문은 못 닫겠고……, 그냥 술이나 마셔라."

토니는 술을 잘 마시지 못했다. 그래서 우리에게 술이나 따르다가 손님이 오면 달려가서 주문을 받고, 서빙을 하다가 다시 와서 자리에 앉곤 했다. 그러는 동안 우리는 홀짝홀짝 술을 마시면서 못 만난 동안 있었던 잡다한 사건 사고 소식을 위주로 환담을 나누었다. 그러다가 나는 대낮에 회사에 있질 않고 왜 여기서 죽치느냐고 얌치에게 묻게 되었다.

"외근 때는 업무 얼른 보고 여기 들러서 놀다가 바로 퇴근하기도 해. 어차피 남의 돈 벌어주는 건데 뼈 빠지게 할 것 있겠냐? 능력 있는 놈은 놀 거 다 놀면서도 이 머리 하나로 남보다 더 인정받고, 그러는 거야."

괜히 물어봤다는 생각이 들었다. 시간이 흐를수록 대화의 질이 저하되더니 마침내 얌치의 자기 자랑이 이어지는 지루한 수준에 이르렀다.

"참, 8비트도 여우 꼬리 달았다는데 우리 멤버에 끼워주면 어떨까?"

잠시 서빙을 하러 갔던 토니가 돌아와 자리에 앉으면서 얌치에게 말했다.

"그게 정말이야?"

술이 알싸하게 오른 얌치가 놀란 눈으로 물었다.

"왜. 나는 여우 생기면 안 되냐?"

내가 물었다.

"넌 이제 백수 생활이 몸에 익었구나. 취직은 아예 포기한 거냐?"

얌치가 못마땅한 투로 말했다.

"지금 이 자리가 내 취직 고민해주려고 모인 자리야? 날 끼워주기 싫으면 그냥 싫다고 해, 인마. 괜한 시비 걸지 말고."

나는 신경질적으로 얌치를 노려보았다.

"네가 지금 여우하고 노닥거릴 정도로 한가로워서는 안 될 것 같다는 말이지. 친구로서 그 정도의 걱정은 해줄 수 있는 거잖아. 나는 남들 여우 만날 때 도서관에서 곰팡이랑 키스하고 책벌레 알몸 더듬으며 취업 준비했걸랑. 그렇게 해도 될까 말까 한 것이 취직이라는 건데 너에게는 그런 긴장감이 전혀 보이지 않잖아? 토니, 쟤야 장차 유명 식당 사장 될 몸이라 걱정 없지만 넌 취직에 목숨 걸어야 할 처지 아니냐?"

"나도 그 정도는 했다. 네가 도서실 곰팡이에 발라놓은 침을 내가 다 닦았고, 네가 알몸 더듬었던 그 책벌레랑 나는 살림까지 차렸어. 나도 너처럼 비겁한 방법으로 군 면제 받았으면 지금보다 더 좋던 시절에 입사 시험 볼 수 있었고, 그랬으면 지금보다 훨씬 쉽게 취직할 수 있었어, 인마."

"누가 비겁한 방법으로 군 면제를 받았다는 거야?"

"야, 모처럼 친한 친구들끼리 만나서 굳이 그런 말을 해야겠냐? 그만하자."

토니가 서둘러 진화에 나섰다.

"내가 지나쳤다면 미안하다. 난 백수일 때 너처럼 연애 같은 거 해보지 못했거든. 그래서 배가 아팠나 보다."

얌치가 사과를 했지만 이미 내 기분은 망칠 대로 망쳤다. 취업 얘기가 나온 탓에 겨우 잊어가던 우울한 기억들이 고스란히 되살아났.

나는 오늘 또 취업에 실패했다는 사실을 상기한 탓에 얼음 덩어리를 삼킨 듯 기분이 싸늘히 식었다. 그래서 얌치가 화장실에 가고 꽃수니는 토니를 도우러 주방에 간 사이에 가방을 들고 슬그머니 자리를 빠져나왔다.

나는 집으로 갈 수가 없었다. 비록 실망한 눈빛을 감추지는 못하더라도 아직은 기회가 많이 남았으니 힘내라고 위로할 가족들이 아니었다. 뻔뻔스럽게 취직이 된 것처럼 행동했던 내가 어깨 축 처져서 들어가면 어머니는 냄비부터 찾아들고 올 것이다. 그러나 내가 맞기 싫어서 집에 들어가지 못하는 것은 결코 아니었다. 상심한 내 마음이 마구 짓밟힐 것이 더 걱정스러웠다. 그래서 일단 버스를 타고 도심으로 들어갔다.

종로에서 버스를 내린 나는 터덜터덜 걸으며 거리를 구경했다. 노점상 앞에서 인형을 구경하고, 그것을 사가는 사람들을 구경했다. 즉석 복권을 사서 벽에 대고 긁는 사람의 어깨 너머로 당첨 유무를 확인하기도 했다. 나의 미래일지도 모를, 지하철 계단의 걸인을 오랫동안 지켜보기도 했다. 스트레스 해소용 벽돌 깨기를 하는 곳 앞에서는 벽돌을 깨는 사람들을 구경하면서 그들이 가진 스트레스의 강도를 점쳐보았다. 나보다 더 스트레스를 받는 사람도 많은 것인지 자기 손이 깨어지는 것도 모르고 벽돌 깨기에 몰입한 사람도 상당수였다. 그러는 사이 어느덧 해는 서서히 저물고 있었다.

해는 지는데 나는 갈 곳을 잃고 방황하고 있었다. 종로 거리에 싫증이 난 나는 아무 생각 없이 터덜터덜 광화문 쪽으로 발걸음을 옮겼다.

그곳에는 백여 명쯤 되어 보이는 사람들이 촛불을 들고 서 있었다. 나는 그들이 왜 촛불을 들고 서 있는지 몰랐다. 다만 바람에 하늘거리는 촛불이 아름다웠으므로 그들 옆에 가서 섰다.

처음에는 그냥 구경만 할 생각이었다. 그런데 누군가가 내게 다가와서 촛불을 손에 들려주었다. 나는 그것을 사절하지 않고 받아 들었고,

그들처럼 몸을 좌우로 천천히 흔들었다. 그러나 그들이 부르는 노래는 따라 부르지 않았다. 노래를 몰라서가 아니라 노래가 내 귀에 들어오지 않았기 때문이었다.

나는 마음속으로 갈 곳을 걱정하고 있었던 모양이다. 그랬기에 문득 군대 후배의 얼굴이 떠올랐을 것이다. 그런데 이럴 때에 떠오른 얼굴이라는 것이 하필이면 그 무시무시한 인간 '죽이는군'이었다. 그는 수송부 정비병 보직을 받았지만 자동차 바퀴를 '발통'이라고 부를 만큼 구형 모델이었다.

내가 근무했던 부대 담장 너머에는 구멍가게 민가가 한 채 있었다. 사병을 상대해서는 재미를 못 보아도 장교나 부사관을 상대로는 제법 쏠쏠하게 재미를 보던 그 가게는 술시중을 드는 아가씨가 한 명 있었다. 그러니까 그 가게는 구멍만한 가게가 아니라 구멍을 파는 구멍가게로, 일종의 군사촌 전근대식 주막인 셈이었다.

그 가게에서는 토종 변견도 한 마리 키우고 있었다. 아마도 아가씨 지킴이용이지 않았나 싶다.

할머니 치마만 봐도 정신이 몽롱해지고 아랫도리는 빳빳해진다는 짐승들이 담 하나를 사이로 버글거리고 있었으니 도사견 1백 마리로도 모자랄 방어였다. 그러나 어쩐 일인지 겨우 토종 변견 한 마리만으로도 그녀는 무사했다. 그 변견이 그만큼 사나웠기 때문은 아니었다. 그렇다고 담 너머의 버글거리는 짐승들이 착했던 것도 아니었다. 그녀가 웬만한 강심장이 아니고서는 용기를 낼 수 없는 추녀였던 것도 아니었다. 오히려 미인 쪽에 속했다. 몰캉몰캉하게 여문 몸에 야리야리한 미니스커트를 걸치고 부대 앞에 돌아다니는 것을 본 장병들은 저도 몰래 오줌을 찔끔거릴 정도였다.

면회객이 몰리는 주말 외에는 국방색만 존재하는 격오지의 군사촌이었다. 그런 곳에서 몇 안 되는 열외의 색깔인 그녀가 치마를 나풀거리며 돌아다녔다. 그녀를 본다는 것은 군인들로서는 여간한 고문이 아니었다. 그중에서도 그녀 때문에 치명적인 고문을 당한 군인이 하나 있었으니, 나의 한 달 선임병인 '사탄'이 바로 그 당사자였다.

그가 사탄이 된 것은, 사탄이기 때문이 아니었다. 사탄을 용서하지 못하는 독실한 기독교 신자였기에 붙은 별명이었다.

그 사탄이 사탄으로 불리기 전의 어느 날이었다. 그는 위병 근무를 서고 있었다. 그 근무조에는 고참 최용철(최고 품질의 용수철)이 끼여 있었다. 1명의 부사관이 4명의 근무조를 거느리고 있었고, 2인이 짝을 이루어 1시간씩 근무를 서는 2교대 형식이었다. 그런데 이 사탄의 짝이 하필이면 시도 때도 없이 용수철처럼 튕겨 오르는 물건의 소유자인 최용철이었다.

최용철과 사탄은 위병소에서 정자세로 근무를 서고 있었다. 그때 마침 그녀가 속이 비치는, 하얀색 바탕에 분홍 꽃무늬가 새겨진 미니스커트를 입고 위병소 앞을 지나갔다.

휘파람이라도 분다면 그녀는 틀림없이 치마를 들어 그 속을 보여주고 갔을 것이다. 그녀가 그렇게 돌아다니는 이유는 밤에 술값 챙겨서 찾아오라는 홍보 전략이었다. 그러므로 가끔은 휘파람 없이도 그녀의 치마는 그 용도를 다하지 못할 때가 있었다.

최용철은 그것을 기대하고 있었다. 그러나 그날따라 바람이 배신하여 그녀의 치마는 감질나게 하늘거릴 뿐이었다. 그런데도 최용철은 휘파람을 불 수가 없었다. 위병소 근무 수칙에 그것이 금지되어 있었다.

안달이 난 최용철이 아랫도리를 배배 꼬고 있을 때였다. 마침내 근무 교대 시간이 되었다. 위병소 안의 근무자 대기실로 들어선 최용철은 총을 내려놓기가 무섭게 화장실을 향해 쏜살같이 달려갔다. 그 뒷모습을 바라보는 조장의 얼굴에는 야릇한 미소가 피어오르고 있었다. 하지만 아직 신참이었던 사탄은 그 미소의 의미를 알지 못했다.

10분이 지났지만 최용철은 돌아오지 않고 있었다. 은근한 장난기가 발동한 조장은 사탄에게 빨리 가서 최용철을 불러오라고 지시했다.

"조금 있으면 1호차 들어온다는 연락이 왔어."

1호차가 들어올 때는 모든 근무자가 나가서 조장의 지휘에 맞춰 절도 있게 경례를 하고 '근무 중 이상 무'를 외쳐야 한다. 모든 조원들의 행동이 통일되어야 한다. 그중 한 사람의 목소리나 행동이 독단적이기만 해도 근무가 깨어지는 판에 한 사람의 근무자가 빠진다는 것은 있을 수 없는 일이었다. 위병 근무야말로 그 부대 군기의 상징이었기 때문이다. 그래서 사탄은 총알같이 화장실로 달려갔다.

화장실은 위병소에서 10미터가량 떨어져 있었다. 위병 근무자와 면회객을 위해 지어진 화장실이었다. 그러므로 평일인 그날 그곳에는 최용철뿐이었다.

사탄이 다급한 목소리로 최용철을 불렀고, 최용철은 들릴까 말까 한 목소리로 '응' 하고 대답했다.

"지금 대장님 들어오신답니다. 빨리 나오십시오."

"응, 그래. 다 됐어. 금방 갈게."

그런데 최용철의 목소리가 어쩐지 떨리고 있었다. 사탄은 그가 큰일을 보느라 아랫배에 힘을 주고 있어서 그런 것이라고 생각했다. 그래서 먼저 위병소로 돌아가 군장을 갖추고 그를 기다렸다. 그런데 금방 온다는 그는 한참의 시간이 지나도 감감무소식이었다.

"인마, 최용철 불러오라고 한 지가 언젠데 아직 안 와?"

조장이 다그쳤다.

"금방 온답니다."

"대장님도 금방 들어오신단 말야. 빨리 가서 끌고 와."

"제 고참인데요."

"그럼 내가 가서 끌고 오리?"

하는 수 없이 사탄은 다시 화장실로 달려갔다.

"지금 대장님이 오고 계십니다. 빨리 나오십시오."

사탄이 소리쳤지만 저쪽에서는 '알았다니까'라는 신경질적인 반응이 있었을 뿐, 최용철은 모습을 드러내지 않았다. 사탄은 근무가 깨어질까봐 화장실 앞을 떠나지 못하고 노심초사 초조히 최용철을 기다렸다. 그러나 그로부터도 2분이 더 지나도록 그는 나오지 않았다. 정직하게 야전교범대로 군생활을 하던 사탄은 위병소에 서서 빨리 최용철을 끌고 오라고 종용하는 조장의 손짓에 더욱 조바심이 일었다. 금방이라도 1호차가 헤드라이트를 번쩍거리며 위병소 앞에 들이닥칠 것만 같아 진땀이 흘렀다.

사탄은 조바심과 불안에 더는 기다리지 못하고서 화장실 문 손잡이를 확 잡아당겼다. 안에서 걸었으리라 짐작하고 힘껏 당긴 문은 그러나 너무도 쉽게 벌컥 열렸다. 문고리가 고장이 나 있었던 것이다.

거기까진 그래도 좋았다. 문제는 최용철이라는 자가 바지를 내리기는 했는데, 푸세식 구멍 위에 쪼그려 앉아 있질 않고 서서 쏴 자세를 취하고 있었다는 점이다. 그것도 등을 돌려 엉덩이를 바깥쪽으로 향한 채. 그제야 사탄은 눈치를 긁었다. 그 다급한 상황에서도 중단을 시킬 수 없었던 것이 대변도 소변도 아닌 제3의 배설물이었다는 것을 알고는 사탄의 눈알이 확 뒤집혔다. 자위를 죄악 중의 죄악으로 여기는 하나님의 아들이었기에 죄악을, 그것도 대장이 들어오면 근무가 깨지는 상황인데도 중단하지 않고 고집스럽게 행하고 있는 진짜 사탄이 고참이라는 사실까지 망각하고 말았다. 그는 돌아서서 일단 눈에 띄는 것을 주워 들고 최용철에게 다가갔다. 그것으로 최용철의 까진 엉덩이를 쿡쿡 찔렀다.

"사탄아, 물러가라! 썩 물러가라!"

사탄이 그때 멀리서 낄낄거리며 지켜보고 있는 조장을 보기만 했어도 그 큰 실수를 저지르지는 않았을 것이다. 다 짬밥 부족 때문이었지만 사탄은 돌이킬 수 없는 하극상을 저지르고 있었다.

늘 그랬듯이, 최용철은 조장이 또 1호차가 들어온다는 거짓말로 자신을 부른다는 것을 알고 있었다. 조장 또한 최용철은 불러도 오지 않을 것이며, 그러면 신참인 사탄이 조바심에 무리수를 두게 될 것임을 알고 있었다. 서로가 그런 일이 한두 번이 아니었기에 최용철은 조장의 부름에 일부러 응하지 않았다. 그것을 알 리 없는 사탄은 용감하게도 계속해서 고참의 엉덩이를 찔렀다.

"앗 따가, 앗앗앗. 이 씹새끼, 그만두지 못해!"

최용철이 성질을 벌컥 내며 뒤를 돌아봤다. 그러나 사탄은 그때까지도 자기가 얼마나 큰 실수를 하고 있는지 깨닫지 못하고 있었다. 잠시 후, 얻으려는 전기 충격은커녕 엉덩이를 침질당한 최용철이 화가 머리 끝까지 올라서 바지도 올리지 않고 뛰쳐나와 사탄의 뺨을 후려쳤다. 그제야 사탄은 자신의 잘못을 깨닫고 털썩 무릎을 꿇었다. 그러나 돌이키기에는 이미 때늦었다.

사탄은 후회를 하며 최용철의 엉덩이에 방울방울 맺힌 피를 보게 되었다. 그는 깜짝 놀라며 자신의 손을 보았다. 그 손에는 무엄하게도 바짝 말라서 누렇게 색이 변한, 무시무시하게 가시로 중무장한 탱자 나뭇가지가 들려 있었다. 화장실 앞 탱자나무를 가지치기한 것 중 하나였다.

"핥아, 새끼야!"

최용철의 입에서 그 말이 튀어나왔을 때, 사탄은 차라리 죽고 싶었다고 나중에 토로했다.

"이곳에서 말입니까?"

사탄은 휘둥그렇게 눈을 뜨고 최용철을 쳐다보았고, 주변을 둘러보았다. 저 멀리서 쿡쿡 웃으며 즐겁게 그들을 감상하고 있는 조장의 모습이 눈에 들어왔다.

"저기서 조장님이 지켜보고 계십니다."

사탄이 턱 끝으로 조장을 가리키며 말했다.

"그래도 핥아, 씹새끼야."

고참 몸에서 사탄을 내쫓으려다 자신이 사탄이 되어야 할 처지가 되고 말았다. 하지만 사탄은 무사히 군복무를 마치고 돌아가 다니던 신학대학을 마저 마쳐야 했다. 그리고 단계를 거쳐서 목사가 되어야 했다. 사탄이 되길 거부하고 당장 맞아 죽을 수 없는 귀한 몸이었다.

사탄은 지금 잠시 사탄의 명령을 받들더라도 나중에 백의 사탄을 처단하면 주님의 용서가 있으리라 생각하게 되었다. 그래서 2보 전진을 위한 1보 후퇴로 일단은 악마의 부하가 되기로 했다. 그는 무릎걸음으로 다가가서 최용철의 묵직한 물건을 두 손으로 움켜쥐었다. 그 다음 입을 가져다 대려고 하는데, 최용철이 주먹으로 사탄의 머리를 꽝 내리쳤다.

"이 사탄새끼, 지금 뭐 해?"

"핥으라면서요."

"이 사탄 씹새끼, 너 변태야? 내가 거길 핥으라고 했어, 엉덩이 피 핥으라고 했지?"

"그 말이었습니까?"

사탄의 얼굴에 잠시 화색이 돌았다.

"사탄새끼, 너 때문에 엉덩이가 벌집 됐잖아. 피 한 방울이라도 팬티에 묻으면 넌 개죽음이야. 안 그래도 오늘 위생 검열 있는데……, 팬티에 피 묻어 있으면 벌레 생겼다고 깨진단 말이다, 새끼야."

그날, 사탄은 최용철이 목욕을 하지 않아도 될 만큼 엉덩이를 싹싹 핥았다.

"그럴 줄 알았으면 똥꼬 깊은 곳까지는 찌르지 않았을걸."

나중에 사탄은 그 깊은 곳의 씁쓰레한 맛을 떠올리고는 그렇게 말하며 몸서리쳤다.

그 이후 최용철에 의해 사탄으로 불리게 된 사탄은, 수시로 최용철로부터 달랑 1백 원짜리 동전 하나 건네받고는 아이스크림 한 개 사고 50원을 남겨오라는 명령을 받아야 했다.

"그리고 예쁜 내 사랑이 어떡하고 있는지 살피고 온다. 실시!"

분명한 기억은 아니지만 가장 싼 아이스크림이 3백 원이던 시절이었다.

그 여자는 최용철의 엉덩이를 벌집으로 만들고 사탄의 남은 군생활을 생지옥으로 만든 원흉이었다. 비록 오매불망 그녀를 흠모하던 최용철의 눈은 낮았다지만 그렇다고 그녀가 수준 미달인 것은 결코 아니었다. 밤마다 구멍가게 구석방에서 들려오는 그녀의 앙칼진 웃음소리가 끊이지 않을 정도로 장병들의 국방색 가슴을 웬만큼 벌집으로 만들었다. 그런데도 그녀가 무사했던 것은 분명 아이러니였다. 그러나 잘 생각해보면 이해가 가는 부분이 있다.

그녀는 혼자서 밤을 보내는 날이 거의 없었다. 마법에 걸린 날을 빼고는 거의 모든 날을 굶주린 늑대 한 마리씩 몸 위에 올려놓고 있었다. 마법에 걸린 그녀마저 개의치 않는 늑대들도 많았다. 그러므로 그녀의 몸이 비는 날을 택일하여 무단으로 쳐들어가기란 극히 불가능했다.

늑대들의 욕망 배설구인 바로 그 아가씨를 위해 존재하던 구멍가게 누렁이. 그놈은 자신의 의무에 대한 별 책임감도 없이 놀고먹었기에 살이 포동포동했다. 하지만 구멍가게 주인은 그 누렁이가 있어 자신의 밥벌이 도구인 아가씨가 무사한 것이라고 믿으며 애지중지했다. 그는 우리 부대에서 나오는 짬밥으로 놈의 살을 찌우고 있었다. 그러면서도 우리 부대원을 견제하기 위해 우리 부대 담 밑에다 놈을 묶어두고 있었다. 그래서 여름이 되면 장병들이 침깨나 삼키며 담 너머로 고개를 내밀고 '요요요' 누렁이를 불러보았다. 건빵으로 유혹을 해보기도 했다. 그런데도 누렁이는 복날을 두 해나 넘기고 세 해째를 맞으며 아가씨만큼이나 용하게도 무사했다.

그러나 그 개 팔자는 그다지 상팔자가 아닌 모양이었다. 초복도 넘기고 중복도 넘겼으니 올해도 무사히 말복까지 세 고비를 다 넘기나 보다 하고 안심하려던 찰나였다. 누렁이는 말복이 눈앞에 다가온 어느 날 죽이는군과 치열하게 투견을 하다가 목숨을 잃고 말았다.

처음부터 죽이는군이 그 개를 죽일 생각이었던 것은 아니었다. 부식차 운전병만 아니었어도 그 누렁이는 무사히 세 해의 복날을 모두 넘기고 '개 팔자 상팔자' 대열에 합류할 수 있었다.

부식차가 부식을 수령해 돌아오는 길에 길바닥에서 특식을 주워왔다. 길거리에 돌아다니던 개를 치었는데, 운전병은 말복을 위해 스스로 몸을 던진 개를 기특해하며 치인 개를 그냥 차에 실어버렸다. 양심에 찔리긴 했지만 어차피 개 주인도 개를 묶지 않고 풀어두어 발생한 사고였기에 죄책감까지 들지는 않았다.

주워온 개를 보고 가장 반긴 것은 죽이는군이었다. 그는 침을 꿀꺽 삼키더니 두말없이 송아지만한 개를 번쩍 들어 안고 수송부 뒤뜰로 갔다. 익숙한 솜씨로 토치램프를 이용하여 털부터 그슬더니 대검으로 배를 쓱쓱 갈라서 내장을 긁어냈다.

긁어낸 창자를 땅에 묻고, 검게 그을린 시체는 짬장의 양해를 구해 임시로 취사장 대형 냉장고 생선칸에 숨겼다. 그런데 그것을, 몰래 마실 술안주가 필요했던 인사계가 역시 그곳에 숨겨둔 닭똥집을 찾으러 왔다가 보고 말았다.

"야, 이거 뭐야?"

인사계가 취사병에게 물었다.

"그거요? 아침에 수송부에서 가져다 놓았는데요. 어떤 놈이 운행 나갔다가 치었나봐요."

"그래? 그럼 이거 아무도 손 못 대게 해. 알았어?"

짬장은 알았다고 대답했지만 애초 자기 것이 아니었으므로 신경도 쓰지 않았다.

아첨 잘하는 인사계는 즉시 대장에게 그것을 상납했다. 실물을 상납하지는 않았고 말로만 상납했다. 그것도 모르고 죽이는군은 차를 정비하고 있어야 할 시간에 수송부 공구창고에 숨어서 산소 용접기로 개고기를 요리하고 있었다.

아침 일찍 개구멍을 빠져나간 죽이는군은 민간인 밭에서 파와 고추와 깻잎 등을 훔쳐서 돌아왔다. 그것과 함께 개를 솥이 아닌 드럼통 쪼갠 것에 넣고는 산소 용접기에 불을 붙였다. 짬장에게는 말도 않고 맡겨두었던 그것을 찾아온 것이었다.

산소 용접기는 연기가 나지 않으므로 숨어서 열기를 얻기에 그만이었다. 먹는 거 앞에서만 기발해지는 이 죽이는군은 불붙은 산소 용접기 두 개를 살살 돌리고, 또 고체연료까지 사용해서 드럼통에 구멍을 내지 않고도 신통하게 물을 팔팔 끓였다. 그래서 수송부는 때 아닌 회식을 하게 되었다. 그리고 개고기를 보관해주었던 짬장도 초대를 받아서 수송부 공구실 도끼자루 위에 엉덩이를 얹고 앉게 되었다.

"어? 이거 인사계가 봤는데. 아무도 못 건드리게 하라 했는데."

짬장이 끓고 있는 개고기를 물끄러미 바라보며 중얼거리듯이 말했다.

"야, 그걸 이제 말하면 어떡해!"

수송부 최고참인 동시에 내무반장이기도 한 김뱀이 빽 소리를 질렀다.

"알게 뭡니꺼. 일단 먹고 보입시더."

죽이는군이 팔을 걷어붙이고 대검으로 개고기 뒷다리를 떼어내며 말했다.

"너 이 새끼, 이거 우리가 홀라당 해치운 거 알면 전부 다 영창 가, 인마."

김뱀이 겁에 질린 표정으로 말했다.

"걱정할 것 없심더. 우리 다 영창 가면 차는 누가 껍니꺼."

"교대로 보낼지도 모르지, 인마."

"그럼 이따가 차 끌고 나가서 또 한 마리 치면 안 되겠심니꺼."

죽이는군은 아주 간단하게 생각하며 천하태평이었다.

"에이, 모르겠다. 먹고 죽은 놈은 때깔도 좋다는데, 네 말대로 일단 먹고 보자."

김뱀은 걱정되기도 했지만 눈앞에 있는 음식을 두고 더는 참을 수 없었다. 그래서 맨손으로 달려들어 고기를 뜯기 시작했다.

고참들이 먼저 먹었고, 졸병들이 교대로 공구실에 들락거리며 고기를 뜯었다. 수송병의 숫자가 많아서 졸병들은 국물만 겨우 얻어먹었다. 하지만 죽이는군은 까마득한 졸병이었음에도 수고의 대가로 가장 많은 살코기를 먹었다. 그렇게 하여 수송관은 까맣게 모르는 상태에서 녹내나는 드럼통 속의 개고기가 다 사라지고 국물까지 바닥나게 되었다.

"야, 네가 저지른 일이니까 네가 개 구해서 냉장고에 넣어둬."

뼈다귀를 묻으러 가는 죽이는군에게 김뱀이 명령했다. 그러나 군인들만 득실거리는 산골 군사촌에서 개 구하기가 그리 쉬운 일은 아니었다. 그런데도 이 죽이는군은 별로 걱정하는 기색이 아니었다. 운전병도 아니고 운전면허증도 없는 그가 운행 나가는 운전병에게 개 좀 치어오라는 부탁을 해본 것도 아니었다.

그렇게 시간은 흘러서 밤이 되었다. 점호가 끝나고 취침이 시작되었는데, 죽이는군은 자지 않고 침상 구석에서 무엇인가를 하느라 부스럭거리고 있었다. 가만히 보니 위생병에게서 얻은 주사기로 취사병에게서 얻은 주먹만한 고깃덩어리를 자꾸 찌르고 있었다.

"야, 뭐 해?"

김뱀이 속삭여 물었다.

"개 잡을 준비합니다."

"그게 뭔데?"

"닭다리하고 브레이크액입니다."

"그걸로 어떡하게?"

"브레이크액을 닭다리 속에 넣어서 개한테 먹일 겁니더. 그러면 브레이크액을 먹은 개가 속이 확 뒤집혀서는 미친 듯이 날뛸 겁니더. 그때 잡으면 됩니더."

브레이크액에 공업용 알코올이 다량 포함되어 있다는 것을 알고는, 그것으로 개를 잡겠다는 생각이었다. 언뜻 생각하면 기발하기도 했고, 어떻게 생각하면 미친 짓 같기도 했다. 어쨌거나 한다면 하는 놈이었으므로 우리는 그를 믿어보기로 했다.

내무반장과 불침번의 묵인 하에 팬티 바람으로 몰래 내무반을 빠져나간 그는 수송부 공구실로 갔다. 그래서 손잡이에 긴 쇠파이프를 붙여 멀리서도 쇠사슬 절단이 가능하도록 제작한 특수 절단기를 들고 돌아왔다. 그리고 준비한 닭고기를 들고 다시 나가려 했다.

"얌마, 기왕에 줄을 끊을 거면 그냥 끊으면 되지 왜 브레이크액은 먹이려는 거야?"

죽이는군의 행동을 지켜보던 김뱀이 의문을 표했다.

"그냥 풀어놓으면 개가 주인집으로 들어가버릴지도 모르고예, 제정신으로 달아나면 내가 못 따라잡을지도 모르잖아예. 개가 비틀거리며 달아날 때 잡는 게 더 확실합니더."

김뱀은 죽이는군의 말이 일리 있다고 판단했는지 잘 해보라고 하면서 무사히 빠져나가도록 망까지 봐주었다.

죽이는군이 사라지고 얼마나 지났을까. 개 짖는 소리가 들렸고, 민가 쪽에서 약간의 소란이 일었다. 일반 병들은 내무반을 이탈할 수 없었지만 내무반장은 약간의 이탈이 묵인되었던 터라 김뱀이 어떻게 되어가는지 살짝 나가보고 돌아왔다.

"개보다 그 새끼가 더 미친 것 같더라."

눈빛을 반짝이며 소식을 기다리고 있던 우리에게 김뱀이 한 말이었다. 그의 말에 의하면, 끈 떨어진 개가 왕왕왕왕 이상한 소리를 내며 풀쩍풀쩍 하늘뜀으로 달아나고 있었고, 소란에 뛰어나온 개 주인은 저 개가 갑자기 미친개가 되었다고 걱정하면서도 감히 쫓아가지는 못하고 겁에 질린 얼굴로 '개 잡아라!' 소리치고 있었다. 그리고 죽이는군은 마치 개 주인의 요청에 따르듯이 개 뒤를 풀쩍풀쩍 개보다 더 높이 뜀뛰기를 하면서 쫓아가고 있었다는 것이다.

위병소에는 위병 근무자가 근무 중이었고, 초소에도 경계 근무를 서는 병사들이 있었다. 그러나 그들은 개 한 마리와 인간 한 마리가 한밤중에 미쳐 날뛰는 것을 보고도 상부에 보고하지 않았다. 죽이는군이 팬티 바람인지라 간첩으로 의심할 수 없었으며, 개를 쫓아가고 있다면 필시 민간인일 것이라고 판단했기 때문이다. 덕분에 죽이는군의 개 추격전은 세인의 관심은 끌었을지언정 부대 내에서는 큰 관심을 끌지 못했다.

죽이는군의 작전은 성공이었다. 그는 얼마 후 누린내 물씬 풍기는 누렁이 한 마리를 어깨에 둘러매고 살며시 내무반으로 기어 들어왔다. 수송부 내무반에는 비로소 안도의 숨이 여기저기서 터져나왔다.

이튿날 오전이었다. 죽이는군은 다시 수송부 뒤뜰에 짱박혀서 전과 같이 그것을 잘 다듬었고, 냉장고로 직행시켰다. 부대 내에서는 어젯밤 담 밖 구멍가게 개가 미쳤으며, 누군가가 그 미친개를 잡으러 갔는데, 젊은 사람이 팬티 바람이었다는 말이 잠깐 나돌았다. 처음에는 아가씨와 자던 사람인 줄 알았는데, 나중에 확인을 해보니 그는 바깥의 소란에도 불구하고 2층 인탑을 무너뜨리지 않았더라고 하는 개 주인의 증언도 있었다. 그 말을 듣고 온 부사관 몇몇은 그 팬티맨이 우리 부대원이 아닐까라는 의문을 던졌다. 그들은 간밤의 추격전을 목격한 근무자들을 추궁했다. 하지만 아무도 얼굴을 목격한 사람은 없었고, 수송부와 취사반의 범죄 은닉에 힘입어 이렇다 할 소득을 얻지 못했다.

그로부터 이틀 뒤, 부대 휴양소에서 간부 회식이 있었다. 말복이니 개고기로 간부들 사기를 북돋워주자는 인사계의 꼬드김에 대장이 응했던 것이다. 그런데 그 회식 자리에서 이상한 의문이 또 하나 던져지게 되었다.

"차에 치인 고기라면서……?"

짬장이 야채를 넣기 위해 가마솥 뚜껑을 열었을 때였다. 끓고 있는 고기를 들여다본 대장이 이상하다며 고개를 갸우뚱거렸다.

"그런 걸로 알고 있습니다."

인사계가 대답했다.

"수송관, 어떤 차가 쳤대?"

대장이 수송관을 돌아보며 물었다.

"예, 부식차였습니다. 모퉁이를 도는데 갑자기 뛰어들어서……."

"부식차라고? 만일 이게 사람이었으면 어떡할 뻔했어? 운전병 갈아버려."

대장이 명령했고, 수송관은 즉시 실행하겠다고 대답했다. 그래서 부식차 운전병이 운전대를 빼앗길 처지에 놓였다. 그러나 잠시 후 대장의

'이게 아닌데'라는 말과 함께 부식차 운전병의 모가지는 간당간당한 상태로 약간의 시간을 벌 수 있게 되었다.

"내가 그걸 말하려는 게 아니었어. 뭘 말하려 했더라? 그래, 맞아. 이건 차에 치인 개가 아냐. 내가 그걸 말하려고 했어."

"네? 차에 치인 개가 아니라니요?"

인사계가 물었다.

"저 개 목을 봐. 뭔가에 물린 것 같지 않아?"

간부들이 우르르 몰려가서 가마솥을 들여다보았다. 역시 개의 목에는 움푹 파인 자국이 있었다. 뭔가에 물린 이빨 자국이었다.

"뭐에 물린 것 같아?"

대장이 간부들에게 물었다.

"글쎄요, 큰 짐승 같지는 않은데……. 어쩌면 사람 이빨 자국 같기도 하고……."

"바퀴 자국이나 차에 부딪힌 멍 같은 건 보이지 않지?"

"예, 다른 곳은 깨끗합니다."

고기가 바뀐 사실을 누구보다 잘 아는 짬장이었다. 그러나 그는 모르는 척 고기를 이리저리 뒤집어 살피기까지 하면서 대답했다.

"그럼 이렇게 된 거야. 저 개는 어떤 짐승과 싸우다가 목이 물려 치명상을 입었어. 죽기 직전의 몸으로 겨우겨우 발걸음을 옮기고 있었지. 마침 부식차가 그 옆을 지나게 되었고, 우연히도 때에 맞춰 부식차 바퀴에서는 돌이 튕겼어. 더한 우연으로 부식차 앞까지 다가왔던 개도 더는 버티지 못하고 픽 쓰러지고 말았어. 부식차 운전병은 깜짝 놀라 차를 세우고 내렸어. 그리고 개가 쓰러져 있는 것을 보게 되지. 멍청한 부식차 운전병은 바퀴에 돌이 튕긴 것을 자기 차가 저 개를 친 충격이었다고 착각을 하게 된 거야."

대장의 추리력에 감탄한 간부들이 일제히 박수를 쳤다.

대장이 간부들 앞에서 멋지게 실력을 과시할 수 있었던 것은 모두가 부식차 운전병 덕이었다. 그래서 대장 입에서는 부식차 운전병을 바꿀 필요 없으니 그냥 두라는 말이 나왔다. 다 떨어지고 가죽만 겨우 붙어 있던 부식차 운전병의 목에 다시 접착제가 칠해지는 순간이었다.

"너, 개를 물어서 죽였어?"

간부 회식이 끝나고 짬장으로부터 휴양소에서 있었던 일을 전해들은 김뱀이 죽이는군에게 확인했다. 그렇게 물으면서도 그는 믿을 수 없다는 표정이었다.

"길길이 날뛰며 달아나던 개가 갑자기 돌아서서 와락 달려들지 뭡니꺼. 가만있다가는 내가 물릴 것 같은데 어떡합니꺼. 무기도 없지예, 돌도 보이지 않지예. 그래서 그냥 목을 끌어안고 뒹굴면서 숨통을 콱 물어 뜯었심더."

"미친개가 따로 없군."

김뱀은 고개를 절레절레 저으며 몸서리를 쳤다. 그 이야기를 같이 들은 우리는 그때부터 그를 '죽이는군'이라고 불렀다.

그 엄청난 야만인이 제대를 하고 사회생활을 시작할 때였다. 그래도 전우라고 내게 전화를 걸어왔다.

"헴, 나 죽이는군임더. 먹고살 길 찾아 서울 왔는데예, 함 만납시더."

"어? 죽이는군! 응, 그래. 그런데 내가 좀 바쁜데……."

바쁘면 얼마나 바빴을까. 나는 그를 만나고 싶지 않을 뿐이었다.

수송부 행정병이었던 나는 그 때문에 숱한 기합을 받았다. 그는 빽하면 공구 부러뜨리고, 차 고치라고 하면 더 망가뜨리기 일쑤였다. 그래서 보급량 이상의 공구와 부품을 조달하느라 서류 조작에 정신없는 판에 수송관은 그의 교육까지 내게 맡겨버렸다. 돌아서면 사고를 치는 그인지라 쫓아다니며 감시해도 역부족이었다. 덕분에 나 개인뿐만 아니라 단체 기합도 수시로 받았다. 그랬던 터라 그의 목소리만 들어도 온몸에 오싹 소름이 돋았다. 그래서 될 수 있으면 피하고 싶은 마음이었다.

"헴, 그때 면회 왔던 여동생은 잘 있지예?"

이건 또 무슨 꿍꿍이? 아무래도 그가 내 여동생을 도끼로 찍으려는 것 같았다.

"네가 내 여동생을 왜 들먹여?"

"어느 학교에 다니는지는 알 거든에. 헴이 안 나오면 학교로 여동생 찾아가 볼라꼬예."

"내 여동생을 찾아가서 어쩌게?"

"헴 대신에 여동생 만나서 놀라꼬예. 분위기 좋으면 확 따먹어버릴지도 모르지예."

역시 예상대로였다. 그 단순하고 무식한 인간이 학교로 찾아가서 내 여동생을 수소문한 후에 반강제로 끌고 술집에 데려간다면 큰일이었다. 노른자위가 당할 황당함은 차라리 사소한 문제였다. 그는 군에 있을 때에 내가 여동생을 자기에게 주겠다고 했다고 거짓말할 것이 뻔했다. 그리되면 노른자위로부터 그 말을 전해들은 어머니의 저주가 내 온몸에 내리꽂힐 것이었다.

"아니다. 생각해보니 시간이 조금, 아주 조금 남는다."

나는 어머니에게 용돈을 타고도 모자라서 토니에게 빌리고, 숨겨둔 비상금까지 꺼냈다. 그렇게 거금을 마련한 후에야 그가 기다리는 곳으로 갔다. 그가 배 터질 때까지 양껏 술을 사야 할 게 뻔했기 때문이다.

그날, 그는 내 술을 얻어먹고도 모자라서 내 여동생을 소개해달라며 집까지 따라오려고 했다. 때문에 나는 그를 떼어내느라 혼쭐이 났다. 연락이 닿으면서도 수도권에 거주하는 군대 동기들과 선후배를 모두 불러내어 그를 인계하고 줄행랑을 놓았다. 그런데 이튿날 여관에서 잠이 깬 그는 또 내게 전화했다.

"헴, 그럴 줄 몰랐심더. 배신자는 인제 안 볼랍니더."

그야 내가 바라는 바였다. 그래서 나는 고맙다는 인사까지 하고 전화를 끊었다.

그 후로는 일절 연락을 않고 지냈다. 그런데 얼마 전에 군대 친구 중에서도 나와 나이는 같지만 고참이었던 샌님이 불러서 나갔더니 그 자리에 그가 있었다. 샌님도 그가 어지간한 골칫덩어리라서 나와 그 고통을 좀 분담코자 했다.

죽이는군은 서울에서 활어차를 운전하며 지내고 있었다. 낯선 타향이다 보니 의지할 사람이 필요했을 것이다. 노는 날만 되면 샌님에게 전화하여 술을 같이 마시자고 했던 모양이다.

샌님도 회사에 다니고 있었으므로 술에 절어서 살았다. 갖은 회식에

바이어 접대 등으로 정신을 차리지 못했다. 그런데 모처럼 푹 쉬려고 하면 죽이는군까지 전화해서는 집 앞에 와 있는데 내려오지 않으면 올라가겠다고 하니 죽을 맛이라는 거였다.

모르고 나가기는 했지만 오랜만에 죽이는군을 보니 반갑기도 하고 두렵기도 했다. 그렇지만 이젠 그가 돈을 만지고 나는 무전 백수였다. 그가 술을 사고 내가 얻어먹을 수 있었다. 그래서 그 후에도 샌님 대신 나가서 몇 번 술을 얻어먹었다.

죽이는군도 내가 무전이라서 자기만 술을 사야 하는 불공평한 상황이 못마땅했던 모양이다. 샌님에게는 막무가내로 만나자고 떼를 쓰면서도 내게는 그러지 않았다. 그래서 나는 예전보다는 훨씬 편하게 그를 만날 수 있었다. 다만 만나기만 하면 그가 내 여동생 타령을 해서, 그게 고충이라면 고충이었다.

나는 죽이는군이 자취하는 집에 가본 적이 있다. 그가 술을 사지 않겠다고 뺄 때를 대비하여 알아두었다. 나는 그가 집을 나갈 때는 어디에 열쇠를 숨겨두는가도 안다.

나는 들고 있던 촛불을 슬며시 내려놓고는 집회 대열을 빠져나왔다.

"씨발, 나 오늘 집에 안 들어갑니더."

죽이는군의 핸드폰으로 전화했을 때 그는 밖이라고 했다. 그러니 찾아오지 말라는 말이었다. 하지만 나는 그가 없는 그의 자취방이 더 좋다고 생각했다. 그의 자취방을 혼자 차지할 수 있을 거라고 기대하며 버스에 올랐다.

버스에 올라앉자 잠이 쏟아졌다. 차창에 머리를 기대고 잠깐 졸다가 눈을 떴다. 버스와 나란히 선 승용차가 눈에 들어왔다. 운전자는 짧은 검정 미니스커트를 입은 20대 초반의 여성이었다. 그녀의 브레이크를 밟고 있는 오른쪽 넓적다리가 너무도 탐스러웠다. 야들야들하고 뽀얀 그 살결 그대로의 느낌인 것으로 보아 스타킹을 신지 않은 모양이었다.

때마침 그녀가 차를 출발시키려고 오른쪽 다리를 들었다. 치마가 살짝 밀려올라 가면서 팬티의 끝이 아슬아슬하게 드러나다가 그녀가 다리를 내리니까 다시 치마 속으로 숨었다. 잠이 싹 달아난 나는 그녀가 다시 다리를 들어주길 고대하며 그 차 운전석만 바라보았다. 그렇지만 하필 그때 버스가 정류장에 정차하면서 그녀의 차가 버스를 지나쳐 저 앞으로 멀어져버렸다. 나는 멀어지는 승용차 꽁무니를 아쉬운 눈길로 바라보았다.

정류장에 멈추었던 버스가 다시 출발했다. 나는 잠깐 한눈을 판 사이에 내가 내려야 할 정류장을 지금 막 버스가 출발하고 있다는 사실을 깨달았다. 그러나 뛰어가서 벨을 누르고 문 좀 열어달라고 소리치지 않았다. 어차피 남는 것이 시간이었으므로 한 정류장 정도는 걸어서 돌아오면 된다는 생각이었다.

생각은 현실로 옮겨졌다. 그렇지만 나는 걷는 것이 시간만으로 되는 것은 아니며, 육체적 에너지가 부족할 때엔 그 남는 시간이 오히려 고역이라는 사실을 체험했다. 배가 고파서 걷기가 너무 힘들었다.

죽이는군은 집에 있으면서도 집 밖이라고 거짓말을 했다. 그는 내가 오지 않을 거라고 생각하고서 여자까지 불러다가 안고 있었다.

그가 열쇠를 감추어두던 장독 밑을 뒤졌지만 열쇠가 없었다. 그래서 그의 자취방인 옥탑방 창을 들여다보았다. 그런데 털 없는 짐승 두 마리가 털 대신 착용하던 것들을 모두 벗어젖히고 엉켜 있었다.

"죽이는군아, 집 밖에서 벌거벗고 있으면 춥지 않니?"

내가 창을 들여다보며 소리쳤다.

"이씨, 집에 없다고 했는데 왜 왔심꺼?"

죽이는군이 찔끔 놀라서 고개를 창 쪽으로 돌렸다.

"집에 없다는 놈이 집에 있으니까 왔다. 거기가 집 밖이냐?"

"여자 친구 와 있는 거 안 보입니꺼? 이따가 다시 오이소."

오던 길에 공중전화가 있었던 것 같다. 나는 그곳으로 가서 하자소녀의 핸드폰으로 전화를 걸었다.

"지금 어디야? 오빠가 연락도 없고 들어오지도 않는다고 노른자위가 걱정하던데……."

"친구 만나고 있어."

"홀로 방황하고 있는 건 아니지?"

"내가 왜 그럴 거라고 생각해?"

"오빠는 마음이 약한 사람이니까. 일이 잘되지 않았더라도 너무 상심하지 마."

"그런 거 아냐."

"난 오빠가 힘들 때 위로가 되어주고 싶어. 하지만 오빠가 위로 받을 기분이 아니라면 바라보기만 할 거야. 그러니까 나를 편하게 생각해 줘."

"그렇게 말해줘서 고마워."

그 말을 하면서 나는 어쩌면 눈물을 글썽거렸을지도 모른다.

"집에는 안 들어갈 생각이야? 만일 그렇다면 노른자위에게 전화라도 해줘."

"알았어."

"오빠, 정말 괜찮은 거지?"

"오랜만에 군대 친구를 만나 술 한잔하고 있어. 그러니까 괜한 걱정은 하지 마."

"기왕에 친구 만났으면 즐겁게 놀아."

나는 후후후 웃었고, 다시 통화하자고 말하고 전화를 끊었다. 그러나 나는 노른자위에게 전화하지 않았다. 지은 죄도 죄였지만 실망한 가족들의 한숨 소리를 감당하기에는 내 영혼이 너무 허약했다.

하자소녀는 내가 실은 취직이 되어 출근한 것이 아니라 심층 면접을 보러 간 것이었다고 노른자위에게 귀띔했을 것이다. 노른자위로부터 그 말을 전해들은 아버지는 아주 느린 속도로 눈을 껌벅거렸을 것이고, 어쩐지 너무 쉽더라고 말하며 입맛을 쓰게 다셨을 것이다. 어머니는 실망한 내가 엉뚱한 마음을 먹지나 않을까 하는 걱정에서 눈물을 글썽거리며 걱정하기보다는 떠들썩한 잔칫상을 태연스럽게 받아먹던 내 얼굴을 떠올리고는 뿌드득 소리가 나도록 이를 갈았을 것이다. 그리고는 들어오기만 하면 먹은 것을 다 토해내도록 등을 두드려주리라 다짐하며 주먹을 불끈 쥐었겠지. 그렇지만 시간이 흐를수록 어머니도 아버지도, 그리고 노른자위도 핏줄의 소중함을 깨달으며 귀가가 늦어지는 나의 안위를 걱정할 것이다. 그래서 얼마 후에는 어떠한 질책도 하지 않을 것이니 들어오기나 하라고 애원하게 될 것이다. 그것이 내가 귀가를 늦추며 노리는 바였다.

내가 다시 죽이는군의 옥탑방으로 갔을 때는 칼집을 가진 짐승이 욕실에서 칼집 포장지를 빨고 있었다. 나는 욕실에서 고개를 돌려 방을 내다보는 그녀와 눈인사만 나누었고, 왜 왔냐고 시무룩하게 묻는 죽이는군 옆으로 가서 앉았다. 그리고는 그가 피우고 있는 담배를 빼앗아서 입에 물었다.

"라면 끓여라."

내가 말하며 베개를 베고 바닥에 벌러덩 누웠다.

"어쭈. 제대로 빈대 붙을 생각인 모양인데, 어림도 없심더."

"라면에 어림은 넣지 않아도 괜찮다. 대신에 계란이나 두어 개 넣어라."

"계란은커녕 라면도 없심더."

"그럼 자장면이나 시켜줘라."

"대체 뭔 배짱임꺼. 내한테 해준 게 뭐가 있다고 졸개 부리듯이 하는 겁니꺼? 동생이나 준다면 모를까, 안 그럴 거면 가이소."

"저 아가씨는 뭔데?"

헝겊 쪼가리로 겨우 가린 엉덩이를 아래위로 방아 찧으면서 빨래한 그녀가 빤 팬티를 널러 밖으로 나가는 것을 바라보며 내가 물었다.

"헴이 뭔 상관입니꺼?"

"내 눈앞에서 다른 여자하고 배꼽 맞추었으니 이제 내 동생 달라는 말은 못하겠지."

133

"헴은 전용하고 일회용도 구분 못합니꺼?"

"우린 말이다, 전용이 아니면 모두 불법인 줄 알걸랑. 그러니 이제부터 내 동생은 입에 올리지도 마라, 응?"

"동생 안 쥐도 상관 없심더. 빨리 가기나 하이소."

"가고 싶어도 배가 고파서 지금은 못 간다. 내 뱃가죽하고 등가죽도 아까 너하고 저 아가씨가 그랬던 것처럼 쩍 달라붙어서 떨어질 줄을 모른다."

나는 피우던 담배를 재떨이에 던져버리고 그의 얼굴을 향해 길게 연기를 내뿜었다.

"이씨. 라면 끓여주면 갈 겁니꺼?"

"계란 두 개 이상은 꼭 넣어라."

그가 푸닥 일어나더니 돈을 챙겨서 밖으로 뛰어나갔다. 라면을 사러 가는 모양이었다.

그가 나간 후, 팬티를 널고 온 그 여자가 방구석에 가서 벽에 등을 기대고 앉았다. 팬티를 안 입은 것이 분명한 미니스커트 여자와 한 방에 있는 것이 거북했던 나는 밖으로 나가서 옥상에 놓인 평상에 앉았다.

잠시 후, 라면과 계란이 든 검정 비닐 봉투를 들고 죽이는군이 돌아왔다. 그는 그 비닐 봉투를 아가씨에게 건넸다. 그녀에게 라면에 계란 두 개를 넣어 끓여서 내게 가져다주라고 시켰다.

"맛있게 끓일 필요 없다. 대충 끓여라."

죽이는군이 아가씨를 향해 퉁명스럽게 말했다. 노골적으로 불만을 표출하는 것으로 보아 내가 평상에서 라면을 먹으면 그 사이에 문을 닫아

걸어 버릴지도 몰랐다. 그래서 나는 얼른 일어나 다시 방으로 들어갔다.

아가씨는 죽이는군의 자취방에 자주 드나드는 듯했다. 어디에 무엇이 있는지 익히 아는 듯 금방 라면을 끓였다. 그것을 쟁반에 얹어 와서 내 앞에 내려놓았다.

"빨리 먹고 가이소."

죽이는군이 퉁명스럽게 말했다.

"너, 변했다? 고참한테 이렇게 막 대해도 되는 거야?"

나는 급하게 젓가락을 들고는 라면을 집어 입에 넣었다. 걸신 들린 것처럼 면을 대충 씹어서 꾸역꾸역 목구멍으로 밀어 넣었다.

"미안합니더. 하지만 헴도 너무하잖심꺼. 집에 여자 친구가 와 있으면 자리 좀 피해줘야 하는 거 아입니꺼."

"우정보다 여자라? 알았다, 이 의리 없는 자식아. 라면만 먹고 갈 테니 실컷 즐겨라. 하지만 내 이 설움을 혼자 삭이지는 않겠다. 너를 아는 군대 친구들에게 소문 다 내서 네놈을 따돌림시키고야 말겠다."

입에 넣은 라면을 꾹꾹 씹으면서 내가 말했다.

"웃기는 소리 하지 마이소. 따돌림은 헴이 받고 있심더. 군대 선후배들 사이에서는 헴이 의리 없기로 유명합니다. 만나는 사람마다 헴이 베풀지는 않고 자기 필요할 때만 불러낸다면서 전화 오면 무조건 피하라고 하데예."

먹은 라면이 울컥 치솟으며 역류했다. 그래서 요즘 군 선후배들에게 전화하면 잘 받지도 않았던 모양이다. 전화번호가 찍히는 핸드폰에 걸면 거의가 받지 않았다.

치사한 인간들이었다. 돈이 없어 술을 사지 못한다고 인간성까지 빈곤한 놈으로 취급하다니……. 나는 상처받았고, 씁쓸한 기분이었다.

"내가 백수라서 너도 나를 그렇게 무시한 거야? 그래, 알았다. 나도 자존심이 있다, 인마. 라면 잘 먹었다."

나는 라면값이라며 1만 원짜리 지폐를 죽이는군의 얼굴에 던지고 일어섰다. 남은 라면이나 마저 먹고 일어나고 싶었지만 자존심이 허락하지 않았다. 문을 거칠게 걷어차고 나올 때, 아가씨가 사람이 어떻게 그러느냐면서 빨리 가서 잡으라고 그의 등을 밀었다.

나는 그가 쫓아와 팔을 잡아주기를 은근히 바랐다. 못 이기는 척 돌아서려는 것이 아니었다. 홧김에 너무 많은 라면값을 지불해버렸으므로 5천 원 정도 거슬러주면 안 되겠냐는 말을 하고 싶었다. 그러나 그는 끝내 내 뒤를 쫓아와 잡지 않았다. 내 자의로 돌아서고 싶은 마음도 없지 않았지만 쑥스러워서 차마 그렇게 하지는 못했다.

가난한 백수라고 전우마저 등을 돌리는 이 현실이 몹시도 불쾌했다. 군에 있을 때, 나는 죽이는군에게 그리 섭섭하게 한 적이 없었다. 발통 펑크 하나 때우지 못하는 그에게 일일이 시범을 보이면서 가르쳤다. 그가 운전 연습을 한답시고 연병장 축구 골대를 차로 들이박아서 넘어뜨린 것도 남들 눈치 못 채게 용접해주었다. 혹한기 훈련 때에는 그가 경계 근무 중임에도 총을 세워두고 잠들어버렸던 일이 있었다. 때마침 갑작스럽게 이동 명령이 떨어졌는데, 그가 총은 두고 몸만 이동하는 바람에 총을 잃어버렸다. 뒤늦게 그 사실을 알고 돌아가서 눈에 파묻힌 총을 찾아낸 것도 나였다. 내가 없었으면 영창을 가도 수십 번을 갔을 그가 이제 그 은혜를 잊고 나를 푸대접하고 있다. 인간적인 배신감이 가슴에 사무친다.

6

 나는 공원의 구석진 벤치에 앉아 훌쩍훌쩍 흐느꼈다. 눈물을 흘리고 싶었던 것은 아니었다. 절로 눈물이 흘렀고 절로 어깨가 흔들렸다. 어쩌면 죽이는군에게 무시를 당한 것보다는, 빗방울이 떨어지고 있는데 갈 곳이 없었기 때문일지도 몰랐다.
 빗방울이 굵어지고 있었다. 주변에는 들어가 비를 피할 만한 곳이 눈에 띄지 않았다. 친구를 찾아가도 죽이는군에게 당한 것 이상의 대접을 받기는 어려울 것이었다. 그렇다고 하자소녀에게 도움을 청하는 것도 마음 내키지 않았다. 숙박 시설을 이용하기에도 가진 돈이 모자랐다. 생각하면 할수록 죽이는군에게 지급한 라면값이 아까웠다.
 택시를 타고 집으로 돌아가고 싶은 생각이 활화산의 마그마처럼 가슴속에서 들끓고 있었다. 어쩌면 어머니의 눈에 띄지 않고 집에 들어갈 방법이 있을지도 모른다. 어머니는 생각보다 단순하다. 행동이 너무 빠른 탓에 생각할 시간이 충분하지 않아서 발생하는 불가피한 문제였다.

그뿐 아니라 어머니는 나나 노른자위가 집을 나갔다가 들어오는 것에 별로 신경을 쓰지 않았다. 나갔다가 들어오는 나, 혹은 노른자위를 보고 언제 나갔었냐고 묻는 것이 다반사였다. 아까 나갔다 온다는 말을 했다고 하면 '그랬었니?'라며 고개를 갸우뚱거리곤 했다. 부업이란 부업은 안 해본 것이 없는 부업 중독증 환자의 고질병이었다.

단순노동이 대부분인 부업이었다. 어머니는 불량률 제로이면서도 월등한 속도를 자랑하는 노동력을 가졌기에 부업 시장에서 인정받고 있었다. 결코 부업이라고 대충하는 법이 없었다. 그래서 일감을 공급하는 업자는 일이 들어오면 가장 먼저 어머니에게 전화한다.

물론 부업으로 가계에 도움을 주려는 동종 업종 종사자들로부터 그만큼 견제도 받는다. 부업 시장도 경쟁이 제법 치열한 편이다. 어머니는 1위를 고수하기 위해 더욱 열심이다. 그래야만 좋은 조건의 일감을 놓치지 않는다. 돈 안 되고 까다롭기만 한 것들은 하수들에게 넘기고, 간단하면서도 돈 되는 것들은 고수들이 챙기기 때문이다.

어머니는 요즘 컴퓨터 부품을 조립하고 있었다. 부업치고는 상당한 정밀 작업을 요하는 일이었다. 불량품이 생기면 돈이 깎이기에 일에 더욱 신경을 집중했다. 내가 몰래 집에 들어갈 수 있는, 아니 들어가서 몰래 기거할 수도 있는 가능성이 점쳐지는 대목이었다.

전에도 성공한 예가 있었다. 물론 상황적 차이는 있었다. 그때는 아버지가 들락거렸다. 그래서 현관으로 내가 들어가는 것을 어머니는 아버지가 들어오는 것으로 착각했다. 어머니와 아버지가 냉전 상태였던 것이다.

아버지는 그때 어머니의 안달에 부응하는 속도의 샤워를 하지 않았다. 기다리다 지친 어머니는 그 때문에 발칵 성질을 내면서 노른자위 방으로 건너가버렸다.

"안 하고 만다, 내가."

성질 급한 어머니의 그 한마디가 현관 문틈으로 안을 엿보던 내게 들려왔다. 나는 몰래 집 안으로 숨어들 절호의 기회임을 직감했다. 나는 아들이 집을 나갔는데도 그것 할 생각이 날까라는 생각에서 비롯된 서운함을 입에 물고 꼭꼭 씹으면서도 회심의 미소를 지었다. 그리고 옥상으로 오르는 계단에 쌓인 부업거리 상자 뒤 어둠에 몸을 묻었다. 곧 아버지가 밖으로 나와 화를 삭이고 들어갈 것이었기 때문이다.

아버지는 그것도 못 참고 발칵 화를 내는 어머니가 몹시도 못마땅하여 인상을 찌푸린 채 욕실을 나설 것이다. '으흠' 헛기침을 한 번 해보고, 안방으로 들어가서 텔레비전 소리를 높여볼 것이다. 여태까지 그렇게 해왔으므로 이변이 없는 한 그 절차이다. 그런데도 어머니가 안방으로 복귀하지 않으면 느릿느릿 몸을 일으켜 거실로 나와서는 물을 마시는 척하며 인기척을 낸다. 그래도 어머니가 계속 요지부동이면 현관문을 소리 나게 열고 밖으로 나간다. 즉, 나도 화가 났으니 1절만 하고 안방으로 복귀하라는 마지막 신호였다. 아버지가 있으면 어머니가 무안해서 돌아오지 못할 것이기에 일부러 자리를 피해주는 나름의 배려이기도 했다.

평소의 아버지라면 밖에 나갔다가 온 후에 바로 안방으로 들어가 불을 꺼야 마땅했다. 그러나 그날의 아버지는 달랐다. 어머니가 못 이기는 척 베개를 가슴에 품고 노른자위 방을 나와 안방으로 돌아가서 기다렸건만, 바깥바람을 마시고 돌아온 아버지는 안방 문을 열지 않았다. 아버지에게 문을 열 손이 없지는 않았다. 한 손에 소주병이 들려 있긴 했지만 아직도 손 하나는 남아 있었다. 아버지는 그 남은 손으로 안방 문 손잡이를 잡아 돌리는 대신에 소주병 뚜껑을 비틀었다.

아버지는 안방에서 기다리는 어머니를 들여다보지도 않고 식탁에 앉아 혼자 소주를 홀짝거렸다. 두세 잔을 마신 다음 천천히 몸을 일으켜 밖으로 나갔다. 느릿느릿 대문 밖으로 걸어나가서 어슬렁거리다 다시 들어와 소주잔을 기울였다. 화가 제법 많이 났을 때 나오는 행동이었다.

나는 아버지가 세 번째 밖으로 나가는 것을 숨어서 지켜보았고, 그 틈을 노려 현관으로 들어섰다. 그리고 발소리 문소리를 죽이며 무사히 내 방으로 숨어들 수 있었다. 약간의 불가피한 소음이 없지 않았다. 그러나 아버지가 내는 소리일 것이라고 짐작했는지 어머니는 안방 문은 열지 않았다.

아버지가 그렇게 화를 낼 수밖에 없었던 것은, 어머니가 자신의 잘못은 인정하지 않고 아버지만 탓하며 먼저 성질을 냈기 때문이다. 자기 잘못도 있으면서 자식 보기 민망하게 딸 방으로 건너갔다. 아버지로서는 화가 날 수밖에 없었다. 시와 때에 맞춰 해야 할 일을 그만 시기를 놓치고 못했을 때에 종종 도래하는 어머니의 히스테리 때문에 생긴 일이었다. 그 때문에 나도 집에서 쫓겨났던 터였다.

노처녀의 히스테리보다 더 무서운 것이 갱년기 여인의 히스테리였다. 아직은 자신의 몸이 쓸 만하다는 것을 남편으로부터 확인받지 못한 여인의 그 독한 히스테리는 엉뚱한 피해자를 양산하곤 했다.

아침부터 괜스레 밥을 흘리며 먹는다는 둥, 소리를 내며 씹는다는 둥……, 내게 밥상머리 잔소리를 시작할 때부터 어머니에게서는 예사롭지 않은 분위기가 감지되었다. 그러더니 급기야 화장실에 앉아 있는 나에게, 취직도 못하는 백수 주제에 음식을 소화시키고 남아서 배설을 해야 하도록 '처먹었냐'며 구박이었다.

"배에 똥이라도 넣고 살아, 이 양식만 축내는 식충아. 그래야 덜 처먹기라도 하지."

백수니까 배설도 하지 말라는 말이었다.

"엄마, 제발 먹는 것 가지고 구박 좀 하지 마."

마음씨가 좋아서라기보다는 무사안일을 위해 웬만하면 참던 나였지만 그날만큼은 반발심이 자제되지 않았다. 그래서 최대한 부드러우면서 최소한의 불만이 섞인 반발을 하게 되었다.

"내가 처먹는 것 가지고 구박했어, 등신아? 싸는 것 가지고 구박했지."

어머니의 목소리에는 사뭇 매서운 독기가 서려 있었다. 그 정도였으면 어지간한 히스테리를 충분히 예감할 수 있었을 텐데도 나는 미련 곰탱이같이 슬기롭게 대처하지 못했다.

"먹고 싶은 마음이 없도록 똥으로 배불리고 있으라는 얘기잖아. 결국 먹는 것 구박하는 거네, 뭐."

어머니는 반박이 없었다. 아니, 그것은 분명한 반박이었을 것이다. 그러나 반박치고는 많이 엉뚱했다. 망치질 소리가 그것이었다. 어머니는 나를 빨리 화장실에서 뽑아내고 자신이 들어가 처리해야 할 급한 용무가 있었다. 그럼에도 나를 화장실에다 박아버리려고 화장실 문에 못질을 하고 있었다.

"엄마, 왜 그래? 이제 그만 나가려고 했어."

내가 소리쳤지만 어머니는 아무 반응을 보이지 않았다. 날쌘마미답게 벌써 못질을 끝내고 아래층으로 내려가 있었다. 1층 세입자 중에서도 어머니 또래인 마른송이 아줌마네에 가서 화장실을 빌렸다.

꽃송이처럼 아름답지만 너무 말라깽이라서 꽃송이가 되지 못하고 마른송이에서 머물고 만 아주머니였다. 고등학생인 딸 다른송이와 단둘이 살고 있다. 오래전에 남편을 잃었다는 그녀는 재혼을 하지 않았지만 결코 정절을 지키는 열녀는 아니었다. 수시로 남자를 바꿔서 집으로 불러들였다.

아빠를 닮아서 엄마와는 달라도 너무 달라 다른송이가 된 그 뚱뚱한 딸은, 그 풍채만큼이나 이해심이 풍요로웠다. 그래서 엄마의 남자 친구 바꿔치기를 흠잡지 않았다. 홀어머니가 공장에 다니면서 바락바락 억척으로 벌어 딸 하나 잘 키워주는 것만도 고맙다는 것이 그 아이의 말이었다. 그런 엄마의 외로움을 달래주는 아저씨들이 오히려 고맙지 않으냐고 그 아이는 아이답지 않게 말했다.

그 아주머니가 이사를 와서 얼마 동안은 날쌘마미 우리 어머니의 신경을 어지간히 거슬리게 했다. 그 아름다운 몸을 제대로 감상할 수 있도록 얇은 실루엣만 걸치고는, 출근하는 아버지가 계단을 내려갈 때마다 현관을 나와 쓰레기봉투를 대문 앞에 내다 놓곤 했기 때문이다. 그러나 그녀의 그런 행동도 얼마 못가서 중단되었다. 어머니가 눈을 흘기고 잔소리를 했기 때문이 아니었다. 그녀는 어머니가 잔뜩 경계한다는 것을 알면서도 아랑곳하지 않았다. 오히려 퇴근하는 아버지와 함께 나란히 대문을 들어설 때도 있었다. 그렇지만 아버지의 너무 느린 행동이 밤일에도 그대로 적용된다는 사실을 알고서는 바로 몸을 가리기 시작했다.

어머니가 작심을 하고서 그녀를 찾아갈 때까지만 해도 우리는 큰 전쟁이 일어날 것 같은 예감에 가슴을 졸였다. 어머니가 그녀의 집에 들어갔지만 조용하기만 했다. 그런데 잠시 후 현관이 열리고 배시시 웃음 짓는 어머니의 모습이 나타나는 것이었다. 그것을 보고 우리는 안도의 숨을 쉬기보다는 영문 모를 표정으로 눈만 끔벅거렸다.

"엄마, 어떻게 했어?"

노른자위의 물음에 어머니는 무릎을 손으로 가리켰다.

"그게 뭐?"

노른자위는 어머니의 행동을 이해하지 못하고 고개를 갸우뚱거렸다. 그러나 나는 어머니의 그 단순한 행동에서 모든 것을 짐작할 수 있었다. 그래서 빙그레 웃으며 내 방으로 돌아갔다.

어머니는 마른송이 앞에서 치마를 걷어 올리고 그 까진 무릎을 보여주었을 게 분명했다. 이게 왜 이런 줄 아느냐고 물었을 것이다. 그게 다 느림보 남편 때문이라고 귀뜸한 후에 다른송이 엄마는 너무 말라서 이렇게 하지도 못할 거라고 말했을 것이다. 그 말을 들은 마른송이는 무릎이 박살나도록 들여야 할 공에 비해 그 얻어지는 결과가 신통치 않을 아버지에 대한 실망감을 표하며 오히려 우리 어머니를 위로했을 것이다.

그 다음부터 어머니와 마른송이는 급격히 친해졌다. 한지붕 아래에서 한 남자를 두고 다투면 더 예쁜 마른송이가 틀림없이 승리를 하겠지. 그러나 그렇게 이기더라도 아버지의 권력이 예상보다 약하여 월세를 깎아주고 좋은 일자리를 알아봐줄 것을 기대하기는 틀렸다. 그러니 차라리 아버지보다 권력이 더 강한 어머니와 친하게 지내는 편이 이익일 것이라는 그녀의 판단일 듯했다.

그 마른송이가 요즘은 야간 근무인지 낮에 집에 있었다. 그녀의 협조로 급한 볼일을 해결한 어머니는 집으로 올라와서 쑥 뽑혀진 못과 열어젖혀진 화장실 문을 보고는 장사 아들의 대단한 힘을 대견스러워하지 않았다. 내 머리채를 잡고 화장실에 다시 집어넣으려고 했다. 당신의 힘을 우습게 만들어버린 아들이 괘씸했던 것이다.

나름대로 강하게 박은 못임에도 문을 부수지 않고 쉽게 못만 뽑을 정도의 힘을 가진 놈이 그 힘을 사용할 곳도 찾지 못하는 것은 국가적인 낭비라는 어머니 말에는 동의할 수 있었다. 하지만 힘을 쓰고 싶어도 힘을 쓰게 해주는 사용자가 없는데 나더러 어떡하라는 것인지, 나는 그것을 어머니에게 묻고 싶었다.

아버지를 예로 들자면, 힘은 충분하지만 행동이 너무 느리다. 어머니가 가진 '속도의 모순'으로 아버지의 '느림의 미학'을 보충하지 않았다면, 아버지 또한 나만큼이나 쓸모없는 사람이었을 것이다. 인간으로 태어난 것 자체가 쥐로 태어난 것에 비해 큰 행운이다. 그렇듯 결국 천행이 따르지 않으면 아무리 사소한 소망이라도 이룰 수 없다. 그러니 천

운을 잘못 타고난 나로서는 억울할 수밖에 없다. 때문에 이번에는 수백 개의 못을 박아서라도 어머니보다 대단하지 못한 힘을 가진 아들임을 확인하고야 말겠다는 어머니의 의도를 읽고도 가만히 그 처분을 기다릴 수가 없었다. 나는 머리카락 30개 정도 헌납하면서 어머니 손아귀를 빠져나갔다. 그리고 달아났다.

골목으로 뛰어나갔지만 늘 그렇듯이 갈 곳은 없었다. 나는 어머니가 뒤쫓아오지 않는 것을 보고는 돌아서서 살금살금 계단을 올랐다. 그리고 옥상에 가서 숨는 데 성공했다. 낮에 1층 새댁이 빨래를 널러 올라왔을 때에는 옥상에 엎어져 있는 빨간 물통을 덮어쓰고 눈을 피했다. 그녀는 빨래를 다 넌 후 내가 덮어쓴 물통 위에 앉아 잠시 쉬었다. 물통이 울리도록 방귀를 크게 세 번 뀌더니 일어나 옥상을 내려갔다.

나는 어머니가 올라와도 같은 방법으로 숨어 있을 생각이었다. 그러나 빨래를 걷으러 새댁이 다시 한 번 올라온 것을 빼고는 다른 사람은 아무도 옥상에 오지 않았다.

밤이 깊었을 때, 나는 계단에 서서 우리 집 현관을 내려다보며 안에서 잠긴 현관이 열리기만 기다리고 있었다. 집이 그리워서가 아니었다. 점심도 저녁도 못 먹고 굶주렸기 때문이다.

배에서는 자꾸 꼬르륵 소리가 나는데, 어머니는 노른자위가 들어오고 아버지가 들어올 때마다 직접 나와서 문을 열어주고는 곧바로 잠가버렸다. 내가 들어오는 것을 막기 위한 조치였다. 그런데 자정이 넘어서자 비로소 아버지와 어머니의 신경전이 시작되었다.

어머니는 아버지가 문을 잠그지 않고 들락거리는데도 문을 잠그지 않았다. 화난 아버지가 잠긴 문을 보고는 아예 못 들어오게 하려는 것으로 오해하고 가출을 해버릴지도 몰랐기 때문이다.

어머니도 자신의 잘못을 알고 있었다. 너무 급한 성질을 다스리지 못한 것을 후회하고 있었다. 하지만 좀처럼 성질을 내지 않는 아버지가 한 번 성질이 나면 정말 무섭기에 감히 사과도 하지 못하고 전전긍긍하고 있었다. 그 정도의 일에 아버지가 그토록 화를 낼 줄은 몰랐던 것이다.

평소의 아버지는 대체로 너그럽다. 그러나 아버지도 이미 인내의 한계에 도달해 있었다. 그것을 어머니는 눈치 채지 못하고 있었다.

어머니가 성질을 부린 것은 아버지의 너무 느린 행동 때문이었다. 하지만 어머니는 그것을 탓할 입장이 아니었다. 사건이 일어나기 전날에도 어머니는 아버지가 빨리 샤워를 끝내기를 기다리다가 끝내 졸음을 견디지 못하고 먼저 곯아떨어져 버렸다. 어머니의 급한 성격은 잠에서도 예외가 아니어서 베개에 머리만 닿으면 곧바로 코를 고는 스타일이었다. 그나마도 짜릿한 전기 충격을 얻고 싶어서 오래 참은 것이었다.

여기까지만이라면 어머니가 성질을 부릴 만도 하다. 그러나 그 전전날이 문제였다. 어머니 아버지가 모처럼 기회를 만들었으나 동네에 불이 나서 뜻을 이루지 못했다. 그런데 그것도 불 탓으로만 돌릴 수 없는 사정이 있었다.

아래층 세입자의 차가 골목을 막고 있었다. 그리고 그 차주는 술에 취해 곯아떨어져서 아무리 깨워도 일어나지 않았다. 소방차가 빨리 차를 빼라고 확성기로 계속 외치고 있었고, 운전면허가 없는 아래층 새댁은 확성기 소리보다 더 큰소리로 남편을 깨우고 있었다.

그즈음, 어머니는 야한 승무원 차림으로 쾌속선의 시동을 걸기 위해 엔진을 예열 중이었다. 도저히 만족한 속도를 기대할 수 없는 아버지 대신 쾌속선을 운행하여야 했기 때문이다. 그러나 이 뜻하지 않은 소음으로 인해 어머니는 쾌속선 엔진 예열에 집중을 할 수 없었다. 이에 어머니는 짜증을 내며 쾌속선 조타실에서 내려왔고, 그 신비스러운 쾌속선 승무원 복장 위에 겉옷을 껴입었다. 그리고는 아래층 새댁에게 가서 차 열쇠를 받아 골목으로 달려나갔다. 운전에 탁월한 소질이 있는 나를 이용하지 않은 건, 쾌락의 시간을 방해받지 않겠다는 집념이었다.

어머니도 운전면허증이 있긴 했다. 그러나 장롱 밖으로 나와본 적이 없는 면허증은 기어 조작법도 재생할 능력을 상실했다. 그런 어머니가 차 열쇠를 받아서 나가자, 남의 차를 소방차가 밀고 지나간 것보다 더한 몰골로 만들 것이 걱정된 아버지도 느릿느릿 옷을 챙겨 입기 시작했다. 어머니를 따라 나가서 운전석에 앉는 것을 말릴 생각이었다. 그러나 어머니는 아버지가 미처 다리에 바지도 다 꿰기 전에 돌아와서 다시 쾌속선 승무원 복장을 갖추었다. 때문에 아버지는 입던 바지를 다시 내려야 하는 수고를 하지 않을 수 없었다.

왱왱거리던 소방차가 천장에 불빛무늬를 그리며 지나갔다. 이제 안방에서는 다시 분위기를 잡아 쾌속선 시동을 걸 일만 남았다. 그러나 그것도 뜻하지 않게 아래층 새댁이 달려와서 퉁탕퉁탕 문을 두드리는 바람에 또 중단되고 말았다.

"차 열쇠를 돌려줘야지요."

"아차."

어머니는 이마를 탁 치며 다시 쾌속선에서 내려섰다. 빨리 돌아가서 하던 일을 계속해야 한다는 생각이 너무 앞선 나머지, 차 옆에 서서 차 주인을 기다리고 있던 소방관에게 차 열쇠를 던져버리고 바로 돌아서서 뛰어왔던 것이 더 큰 방해를 불렀다.

얼떨결에 차 열쇠를 받게 된 소방관은 길을 가로막고 있는 문제의 차 운전석에 오르기는 했다. 그런데 마땅히 옮겨댈 주차공간을 찾을 수 없었다. 소방관은 차를 대고 어쩌고 할 시간이 없다는 판단에서 차를 몰고 불이 난 현장으로 가버렸다. 그 근처 아무 곳에나 대어놓고는 소방호스를 잡고 화재 현장으로 뛰어들었다.

다시 작업을 중단한 어머니가 겉옷을 걸치고 밖으로 나갔을 때에는 차가 보이지 않았다. 얼른 차를 찾아서 열쇠를 뽑아 새댁에게 건네고 돌아와야 할 어머니로서는 어지간히 난감하게 되었다. 어머니는 어쩔 수 없이 새댁과 함께 차를 찾아 동네를 뒤지고 다니게 되었다. 그러나 아무리 찾아도 차는 보이지 않았다. 집에서 도보로 5분 거리의 화재 현장까지 가서 그 소방관을 찾아 물어보는 수밖에 없었다.

어머니는 새댁과 함께 화재 현장으로 갔으나 그 소방관을 만나지 못했다. 그렇지만 근처에 주차되어 있는 차를 발견할 수는 있었다. 그랬으면 얼른 돌아와야 할 일이었건만, 아버지 혼자서 아무리 기다려도 차를 찾으러 간 어머니는 돌아오지 않았다.

"불씨가 꺼졌다가 다시 살고 꺼졌다가 다시 살고 하니까 걱정 돼 발걸음이 떨어지지 않대."

아침에 불만 가득한 아버지의 표정을 슬쩍슬쩍 곁눈질로 살피며 어머니는 미안한 웃음을 지었다.

　어머니가 불구경에 정신을 팔고 있는 사이, 기다리다 지친 아버지는 잠이 들고 말았다. 아버지가 다른 날과 달리 노른자위 방으로 건너간 어머니를 용서하지 못한 것도 그 때문이었다. 어머니는 자기 잘못도 있음에도 아버지 탓만 했다.

　그 덕분에 몰래 집 안으로 숨어들 수 있었던 나는 이튿날도 어머니의 관심권 밖에서 무사할 수 있었다. 어머니가 집을 나갈 때마다 없어져도 표나지 않을 음식물로 몰래 배를 채우며 내 방 침대 밑에 숨어서 지낼 수 있었다. 그리고 그 다음날 아침에 자진하여 방을 나가 아침밥을 얻어먹었다.

　간밤, 어머니의 화해 몸짓을 받아들인 아버지는 어머니의 히스테리를 충분히 잠재울 수 있을 만큼의 봉사 정신을 발휘하였다. 덕분에 나는 항복을 하지 않고도 어머니의 용서를 받았다. 기분이 좋아진 어머니는 나의 등장을 관심조차 두지 않았다. 늘 그랬던 것처럼 평소의 내가 잠에서 깨 세수를 하고 아침을 먹으러 온 것 이상의 눈길로 바라보지 않았다. 내가 집을 나갔다가 들어온 사실을 전혀 모르는 것 같았다. 다만 아버지와 노른자위가 나의 잠시의 행방불명에 대해 궁금해하긴 했다. 그러나 나의 설명을 듣지도 않고 식사에 열중했고, 곧 자리에서 일어났다. 서로 출근과 등교에 바쁜 시간이었기 때문이다.

　이번에도 나의 가출이 그들의 관심권 밖에서 그때처럼 무마될 수만 있다면 얼마나 좋을까. 그러나 이번 가출은 그때처럼 가벼운 사유가 아니었다. 그러므로 그때처럼 쉽게 넘어가리라는 기대는 할 수 없었다.

그렇더라도 일단 부딪혀보기는 해야겠다고 생각하며 나는 뒷모습이 몹시도 쓸쓸했을 것 같은 걸음걸이로 공원을 빠져나갔다.

비는 세차지 않았지만 빗방울이 무지 아프게 느껴졌다. 빗방울, 그것 아주 못된 놈인 것 같다.

"좀 살살 때리면 안 될까?"

나는 조금은 비굴하게 보일 모습으로 고개를 들고 하늘을 쳐다보며 빗방울을 던지고 있는 구름에게 빌어보았다.

공원 입구에서 대로 쪽으로 뚜벅뚜벅 걸었다. 대로로 가야 택시가 보일 것이기 때문이었다. 들고 있던 가방을 머리에 인 것은 얄미운 빗방울이 더는 나를 때리지 못하게 하려는 방어 수단이었다. 하지만 가방은 머리만 방어할 뿐 다른 부위를 구타하는 빗방울을 막아주지는 못했다.

그것은 결코 길한 징조가 아니었다. 잠시 고개를 들어 길을 확인하는데, 내 눈에 죽이는군이 보였다. 아까 그 아가씨와 나란히 우산을 받쳐 들고 히히거리며 내 쪽으로 걸어오고 있었다.

나는 그와 마주치고 싶지 않았다. 그렇지만 마땅히 몸을 피할 곳이 보이지 않았다. 그래서 에라 모르겠다며 다시 고개를 숙였다. 모르는 척 옆을 지나가자는 생각이었다.

"어, 헴? 여기서 뭐 합니꺼?"

죽이는군의 목소리였지만 나는 들은 척도 않고 옆을 지나갔다.

"헴, 여태껏 집에 안 갔심꺼? 여기서 뭐 하고 있었어예?"

그가 나를 눈길로 좇으며 다시 소리쳤다.

"보면 몰라?"

그냥 무시하고 싶은 마음도 있었지만 그에게 욕이나 해줄 요량으로 나는 발걸음을 멈추고 뒤돌아섰다. "비 맞고 있잖아."

"그러기에 묻는 거 아입니꺼. 왜 여기서 물에 빠진 생쥐 꼬라지로 비를 맞고 있느냐고예."

말하는 죽이는군 옆에는 예의 그 아가씨가 안쓰럽다는 눈길로 나를 바라보고 있었다.

"뭐, 꼬라지? 너, 선배한테 그게 무슨 말버릇이야."

"미안합니더. 그건 그렇고예, 집에서 쫓겨났심꺼? 왜 여태껏 여기 있는 겁니꺼?"

"너 따위 싸가지와 얘기하고 싶지 않아, 인마."

"헴, 많이 삐쳤어예? 아까는 미안했심더. 화 푸이소. 어쨌거나 쫓겨났으면 내 방에 가 있어도 되는데예."

"됐다. 네놈 신세는 절대로 안 진다."

자존심 때문이었지만 나는 부리지 말아야 할 배짱을 부리고 말았다.

"그래예? 알았심더. 그럼 나는 이만 가볼게예."

돌아서는 죽이는군과 그 아가씨를 바라보며 나는 곧 후회했다. 어차피 비어 있을 그의 방을 내가 왜 사양했을까. 나는 성공 확률도 얼마 없는 몰래 귀가를 포기하기로 마음을 바꾸어 먹었다. 그래서 걸어가는 그의 등에 대고 어딜 가냐고 소리쳐 묻게 되었다.

"묵호 가야지예. 원래는 늦어도 11시에 출발해야 하는데예, 오늘은 많이 늦었심더."

그가 다시 돌아서며 말했다.

"아가씨도 같이 가냐?"

"예. 내일도 쉬기로 했다 아입니꺼."

"그럼 내가 네 방에 가서 있어도 되겠구나."

내가 말했는데, 그에게 굴욕적인 항복을 한 것 같아 자존심이 상했다. 예의 아가씨도 비굴한 사람을 대하는 눈빛으로 나를 바라보았기에 얼굴이 화끈거렸다.

"이젠 싫십더. 가라고 할 때는 안 가고……, 남자가 이랬다저랬다 뭐 하는 겁니꺼."

자존심 팍 구기고 무릎을 꿇었는데, 그가 꿇고 있는 내 무릎을 인정사정없이 걷어찼다. 마음속에서 '에구구' 비명이 절로 일었다.

"선배 자존심을 그렇게 짓밟아도 되는 거야? 알았다, 인마. 너 혼자 잘 먹고 잘 살아라."

나는 돌아서서 걸었다.

"헴도 자존심 꽉꽉 세우고 잘 사이소. 그런데 헴, 행여 내 없는 동안에 내 방에 가서 있을 생각은 마이소. 헴이 그럴지도 몰라서 내가 열쇠 가지고 왔심더."

눈치를 챘단 말인가? 사실은 그에게 큰소리를 치고 몰래 그의 방에 갈 생각이었다. 그런데 그가 열쇠를 가지고 있다면 그 꿈도 물 건너간 것이었다. 그렇지만 나는 태연한 척했고, 못 들은 척 가던 길을 계속 걸었다. 그러나 10미터도 못 가서 다시 발걸음을 멈추고 돌아섰다. 그리고 그를 찾았는데, 그는 이미 시야에서 사라진 뒤였다. 빗줄기 때문에 가시거리가 줄어든 때문이다.

나는 머리에 얹었던 가방을 내려서 들고 뛰었다. 그의 뒤를 좇아가는 것이었다. 그러나 한참을 뛰어도 그는 보이지 않았다. 그동안 그가 갈 수 있을 충분한 거리를 뛰어갔음에도 그는 찾을 수 없었다.

실망하여 돌아서려고 할 때였다. 어디선가 화물차 시동 거는 소리가 들려왔다. 죽이는군의 차일 가능성이 많았다. 나는 그 소리가 나는 쪽을 찾아 두리번거렸다. 공원 담 옆에서 들려오는 소리였다. 나는 그 소리를 좇아갔다. 깜박깜박 비상등을 켠 25톤 화물차가 보였다. 적재함에 푸른 활어통도 장착되었다. 필시 그의 차일 터였다.

나는 회심의 미소를 지으며 그 차로 다가가서 운전석을 올려다보았다. 운행을 준비하고 있는 기사는 죽이는군이었다. 나는 운전석으로 오르는 발판에 뛰어올라 차창을 두드렸다.

"방 열쇠 좀 줘라."

이쯤이면 선배 체면 다 구겨지고도 남았다. 죽이는군도 이토록 망가진 선배를 보고는 외면하지 못할 것이었다. 그러나 내 짐작과 달리 그는 차창을 내리지도 않았다. 차창에 대고는 썩 물러가라는 손짓만 해 보였다.

정말 치사하고 아니꼬웠다. 나는 차라리 집에 들어가서 초죽음을 당할지언정 더는 정신적 구타를 당하지 않으리라 다짐하며 차 발판에서 내려왔다. 그런데 바로 차창이 스르르 내려오며 죽이는군의 얼굴이 밖으로 밀려나왔다.

나는 그를 더 대할까 말까 잠시 망설였다. 기왕 버린 몸이었다. 완전히 더럽혀도 지금보다 더 추해지지는 않을 것 같아서 그의 얼굴을 쳐다보았다.

"헴, 대형면허 있지예?"

나는 고개를 끄덕였다. 군에 있을 때에 만약을 위해 따두기는 했지만 사회에서 써먹어본 적은 없었다. 하지만 군에서 대형차를 많이 운전해 보았으므로 기본은 있었다.

"올라오이소."

"뭣 하러?"

"내 조수 하이소."

귀가 번쩍 뜨였다. 묵호까지 가는 차였다. 괴롭고 울적한 마음일 때에는 여행을 하는 것도 좋다. 따라가면 머리를 말끔히 씻을 수 있고 좋은 경험도 될 듯했다. 나는 활짝 핀 얼굴로 조수석 쪽으로 갔고, 문을 열고 냉큼 올라앉았다.

운전석 뒤 침대칸에 모로 길게 누운 자세를 하고 있던 아가씨가 몸을 일으켜 앉았다. 그녀는 들고 있던 수건을 내게 건넸다. 나는 고개를 까닥하여 감사의 뜻을 전하며 수건을 받았다. 젖은 몸을 대충 닦았다. 수건에 밴 땀 냄새가 내 몸으로 이사 왔다.

"오빠, 묵호까지 얼마나 걸려?"

아가씨가 다시 길게 누우며 나른한 목소리로 죽이는군에게 물었다.

"죽도록 밟아서 네시 전에는 도착해야지. 그래야 활어통에 물 받고 얼음 살 수 있다. 씨발, 오늘은 너무 늦어서 자칫하면 첫 경매 못 보겠네. 늦으면 오징어를 한 차 채우지 못할지도 모르는데……, 사장이 또 지랄 발광하는 것 보게 생겼다."

"첫 경매는 몇 신대?"

"다섯시."

대답하면서 죽이는군이 차를 출발시켰다.

빗줄기가 더욱 거세졌는지 와이퍼 작동 속도가 매우 빨랐다. 아롱거리는 도시의 불빛들이 빗방울과 어우러지며 차창에 알록달록한 꽃을 피웠다.

나는 배가 무진장 고팠다. 에너지가 고갈되었기 때문인지 차가 시내를 빠져나가기도 전에 스르르 잠이 들고 말았다. 그리고 꿈을 꾸었을 것이다. 대부분 잊어버렸지만 그중 일부는 뚜렷이 기억에 남았다.

먹음직스럽다고 표현해도 될 정도의 싱싱한 똥덩어리에 바글바글 노란 구더기가 들끓고 있었다. 나는 무척 배가 고팠으므로 두 손으로 그 구더기를 떠서 입에 넣고 뽀작뽀작 씹었다. 구더기가 입 안에서 톡톡 소리를 내며 터졌다. 터질 때마다 구더기 진액이 입 안에 퍼졌는데, 그 맛이 너무 고소했다. 나는 그 맛난 진액을 쩝쩝 소리 내며 빨아 삼켰다. 그리고 똥 맛으로 느껴지는 찝찌레한 찌꺼기를 혀로 골라서 퉤퉤 틱틱 뱉었다.

"오빠, 앞사발이가 뭐야?"

아가씨의 날카로운 목소리에 잠이 깨었을 때에는 차창 밖이 어둠뿐이었다. 이곳엔 비가 오지 않은 것인지, 아니면 오다가 그친 것인지는 몰라도 밤하늘이 청명했다. 길도 말라 있었다.

"이씨, 어디다 침을 뱉심꺼?"

죽이는군의 목소리에 놀라서 나는 미처 다 깨지 않았던 잠을 마저 쫓으며 정신을 차렸다. 그가 나를 노려보며 손바닥으로 볼을 훔치고 있었다. 아마도 내가 뱉은 똥 찌꺼기일 것이었다.

"오, 미안. 꿈에서 침을 뱉다가 진짜 침을 뱉었나보다."

사태를 짐작한 내가 멋쩍은 표정으로 사과했다.

"앞사발이가 뭐냐니까?"

아가씨가 신경질적으로 다시 소리쳐 물었다.

"화물차 앞에 발통이 네 개라고 앞사발이라 하는 거 아이가."

아가씨가 구세주였다. 그녀가 대답을 종용하지 않았으면 그 원시적 인간 죽이는군이 똑같은 방법으로 내 얼굴에 침을 뱉었을지도 몰랐다. 그녀의 질문에 대답을 하느라 그는 보복할 시기를 놓쳤다.

"그럼 뒤사발이도 있겠네?"

아가씨가 다시 물었다.

"뒤에 발통이 네 개인 차는 있지만 그런 말은 없다. 씹빨이는 있어도."

"씹빨이는 섹스 전용 차량이야?"

"개 눈에는 똥밖에 안 보인다 하더니······. 멍청아. 씹빨이, 즉 앞뒤 발통을 합쳐서 열 개라는 말 아이가."

"그럼 씹빨이가 아니고 십발이잖아. 오빠가 씹빨이라고 하니까 나는 그 차가 그거 하기 좋게 만들어진 찬 줄 알았지."

"자꾸 꼴리게 그딴 말 할래? 안 그래도 늦었는데······."

나는 둘의 대화를 들으며 고개를 절레절레 저었다. 그다지 낭만적이지 않은 여행을 예감하는 순간이었다. 그런데 갑자기 차가 갓길로 들어서더니 끽— 소리를 내며 멈췄다.

잠에서 깬 지 얼마 되지 않아서 그러잖아도 얼떨떨한 상태이던 나는 영문을 몰라 눈을 크게 떴고, 운전석의 죽이는군을 바라보았다.

"인제부터 헴이 운전하이소."

"뭐?"

"고속도로 아입니꺼. 빠꾸할 일도 없고, 앞만 보고 가면 되니까 못한다는 말은 마이소. 원주 지나왔으이 동해나 묵호 표지판만 보고 냅다 쏘면 됩니더. 110킬로 이상 밟으면 삑—, 경고음이 울리는데예, 삑 소리에 신경 쓰지 말고 밟을 수 있는 만큼 밟으이소."

죽이는군이 말하고는 운전석을 비우고 침대칸으로 들어가버렸다.

"설마……, 내게 운전을 시키고 뒤에서 18금 동영상 만드는 건 아니겠지?"

내가 의문부호를 날렸다.

"그런 거 아입니더. 아까 힘을 너무 많이 썼는지 졸음이 막 쏟아지네예."

나는 얼떨결에 운전석에 앉게 되었다. 하지만 바로 출발하지는 못하고 차의 기어 구조와 계기판 등을 살폈다.

"빨리 가야 합니더. 다른 차와 똑같심더. 길이만 좀 길다 생각하고 커브 꺾을 때 멀리 돌면 됩니더."

죽이는군이 재촉했다.

"그 정도는 나도 알아."

"그럼 빨리 출발하이소."

"운전석 다리 길이는 맞춰야 갈 것 아냐."

죽이는군은 침대칸 커튼을 치고 그 뒤로 사라졌다.

차를 출발시켰다. 오랫동안 운전을 하지 않았지만 기본이 있었으므로 곧 핸들이 손에 익었다. 그래서 잠시 후에는 제한속도까지 달릴 수 있었다. 그러나 운전은 잘되지 않았다. 뒤에서 둘이 낄낄거리며 장난을 치고 있었기 때문이다. 침대칸의 누군가가 가끔씩 운전석 등받이에 충격을 가하는 바람에 운전을 방해받았다. 힘이 엄청난 것으로 봐서는 아무래도 죽이는군 쪽에 무게가 실렸다. 그러나 아가씨 또한 예외적 요소가 많아서 혐의가 없다고 할 수는 없었다.

나는 정말이지 고의적으로 브레이크를 건 것이 아니었다. 커브 길에서 차바퀴가 롤링을 타며 차체가 휘청거리는 바람에 어쩔 수 없이 급브레이크를 걸어야 했다. 뒤의 둘 중 하나가 하필이면 커브를 돌 때에 운전석 등받이를 걷어찼고, 때문에 내 몸이 흔들리게 되었다. 내가 순간적으로 핸들을 놓쳤다가 다시 잡았을 때에는 이미 차가 비틀거리고 있었다.

차는 잠시 멈칫거리다가 다시 출발했다. 하지만 커튼이 젖혀졌고, 죽이는군의 불만 가득한 얼굴이 나타났다.

"이씨, 무슨 운전을 그따위로 합니꺼? 안 터졌는가 모르겠네에."

무엇이 터졌다는 것인지 대충 짐작할 수 있었다. 그러고 보니 차가 흔들리는 순간에 아가씨의 비명 소리를 들은 것도 같았다. 아가씨의 우유 풍선이 예기치 않은 요동에 제대로 눌렸을 경우였다. 그것을 누를 무엇인가가 거기에 얹혀 있었겠지.

터질 수 있는 또 하나의 것이 없지는 않았다. 죽이는군의 주름 풍선이 그것이었다. 아가씨와 그가 다리를 X자 형태로 하고 누웠다가 차의 요동과 동시에 그녀의 무릎이 그의 주름 풍선을 가격했을 가능성도 배제할 수 없었다. 어쩌면 너무 심한 고통에 그가 가성으로 비명을 질렀던 것일지도 몰랐다.

의도한 바는 아니었으나 제대로 복수했다. 나는 솔직히 그 두 사람이 고소했다. 그래서 속에서는 즐거운 미소가 피어올랐다. 그러나 겉으로는 미안한 표정을 지었다.

"터지지는 않았어."

아가씨가 말하며 죽이는군을 끌어당겼다. 터지지 않은 그것이 아가씨 소유의 그 무엇이었음이 증명되었다. 그리고 커튼은 다시 쳐졌다. 둘의 속삭임이 있었지만 차의 소음 때문에 대화의 내용을 파악할 수는 없었다.

나는 실내등을 켰다. 운전하기 무료하여 켠 것은 아니었다. 뒤의 침대칸에서 들려오는 아가씨의 숨소리가 너무 얄궂었다. 죽이는군이 터질 뻔한 그녀의 우유 풍선을 손봐주고 있는 듯했다. 그 소리를 지울 만한 다른 소음이 필요했다. 그래서 나는 실내등을 켰고, 카세트에 음악 테이프를 밀어 넣고 볼륨을 높였다.

차가 묵호에 다다르고 있을 때에야 커튼이 다시 젖혀졌고, 죽이는군이 운전석으로 돌아왔다. 그리고 나는 조수석으로 밀려났다.

"헴, 오랜만에 큰 차 운전대 잡았을 텐데도 잘하네예. 올라갈 때 또 부탁해도 되겠지예?"

나는 육체와 정신이 다 지쳐 있었다. 거기다가 배도 고팠다. 그래서 올라갈 때에는 잠을 푹 잤으면 좋겠다는 생각이었다. 그런데도 나는 고개를 젓지 못하고 끄덕이고 있었다. 사회적 약자로 오래 살다 보니 이런 불이익에도 익숙해져서 그럭저럭 적응을 하게 된 결과였다.

죽이는군은 노련한 솜씨로 운전했다. 나는 잠시 고개를 돌려서 운전하고 있는 그의 옆얼굴을 바라보았다. 그런데 그가 인간으로 보이지가 않았다. 무슨 짓을 해도 무식하게 보이는 것이, 아무래도 그의 어머니가 하늘에서 떨어진 외계인의 정충이 섞인 물에서 목욕을 하다가 그 정충이 몸속으로 파고드는 바람에 처녀의 몸으로 잉태를 하여 낳은 아이가 바로 그일 듯했다.

"죽이는군아, 이 일에도 장래성이 있냐?"

내가 문득 물었다.

"나는 이거 해서 돈 벌면 횟집을 해볼까 합니더. 우리 사장이 있잖아예, 횟집 두 개 가지고 한 달에 순수익만 2천 올립니더. 우리나라에 그만한 장래성 가진 직업이 또 있을까예?"

그 말이 옳았다. 그의 말이 사실이라면 그 정도 장래성 밝은 직업도 흔치 않을 것이었다. 돈이 곧 신분이 되는 세상이기에 그 정도 벌이를 한다면 대접 크게 받으며 모가지가 부러지도록 힘주고 살 수 있었다.

"일하는 건 어때. 힘들지 않아?"

"힘 안 들고 돈 버는 직업이 있으면 내게도 소개해주이소."

별 희한한 소릴 다 듣겠다는 듯 죽이는군의 눈꼬리가 치켜 올라갔다.

"남의 돈 벌어먹기가 어디 그리 쉬운 줄 압니꺼? 빈 차로 출발해서 묵호 도착하기까지 네 시간 잡고예, 올라가는 시간 여섯 시간 치면 벌써 길바닥에서만 열 시간 노동입니다. 거기에다 활어통 청소하고 물 채우는 데 족히 한 시간은 걸리고예, 얼음 사서 채우는 데 한 시간입니다. 얼음집 앞에 활어차들이 줄을 서 있거든예. 경매 봐서 오징어 받는데 보통 두 시간 잡고, 올라가서 오징어 푸는 데 세 시간, 가게 어항 물 갈아주는 데 두 시간. 그렇게 하면 열아홉 시간 노동이지예? 사장하고 경비랑 물건 값 계산하고, 밥 먹고 하다 보면 스무 시간은 노동시간으로 봐야 합니더. 그러니 자취방에 가보지도 못하고 차에서 잘 때가 허다합니더."

"그렇게 빡세게 일하고도 살 수 있어?"

"원래는 이틀 하고 하루 쉬어야 하는데예, 우리 사장이 날강도라서 일주일은 해야 하루 쉬게 합니더. 쉴라꼬 집에 들어가 있으면 시내 배달하는 애가 안 나왔다, 다른 기사를 묵호 보냈더니 오징어를 많이 죽였다, 별별 핑계를 다 대면서 불러냅니더. 싫다고 뻐기면 바로 모가지 시킨다고 협박이지예."

나는 '참 힘들게들 먹고사는구나' 하고 생각했다. 그동안 백수 푸대접한다고 주변 사람들 원망도 많이 했는데, 비록 푸대접은 받았을지언정 나는 호의호식하는 것이 분명했다. 이 치열한 생활 전쟁의 열외자인 백수는, 그래서 그들로부터 푸대접을 받아도 할 말이 없었다.

도착하면 먹을 것을 좀 사달라고 말하려 했는데 차마 입이 떨어지지 않았다. 그 힘들게 번 돈을 내가 축낼 수는 없었다. 그래서 나는 내 돈으로 약간의 먹거리를 사서 배를 채워야겠다고 마음속으로 생각했다. 그러나 나는 그 계획도 실천할 수가 없었다. 새벽에 문을 여는 가게가 없기 때문이 아니었다. 배는 고파 미칠 것 같았지만 죽이는군은 내게 먹을 것 살 시간을 주지 않았다.

먹을 것 살 시간은커녕 밝아오는 새벽 항구의 정취를 감상할 시간도 없었다. 경매 시간이 임박하여 돌아온 오징어 배들이 항구 밖에 대기하고 있는 그 아름다운 풍경도 곁눈질로만 감상이 가능했다. 그가 여자와 노닥거리다가 늦게 출발하는 바람에 도착 시간이 늦어져서 오징어 받을 준비를 서두르지 않으면 안 되었다.

죽이는군은 바다 지하수를 끌어올려 활어차에 공급하는 곳에 차를 대고서 내게도 활어통 청소를 시켰다. 수세미와 솔을 들고 활어통 속에 들어가서 구석구석의 물이끼를 닦았고, 오징어 배설물을 씻었다. 적재함의 두 줄 활어통 칸막이는 도합 열두 개였다. 내게 할당된 양이 다섯 개였다.

"초보자라서 서툴 것이니 다섯 개만 하이소."

죽이는군이 큰 배려를 하는 듯이 말했다.

나는 신발을 벗고 맨발로 활어통 속으로 들어갔다. 활어통 속은 공기의 소통이 원활하지 못하여 찜통이었다. 나는 비 오듯 쏟아지는 땀을 옷소매로 훔치며 다섯 개의 통을 모두 청소하고 밖으로 얼굴을 내밀었다. 죽이는군은 벌써 자기 몫의 청소를 끝내고 물 호스로 활어통을 헹구고 있었다. 활어통 배수구를 열고 물을 뿌려 찌꺼기를 내보낸 그는 내게 배수 밸브를 잠그라고 지시했다. 나는 그가 시키는 대로 그것을 잠갔다. 그는 배수구가 잠긴 활어통에 가득가득 물을 받았다.

물을 가득 채운 다음에는 얼음집으로 이동했다. 커다란 얼음을 사서 활어통마다 두 개씩 넣었다. 오징어가 활동하기 알맞은 온도로 수온을 낮추기 위함이었다.

얼음을 다 채운 후에 죽이는군은 차를 어판장으로 이동시켰다. 어판장에는 벌써 오징어 경매가 한창이었다. 새벽 이른 시각임에도 많은 사람들이 부산하게 움직이는 것이, 부두 전체가 살아서 꿈틀거리는 듯 활력이 느껴졌다.

죽이는군은 활어통 수온을 유지시키는 용도의 냉각기를 가동시켜 놓고 중매인을 만나러 갔다. 그 사이에 나는 잠시의 짬을 내 숨을 돌릴 수 있었다. 하지만 그 시간에도 나는 먹을 것을 구하러 가지 못하고서 뒤늦게 잠에서 깨어난 죽이는군의 여자에게 말동무를 해주어야 했다. 죽이는군이 차를 떠나지 말라고 말했기 때문이다.

"새벽에 웬 사람이 이렇게도 많대?"

죽이는군의 여자가 푸시시한 머리를 손가락으로 다듬으며 커튼 밖으로 얼굴을 내밀었다. "울 오빠는 어딜 갔어요?"

"중매인 만나러 갔어요."

"어머, 날 버리고 선을 본대요?"

"그 중매가 아니라 오징어 중매일걸요?"

"그것도 중매라고 하나요?"

휴— 가슴을 쓸어내리며 그녀는 민망한 미소를 지었다.

"아, 아름답기도 하지. 저기 서 있는 배들이 모두 오징어 배겠죠?"

그녀가 멀리 부두 밖에 줄을 서서 차례를 기다리고 있는 배들을 바라보며 말했다.

"그렇겠지요."

나는 건성으로 대답하며 잠시나마 하자소녀를 떠올려보았다. 그녀의 따뜻한 어깨에 손을 얹고 이 풍경을 바라볼 수 있다면……

"에이, 재미없다. 원래 그렇게 무뚝뚝해요?"

아가씨가 불만스럽게 말했다.

"어떻게 해줘야 재미있는데요?"

"다른 바지들은 그렇게 대답 안 해요. '불을 저렇게 많이 켜고 있으면 배가 뜨끈뜨끈하겠지? 저런 배에 올라타면 몸이 후끈 달아오를 텐데……' 이런 식으로 농담을 하지요."

"그게 재밌어요?"

"맨숭맨숭하게 '그렇겠지요'라고 하는 것보단 재미있잖아요."

"후후. 내가 그런 농담을 하면 아마도 죽이는군이 내 모가지를 물어뜯을걸요?"

나는 그가 군에 있을 때에 개를 물어뜯은 사건을 상기하면서 몸서리를 쳤다.

"울 오빠 그렇게 무식하지 않아요. 말이 거칠기는 해도 심성이 얼마나 여린데요."

중매인을 만난 죽이는군이 차와 멀지 않은 곳의 배에 올라서 오징어 상태를 살피고 있는 모습이 눈에 들어왔다. 그는 중매인과 뭐라 말을 주고받더니 배에서 내렸고, 사람들이 모인 곳으로 가서 섞였다.

딸랑딸랑 경매인의 방울 소리가 울렸고, 중매인들이 쪽지에 숫자를 써서 경매인에게 내밀었다.

"에~, 55번 50개, 30번 20개······."

낙찰이 이루어진 모양이었다. 죽이는군이 바삐 차로 돌아와서 운전석에 올라앉았다.

"오빠, 샀어?"

아가씨가 물었고, 그는 대답 없이 고개만 끄덕였다.

"얼마나 샀어? 지금 실을 거야?"

"가시나야, 지금은 말할 시간 없다. 들어가서 디비 자든지, 주둥이 꽉 다물고 구경하든지, 둘 중에 하나만 해라."

죽이는군의 핀잔에 머쓱해진 아가씨는 놀란 자라처럼 목을 움츠렸고, 무릎을 세워 안으며 입술을 삐죽였다.

"이렇게 재미없을 거면 따라오지 않았을 거야."

아가씨가 푸념했다.

죽이는군은 짧은 치마를 입고 무릎을 세운 아가씨의 그 민망한 꼬락서니를 보고서 손으로 얼른 커튼을 쳐버렸다. 그러나 역시 그는 입을 굳게 다물고 있었다. 이 순간만큼은 그도 무척 긴장을 하고 있다는 반증일 터였다. 살아 있는 고기를 싱싱한 상태 그대로, 최대한 빨리 활어차에 옮겨 실어야 할 때였으므로 긴장을 하지 않을 수 없었을 것이다.

죽이는군은 차를 몰아 배가 대기하고 있는 곳 가까이 가서 세웠다. 바로 뱃사람들이 차를 향해 줄을 서더니 일사불란하게 대야에 오징어 20마리씩 담아 나르기 시작했다. 손에서 손으로 옮겨진 대야는 활어통 위에 선 죽이는군의 손에까지 왔다. 죽이는군은 물 찍찍 내뿜는 오징어를 조심스럽게 활어통에 넣었다.

나는 죽이는군이 도와달라는 말을 하지 않았음에도 스스로 돕기 위해 활어통 위로 올라가보았다. 그러나 죽이는군은 도울 것 없으니 구경이나 하라고 했다. 생물은 옮길 때에 잘해야지, 그때 자칫 잘못 다스리면 물이 간다는 것이었다. 오징어 활어차 기사를 아무나 못하는 것도 그 때문이었다. 오징어를 다루는 기술이 필요하기에 운전만 잘한다고 오징어 활어차 기사를 할 수 있는 것은 아니었다. 그래서 그는 오징어를 만지는 일만큼은 조수에게 시키지 않고 직접 했다.

활어통 하나에 세 두름씩을 헤아려 조심조심 넣고 있던 죽이는군이 갑자기 돌아서더니 오징어 한 마리를 내 발 앞에 던졌다.

"심심한데 이거나 먹으이소."

"……?"

나는 멀뚱히 그를 쳐다보았다. 그리고 발 앞에 떨어져서 다리 빨판으로 활어통을 빨아 대는 오징어를 바라보았다.

"오징어회 못 먹심꺼? 거기 신선실에 보면 초장 있심더."

그의 손가락은 냉각기 파이프가 지나는 곳에 부착된 작은 상자를 가리키고 있었다. 내가 그 뚜껑을 열고 손을 넣었는데, 냉장고의 냉장실처럼 시원한 공기가 느껴졌다. 별다른 것은 없었고, 소주병 하나와 초고추장 통, 깻잎과 상추 등이 들어 있었다. 활어차를 하면 이런 것을 싸들고 다니며 언제든지 오징어회를 먹을 수 있는 모양이었다.

나는 초고추장을 꺼내 들었다. 하지만 오징어를 먹을 수 없었다. 칼도 보이지 않았고, 칼이 있다고 해도 오징어회를 뜰 줄을 모르기에 어찌할 바를 몰랐다. 그래서 발 앞에 꿈틀거리고 있는 오징어만 바라보고 있었다.

"지금은 바빠서 회 못 뜨니깐 그냥 통째로 썹으이소."

내가 기막히다는 표정으로 죽이는군을 바라보고 있는데 무슨 이유에선지 오징어를 헤아리는 뱃사람들의 손길이 잠시 멈추었다. 그 사이 죽이는군이 내게로 뛰어왔다.

"이렇게 잡으이소."

죽이는군이 바닥에 뒹구는 오징어 다리 쪽 두 눈을 손으로 감싸 쥐면서 말했다. 그는 내 손에 들린 초고추장 통 뚜껑을 열어 오징어 머리를 푹 찍었다. 그리고는 오징어 머리를 입에 넣고 앞니로 삭둑 잘라서 우적우적 씹기 시작했다. 내 눈으로 직접 보지 못했음에도 개를 물어뜯었을 때의 그 포악한 그의 모습이 자연스럽게 연상되었다.

"이렇게 먹으면 되잖심꺼."

"내장은?"

"그냥 대충 먹으이소."

그가 신경질적으로 말하며 오징어를 내 손에 넘기더니 자리로 돌아갔다. 그리고는 다시 오징어를 받았다.

나는 한참 동안 멈칫거리다가 배에서 나는 꼬르륵 소리를 듣고 용기를 내었다. 죽이는군이 한 입 베어 문 흔적이 있는 오징어를 초장에 찍었고, 입으로 가져갔다. 두 눈 질끈 감고 꽉 물어뜯었는데, 생각보다 맛이 훌륭했다. 나는 입에 든 오징어를 꼭꼭 씹어 삼키면서 다시 초고추장에 오징어를 찍었고, 입으로 가져가서 또 물어뜯었다. 그러나 세 번

째에는 앞니에 물린 오징어 먹물집이 터져서 얼굴에 먹물을 뒤집어썼다. 그렇지만 나는 이미 오징어 맛에 환장해 있었다. 먹물이 튄 것 정도로 그 맛난 먹거리를 포기할 수 없었다.

나는 활어통 위를 흐르는 바닷물로 얼굴을 대충 씻었다. 그리고 오징어 뱃속에 손가락을 넣어 내장을 제거한 다음 오징어도 활어통 위의 바닷물에 씻었다. 그것을 초고추장에 찍어서 물어뜯었다. 그렇게 하여 오징어의 입과 눈이 붙은 부위만 빼고 한 마리를 다리까지 모두 먹어 치웠다.

나는 차 백미러에 얼굴을 비쳐 보았다. 저승사자처럼 입술과 앞니가 시커멓게 오징어 먹물에 물들어 있었다. 머리카락의 일부도 오징어 먹물로 염색이 되어 있었다. 그러나 이제 살 것 같았다. 워낙 배가 고팠기 때문이었겠지만 오징어는 내 노역에 대한 충분한 보상이 될 만큼의 만족한 맛을 주었다. 죽이는군이 내게 먹을 것 살 시간을 주지 않은 것이 고맙게 여겨질 정도였다.

"이제 올라가입시더."

죽이는군이 활어통 뚜껑을 다 닫고 나서 말했다. "딱 맞게 샀네예. 오늘은 물량이 달려서 조금만 더 늦었으면 한 차 못 채울 뻔 했심더. 헴 덕분임더. 고기 받을 준비 빨리할 수 있었으니까예. 그 보답으로 내가 맛있는 밥을 살게예."

듣던 중 반가운 소리였다. 마음속 깊은 곳에 잠재해 있던 그에 대한 얄미운 감정이 이제 싹 가시는 듯했다. 내 고생을 알아주었기 때문이 아니라 맛있는 것을 사준다고 했기 때문이다. 하지만 그가 말한 맛있는 것은 내가 맛있어하는 것이 아니라 그의 여자가 맛있어하는 것이었다. 그것을 확인한 나는 다시 그에게 적개심을 품게 되었다.

죽이는군이 차를 몰고 간 식당은 순댓국을 전문으로 하는 집이었다. 내가 순댓국을 싫어한다는 것을 익히 아는 그가 그곳으로 나를 데려갔다는 것은, 내게 아침을 먹이지 않겠다는 수작이었다.

식당에 들어선 죽이는군은 내 찌푸려진 인상을 보고도 못 본 척했다. 그리고 내 의사를 묻지도 않고 순댓국 세 개를 주문했다.

"난 다른 것 먹을랜다. 보자……. 제길, 이 집에는 순댓국밖에 없네."

내가 입술을 빼어 물고 볼멘소리를 했다.

"그냥 아무거나 먹으이소. 공짜로 얻어먹으면서 선택권까지 바랍니꺼? 우리 이쁜이가 순댓국 좋아하는데, 헴 때문에 다른 곳에 가야겠심꺼?"

죽이는군이 아가씨 어깨를 보듬으며 말했다.

죽이는군의 말대로 나는 얻어먹는 처지였다. 얻어먹는 처지에 놓이면 선택권이 없다. 뒤늦게 나는 내가 너무 호강에 젖은 소릴 했음을 깨달았다. 그래서 입을 다물었고, 대충 아무거나 얻어먹기로 했다. 하지만 그에게 배신을 당한 것 같아 기분은 영 찜찜했다. 다른 건 몰라도 우정을 저버리고 애정을 선택한 그 비열한 작태는 용서가 되지 않았다. 그래서 내가 그를 활어통에 싣고 달리게 된 것이다.

비위 상하는 음식을 억지로 목구멍에 쏴서 넣어야 했던 것은, 곧 영양실조로 쓰러질 만큼 굶주렸기 때문이다. 어제 라면을 몇 젓가락 삼키다가 만 이후 먹은 것이라고는 아침에 날로 먹은 오징어 한 마리뿐이었다. 그런데도 에너지는 평소의 수십 배를 소비했다. 좋아하지 않는 음식이었지만 그것으로라도 배를 채우지 않을 수 없었다.

먹은 것을 다시 토할 것 같았지만 숨을 참으면서 꾹 누르고 차에 올랐다. 그런데 죽이는군은 운전석을 비우고 아가씨를 안더니 침대칸으로 들어가 누워버렸다.

"헴이 좀 하이소. 나는 눈 좀 붙일랍니다. 가다가 소사 휴게소에 들러야 합니다. 휴게소에 들어가거든 깨워주이소."

나는 운전석에 앉았고, 차를 출발시켰다. 그런데 얼마 안 가서 죽이는군이 커튼을 열어젖히더니 차 좀 세우라고 말했다.

"우리 이뿐이가 볼일이 급하답니더. 가시나야, 그러기에 아까 식당에서 볼일을 보고 왔어야지."

나는 죽이는군이 그 아가씨를 차에서 내려 볼일을 보게 할 줄 알았다. 그래서 길가에 차를 대고 그녀가 내릴 때를 기다렸다. 그런데 그는 그녀를 데리고 차에서 내리는 것이 아니라 차 뒤 활어통 위로 가는 것이었다.

"헴, 오징어 죽심더. 내가 뒤로 가서 신호를 보내면 바로 출발해야 합니더. 이따가 볼일 끝나면 소리칠 테니 그때 다시 잠깐 멈추면 됩니더."

조금 전, 밥을 먹으면서 죽이는군은 산 오징어 수송에 대해 약간의 설명을 했다. 오징어는 성질이 급하기에 차가 멈춰서 있을 때에 잘 죽는다, 시간이 생명이기도 하기에 꼭 필요한 일이 아니면 차가 서지 말아야 한다, 꼭 필요한 일이란 물 간 오징어를 건질 때이다, 오징어는 혼자 죽지 않고 굳이 동족을 다리로 휘감아 동반 죽음을 하는 습성이 있기에 죽을 것 같은 오징어는 빨리 건져야 한다, 죽은 오징어도 마찬가지다, 죽은 오징어가 물을 오염시키기 때문에 빨리 건져야 한다……, 등등. 그 때문에 그는 차를 멈춰서 아가씨가 안전하게 볼일을 보도록 하지 않고 위험하게도 활어통 위에서 오줌을 누도록 할 생각인 모양이었다. 죽이는군답게 죽여주도록 무식한 짓이었다.

나는 뒤따르는 차와 추월하는 차들이 다 볼 수 있고, 또 바람에 날리거나 차체의 요동에 몸의 균형을 잃어 길바닥으로 추락할 수도 있는 그 위험천만한 활어통 위에서 그녀가 볼일을 보게 하려는 것인 줄 알고 기겁하여 그를 쳐다봤다.

"저 뒤에 화장실로 쓰기 알맞은 빈칸이 있심더. 우리가 그 속에 들어가거든 출발하이소."

죽이는군이 놀란 나를 안심시키려는 듯이 말했다. 그리고는 뒤쪽으로 걸어갔다.

죽이는군은 활어통 중 하나의 뚜껑을 열었다. 그는 아가씨와 함께 그 속으로 모습을 감추었다. 그 칸은 냉각기가 고장 났을 때 사용할 비상용 얼음 창고였다. 물론 지금은 냉각기가 고장이 나지 않았으므로 비어 있었다.

나는 그들이 활어통 속으로 모습을 감춘 후에 조심스럽게 차를 출발시켰다. 운전을 하면서 나는, 여자가 급한 용무를 해결하려는데 왜 죽이는군이 동행하였는지가 궁금하여 백미러를 쳐다봤다. 그러나 그와 그녀는 백미러에 비치지 않았다. 그렇지만 짐작 가지 않는 것은 아니었다. 아마도 그녀가 혼자는 무서워서 들어가지 못하겠다고 하였을 것이고, 그녀를 애지중지하는 그는 기꺼이 그녀를 따라 안으로 들어갔을 것이다. 그는 칠칠치 못하게도 흔들리는 차에서 그녀가 몸을 지탱할 수 있도록 잡아줄 것이고, 그녀가 내뿜은 내용물을 물로 씻어내는 주접까지 떨 것이다.

"변변치 못한 놈."

나는 백미러에서 눈길을 거두며 혼잣말을 했다. 그렇지만 사실은 그럴 수 있는 그가 부러웠다. 그래서 하자소녀가 보고 싶어진 것 같다.

여자와 핸드폰은 주인 몰래 사용하는 것이 아니라지만 나는 죽이는군의 핸드폰을 몰래 사용했다. 하자소녀는 아침 일찍 걸려온 나의 전화를 무척 반가운 목소리로 받았다.

"오빠 전화를 기다렸어."

내 생각을 하고 있었다는 뜻인가? 내 심장이 이상 작동을 했다. 이런 기분 때문에 남들은 사랑을 하는가 보다. 낯선 땅에서 외로움을 느낄 때 들려오는 하자소녀의 포근한 목소리는 사랑스러움을 넘어선 감격이었다.

"집에 안 들어갔다면서? 지금 어디야, 오빠?"

"군 후배를 따라서 묵호에 왔어. 지금 올라가는 길이야."

"기왕에 여행을 떠났으면 좀더 놀다가 오지 그랬어?"

"놀러 온 게 아니라 일하는 차 따라왔어."

"노른자위가 오빠 걱정 많이 하더라. 오빠 어머니께서도 불쌍하다고 하면서 우시던걸. 딴맘 먹고 어디로 간 건 아닐까 걱정하시면서, 다시 전화 오면 아무것도 묻지 않을 테니 꼭 집에 들어와달라고 전하라 하셨어."

 어머니는 자정이 지나고서도 아들이 귀가하지 않자 가슴이 쿵 무너지는 소리를 들었을 것이다. 뭔가 잘못되어도 크게 잘못되었다는 생각에 노른자위를 시켜서 화급히 하자소녀에게 전화를 걸었겠지. 내가 잘못되면 어머니에게 돌아갈 책임이 남들에 비해 곱절이었다. 계모였기 때문이다. 사람들은 자기 배 아파 낳은 자식 아니라고……, 어쩌고저쩌고 수군거리며 어머니를 향해 손가락질할 것이다. 어머니는 그 점이 가장 두려웠으리라.

 신문에 보면 '책임 추궁 않음, 무조건 귀가 바람'이라는 문구를 가끔 볼 수 있다. 내가 그렇게 수배를 받고 있는 모양이었다. 그건 내가 바라는 쪽으로 우리 가족의 심경 변화가 일어났다는 얘기였다. 그러나 나는 그 이야기를 들으면서도 고개를 젓고 있었다. 가족들이 내 짐작보다 빨리 심경 변화를 일으켰다. 뭔가 미심쩍은 구석이 있었다.

 "설마……. 나를 유인하여 잡으려는 유인격멸책(誘引擊滅策)일 거야."

 나는 씁쓸한 입맛을 다셨다.

 "내가 보기에는 진심이셨어. '그놈이 집 나가기 전에 딴 때와 달리 이상스럽게 많이 먹더라니까. 왠지 말리고 싶었는데, 이제 생각해보니 마지막 만찬이라 생각하고서 그런 것 같아서 더 불안하지 뭐니. 하자야, 내가 참 못된 엄마지? 그놈에게 자극 좀 주려고 했던 건데……, 취직 못한다고 너무 구박한 것 같아서 미안하고 죄스러워. 무사히 돌아온다면 얼마나 다행일까만, 만에 하나 사고가 생기면 어떡하니? 하자야, 네가 그놈 잘 설득해서 꼭 집에 돌아오게 해줘. 응?' 이렇게 말씀하셨는데도 의심할 수 있겠어?"

소녀의 말을 들은 나는 모든 근심이 사라지고 공기처럼 가벼운 행복이 마음에 가득 들어차는 것을 느낄 수 있었다. 동시에 희망의 미소가 피어났다. 어머니가 그런 말까지 했다면 즉시 귀가해도 될 것 같았다.

"소녀야, 오늘 오후에 우리 집 앞에 와줄 수 있어?"

나는 하자소녀와 함께 집에 들어갈 생각이었다. 그녀의 설득에 못 이겨 끌려 들어가는 척하려는 계책이었다. 어깨를 축 늘어뜨리고 힘없는 모습으로 그녀의 손에 이끌려 집으로 들어간다. 그리고 마치 자살하러 갔다가 실패하고 돌아온 사람같이 행동한다. 붉은 립스틱을 밧줄 자국인 것처럼 목에 살짝 칠해 들어가면 더욱 효과적이겠지. 그러면 강철같은 날쌘마미도 감히 나를 나무라지 못할 것이다. 어쩌면 안쓰럽고 미안하여 자장면을 사줄지도 모른다. '어머니는 자장면이 싫다고 하셨어'라는 유행가 가사처럼. 그런 정적인 어머니의 모습을 오늘 보게 될지도 모른다. 나는 그것을 기대한다.

"혼자 집에 들어가기 쑥스러워서 그렇지? 하지만 오늘은 곤란해. 봉사 활동 가는 날이거든."

나는 내게 봉사하면 안 되겠냐는 말을 하려다가 어린애의 투정처럼 들릴 것 같아서 참았다. 소녀와 동행이라는 보험은 날렸지만 집안 분위기가 부드럽다면 혼자 집에 들어가도 큰 화는 없을 것이었다. 그녀와 동행을 뺀 나머지 시나리오를 적용하면 무사할 것 같았으므로 크게 아쉬워하지는 않았다.

"할 수 없지 뭐."

나는 서울 가서 보자는 인사를 한 후 전화를 끊었다. 바로 그 순간이었다.

"차 세우라고!"

절규에 가까운 소리였다. 전화를 하고 있는 사이, 죽이는군이 몇 번이나 차를 세우라는 신호를 보낸 모양이었다. 백미러를 통하여 적재함을 보았는데, 활어통 밖으로 상체가 올라와 있는 죽이는군이 험악한 표정으로 정차 신호를 보내고 있었다.

"미친놈."

내가 중얼거렸다. 화물차 적재함을 오픈카로 착각한 모양이었다.

"폼은 좀 덜 나지만 그래도 경운기보다는 나으니 마음껏 바람을 즐겨라."

나는 차를 세울까 말까 잠시 망설이다가 더욱 속도를 내었다. 오히려 차를 세우면 맞아 죽을 것 같았기 때문이다. 그렇지만 그 단순 무식한 인간이 고개를 숙이고 굳세게 진격하는 질럿처럼 바람의 저항을 뚫고 활어통 위를 걸어서 내게로 올 수도 있었다. 그러므로 나는 차창 밖으로 손을 내밀어 잠시 기다리라는 손짓을 해 보이는 것을 잊지 않았다.

활어통에 실린 물 때문에 차가 출렁거렸다. 차가 흔들릴 때마다 죽이는군의 허리도 휘청거렸다. 그의 허리를 부러뜨릴 생각은 아니었지만 나는 가끔 브레이크를 걸었다. 그리고는 그가 보지 못하는 방향으로 고개를 돌리고 쿡쿡 웃었다.

여자도 빼죽 고개를 내밀고 원망스러운 눈빛으로 나를 바라보았다.

활어통 속에 쪼그려 앉아 있으려니 무척 고통스러울 것이었다.

"차 빨리 세우라니까!"

사랑스러운 아가씨를 고통에서 빨리 헤어나게 해주려는 죽이는군의 악에 받친 소리였다. 하지만 나는 속도를 줄이지 않았다. 그를 골탕 먹인 후의 뒷감당이 은근히 걱정이었는데, 하늘이 도운 것인지 때마침 좋은 변명거리도 생겼다. 앞 굽잇길에 숨어 있는 교통경찰차가 보였다.

교통경찰 핑계를 대면 죽이는군도 의심을 거둘 것이다. 그래서 나는 그에게 몸을 숨기라는 신호를 손으로 보내며 교통경찰차 옆을 유유히 지났다. 그런데 바로 사이렌 소리가 들렸다.

경광등을 번쩍거리며 쫓아오고 있는 백차가 백미러에 들어왔다. 이쯤 되면 차를 세울 때가 된 것 같았다. 나는 서서히 속도를 줄이면서 차를 댈 만한 갓길을 찾았고, 비상등을 켜면서 여유 공간에 차를 세웠다.

경찰이 땅으로 뛰어오고, 죽이는군이 하늘로 날아왔다. 둘은 거의 동시에 내게 도착했다.

"적재함에 실린 게 사람인고, 짐승인고?"

경찰이 운전석으로 오르는 발판에 뛰어오르며 소리쳤다.

"씨발, 차 세우라는 소리 안 들려요?"

죽이는군이 경찰은 눈에 보이지도 않는 듯 불량스럽게 소리쳤다. 상하 협공을 받은 나는 멀뚱멀뚱 앞만 바라보았다.

"짐승 맞네. 미안해. 난 또 사람을 적재함에 싣고 달리는 줄 알았지."

경찰이 험악한 인상으로 악을 쓰는 죽이는군을 쳐다보며 말했다.

"씨발, 우리 이쁜이가 다리 쥐났잖아!"

죽이는군이 다시 나를 향해 침을 뒤졌다.

"미안해. 앞에 경찰이 있다는 신호가 자꾸 들어와서 차를 세울 수 없었어."

내가 거짓으로 둘러대었다. 그런데 그 말을 들은 경찰은 익히 아는 사실이라는 듯이 빙그레 웃고 있었다. 그리고 죽이는군도 내가 경찰 때문에 차를 세우지 못했다고 믿는 듯 화를 누그러뜨리는 모습이었다.

"그딴 경찰이 뭐라꼬 눈치 봅니꺼."

죽이는군이 한결 부드러운 목소리로 중얼거렸다.

거기까지는 좋았다. 경찰도 뒤에 실린 것이 짐승인 듯하니 도로교통법 위반은 아니라고 판단하고는 안전 운전을 당부하며 물러날 태세였다. 그런데 하필 그때에 답답한 활어통 속에 방치되었던 아가씨가 더는 다리가 아파서 참을 수 없었던 모양인지 상체를 활어통 밖으로 내밀었다. 경찰이 그녀를 보고 말했다.

"어? 저건 사람인데? 너도 인정하지? 자, 면허증 제시해."

경찰은 드디어 불법행위를 적발하고서 기쁜 표정이 되었다.

"함 봐주십시오."

내가 애교 섞인 미소를 지으며 사정했다.

"이 물통들. 도로에 간물 질질 흘리고 돌아다니고, 느릿느릿 다녀서 도로 정체시키고……, 이제는 물 밖에 사는 생물까지 활어통에 싣고 돌아다니고……. 도대체가 산업 발전에 도움이 안 돼. 빨리 면허증 제시해, 인마."

경찰이 한심한 인간을 대하는 그 표정으로 말했다.

"아이 씨. 민주 경찰이 욕 찍찍 뱉고, 반말 팍팍 까고……, 그래도 되는 겁니꺼?"

죽이는군이 끼어들었다.

"짐승은 빠져, 인마."

경찰이 죽이는군을 쳐다보았고, 알 것도 같고 모를 것도 같은 의미의 미소를 지었다.

"씨. 진짜 이렇게 나올 겁니꺼? 한두 번 협조한 사이도 아닌데 이래 빡세게 나오면 나도 생각이 있심더."

"조수냐?"

경찰의 강압적이던 태도가 누그러졌다. "오늘 첫날인 모양인데, 교육 좀 시켜서 데리고 다녀, 인마. 교육을 제대로 안 시켜서 내 옆을 그냥 지나치니까 따라온 거 아냐."

경찰과 운전기사. 천적 사이여야 할 둘의 대화에 왠지 끈적끈적한 정이 느껴지고 있었다. 둘은 익히 아는 사이인 듯했는데, 나는 그들 사이에 모종의 암거래가 있다는 암시를 받았다.

"조수면 교육을 시켰지예. 임시 조수라서 오늘만 합니더."

죽이는군이 불만스럽게 입술을 빼어 물었다.

"그랬으면 내 포인트에서는 네가 핸들을 잡았어야지. 기왕 이렇게 된 것 다음 포인트에서 하자. 다음 포인트……, 알지? 내 먼저 가 있을 테니 많이 모아서 와."

경찰이 말하고는 순순히 물러났고, 뒤에 대기하고 있는 백차로 갔다. 백차는 곧 차도로 올라섰고, 우리를 지나 저 앞쪽으로 사라졌다.

"이쁜아, 이제 나와도 된다. 뒤처리는 내가 할 테니까 너는 얼른 침대로 돌아가라."

소리를 친 죽이는군이 다시 아가씨가 나오고 있는 활어통 쪽으로 걸어갔다. 아가씨는 다리를 절룩거리며 운전실로 돌아왔다. 그 사이, 죽이는군은 활어통 속에서 검은 비닐 봉투 하나를 집어 올렸다.

"저 짐승은 빨리 안 오고 뭐 한대?"

내가 혼잣말을 했다.

"히히. 내가 큰 거 봤거든요."

아가씨가 쑥스럽게 말했다.

백미러로 보니, 죽이는군은 아가씨가 몸속에서 방금 꺼내놓은 따끈따끈한 그것이 들었을 비닐 봉투를 묶고 있었다. 그는 그것을 적재함 맨 뒤쪽 끝의 볼트 고리에 살짝 걸었다. 그리고는 바삐 운전실로 돌아왔다.

"헴, 가입시더."

죽이는군이 조수석에 앉으면서 출발을 지시했다.

"헴이 몰라서 그런데예, 경찰 눈치 볼 필요 없심더. 대신에 차만 많이 모아주이소. 가다 보면 배추차가 고개 삐뚜름하게 꺾고 빌빌거리면서 내리막길 내려갈 거라예. 헴은 그 옆 1차선에 들어서서 배추차 속도에 맞추어 느릿느릿 가이소. 그러면 뒤에 승용차가 엄청 밀릴 거 아입니꺼. 차선 두 개를 거북이가 막고 가니 무진장 답답할 거라예. 뒤에서 쌍라이트를 켜고 경적 울리고 지랄을 하겠지만 무시하고 길 비켜주지 마이소. 그러다가 내가 됐다고 하면 추월하라고 뒤로 신호를 보내이소.

그 신호를 본 승용차들이 중앙차선을 넘어서 막 추월을 할 겁니더. 그러면 우리 임무는 끝입니더."

나는 죽이는군의 말을 들으면서 앞을 살폈다. 얼마 안 가서 배추차를 발견했다. 죽이는군의 말이 딱 맞았다. 세 대의 배추차가 앞쪽에서 가는 듯 마는 듯 줄지어 기어가고 있었다. 나는 죽이는군이 시킨 대로 1차선에 들어섰다. 그리고 중간에 가는 배추차와 나란히 가면서 차선을 모두 막았다. 백미러로 보니 뒤에 승용차 두세 대가 덩치 큰 차의 앞을 살피려는 듯 고개를 내밀었다가 쏙 들어가고 내밀었다가 쏙 들어가기를 반복하고 있었다.

나는 낮에 철판을 깔고서 배추차와 속도를 맞추었다. 그때였다. 바람이 불었는지, 죽이는군이 적재함 끝에 달아놓은 검은 비닐 봉투가 펄럭였다. 그것은 바람의 저항을 견디지 못하고 곧 볼트에서 벗겨졌으며, 휙 날려 어디론가 사라졌다. 그리고 잠시 후, 적재함에 가려졌던, 뒤따르는 승용차 중의 한 대가 중앙선 쪽으로 고개를 내미는 것이 백미러에 비쳤다. 그 차의 운전기사는 나를 향해 손가락질을 했다.

죽이는군의 목적은 그것이 아니었겠지만 날아간 문제의 비닐 봉투가 그 차 앞유리에 철퍼덕 하고 가서 붙은 모양이었다. 나는 내 책임이 아니었으므로 모르는 척 앞만 바라보았고, 계속 속도를 유지했다.

"지금입니더. 모인 고기를 푸이소."

죽이는군의 지시에 따라 나는 우측 깜빡이를 넣었다. 동시에 차창 밖으로 손을 내밀고 휘저어 추월 신호를 보냈다. 그 구간은 중앙 분리대가 없었으며, 반대편에서 오는 차가 많지 않았다. 또한 반대편에 등반

차선이 있어서 차선 하나가 여유 있었다. 그래서 반대편으로 오는 차가 있더라도 큰 위험은 없었다. 일단은 직선이었지만 그 아래쪽은 굽잇길이었다. 현재 위치에서는 경찰차가 보이지 않았다. 그러나 우리 차를 앞지른 차들이라면 모두가 중앙선을 넘은 차들이므로 경찰 입장에서는 잡기만 하면 될 것이었다.

차 한 대가 먼저 튀어나와 앞지르기를 했다. 그 차의 운전사는 나를 향해 손가락을 마구 흔들었다. 인상과 입 모양으로 보아서는 험악한 욕설까지 퍼붓는 것이 분명했다. 그는 앞지르기에 성공한 후에 내가 운전하는 차를 세우고 항의를 할지도 몰랐다. 하지만 나는 그를 무시했다. 내가 한 짓도 아니려니와, 어차피 그 차도 앞에 가면 경찰에 잡힐 것이었다.

그 차 뒤를 좇아 몰려 있던 고기들이 일제히 중앙선을 넘어서 앞지르기를 해갔다. 그리고 짜인 각본대로 앞에서 기다리던 경찰에게 곧바로 잡히고 말았다. 우리 차를 앞지른 차들 대여섯 대가 줄줄이 경찰의 지시에 따라 갓길에 가서 섰다.

"저 짭새들, 실적 빨리 올릴라꼬 저럽니더."

경찰차 옆을 지나고 있을 때 죽이는군이 말했다. 그는 경찰들에게 손을 흔들어주기까지 했다.

배추차보다 빠르면서 배추차보다 불법을 많이 저질러야 하는 물차는 이런 식으로 경찰에게 실적을 상납하고 오징어의 생명을 연장시킬 수밖에 없다고 죽이는군은 설명했다. 경찰에 잡히는 시간을 한 번만 줄여도 오징어 스무 마리는 더 살릴 수 있다는 것이었다. 그러나 얼마 못 가서 나는 다시 뒤쫓아온 경찰의 신호를 받고 갓길에 정차하게 되었다.

백차에서 내린 경찰은 뒤따르던 차들이 우리 차 옆을 무사히 지나갈 수 있도록 한참 동안 수신호를 보냈다. 그렇게 한 무리의 차가 지나가고 나서 안전을 확인한 후에야 운전석 발판에 뛰어올랐다.

"똥을 달고 달렸다면서? 똥 맞은 차 운전자가 항의하는 바람에 내가 얼마나 진땀 뺐는지 알아? 빠져나간 땀 보충하게 오징어 몇 마리 주고 가."

죽이는군은 두말 않고 적재함으로 뛰어올라 갔다. 그는 활어통 뚜껑을 열었다. 살아서 펄펄 뛰는 오징어를 몇 마리 건져서 비닐 봉투에 넣더니 경찰에게 건넸다. 경찰은 고맙다고 하면서 비닐 봉투를 받아 백차로 돌아갔다.

"오징어는 뭣 하러 줘? 우리도 할 만큼 했으니 안 줘도 되잖아."

조수석에 돌아와 앉는 죽이는군에게 내가 말했다.

"경찰이 우릴 안 잡았으면 똥 뒤집어쓴 차가 그냥 지나갔겠습니꺼? 멱살 잡히지 않은 것만도 고마운 겁니더."

죽이는군이 시무룩하게 말했다. 경찰이 우리를 보호하기 위해 일부러 따라와주었다는 얘기였다.

경찰은 벌을 가할 것처럼 우리를 잡았고, 문제의 차를 지나 보낸 후에 그 보상으로 오징어를 얻어서 갔다. 가는 게 있으면 오는 게 있는, 상부상조의 법칙이 잘 지켜지는 도로 위의 인생들이었다.

활어차는 굽잇길에서 많이 휘청거렸다. 활어통에 가득 실린 물이 출렁거렸기 때문이다. 물을 따라 출렁거리는 차였기에 웬만한 도로에서는 속도를 낼 수 없었다. 자칫 속도를 줄이지 못하고 달리던 속도 그대로 굽잇길을 돌았다가는 물이 한쪽으로 쏠리게 된다. 그러면 무게중심을 잃은 차는 옆으로 쓰러지고 만다. 또한 급브레이크가 작동하지 않으므로 내리막길에서도 속도를 낼 수 없었다. 그래서 묵호로 갈 때에 비해 서울로 가는 시간이 배로 더 소요되었다.

그렇게 느릿느릿 달려서 소사 휴게소에 도착했다. 죽이는군은 차바퀴가 멈추기 무섭게 적재함에 뛰어올랐다. 그는 뜰채로 죽은 오징어를 찾아 꺼냈고, 비닐 봉투에 담아서 신선실에 넣었다. 또한 물에 뜨는 오징어 분비물을 제거했다. 오징어들이 죽으면서 내뿜는 진이 물을 오염시키기에 모두 걷어내어야 한다고 그는 설명했다. 나도 뜰채를 들고 그를 도와서 죽은 오징어를 꺼냈고, 물에 떠 있는 오징어 진을 제거했다.

다시 활어통 뚜껑을 닫고도 죽이는군은 바로 운전실로 돌아가지 않았다. 그는 건진 오징어 중에서 싱싱한 것들 세 마리를 골라내었다. 주머니칼로 그것들의 배를 가르고 내장을 꺼냈다. 그는 그것을 물에 씻어 회를 쳤고, 초고추장과 야채 등이 든 봉투를 들고 운전석으로 돌아왔다.

"이제부터는 내가 운전할 게예. 헴, 예쁜이랑 이거 먹으면서 가이소. 소주도 있거든예."

'기특한 녀석' 하고 나는 속으로 중얼거렸다. 겉은 거칠지만 인정은 있는 놈이었다.

침대칸에 있던 아가씨가 냉큼 나와 앉더니 소주를 따랐다. 나는 소주를 마시고 오징어회를 집어먹었다. 쫀득쫀득하고 고소한 오징어는 그 씹는 맛이 새로웠다. 소주 맛도 훌륭했으며, 아름다운 풍경까지 차창을 스치고 있어서 이만한 낭만도 없지 싶었다. 힘들여 노동한 후에 맛보는 이 작은 보상이 사랑스러웠다.

"나도 한잔 주세요."

아가씨가 잔을 내밀었다. 나는 소주병을 들어 그녀의 잔을 채웠다. 아가씨가 쪽 소리를 내며 술을 마셨다. 그녀가 안주를 먹고 내게 다시 잔을 내밀려는데, 죽이는군이 손을 내밀었다.

"나도 한잔 줘."

"음주운전해도 되냐?"

내가 걱정스럽게 물었다.

"한 잔인데 어떻겠습니꺼? 피곤할 때에는 한잔씩 해야지, 안 그러면 몸이 못 견딥니더."

아가씨가 술을 따라서 그에게 건넸다. 그가 술을 마셨고, 그녀는 손으로 오징어회도 집어서 그의 입에 넣어주었다.

"이 맛에 이 일 하는 겁니더."

죽이는군이 손등으로 입을 훔치면서 말했다. 나는 공감의 뜻으로 고개를 끄덕였다.

일하는 모습은 아름답다, 그 어떤 일이 되었든 충실할 수만 있다면. 그래서 나는 "나도 이런 일 한 번 해볼까?" 하고 죽이는군에게 묻게 되었다.

"헴이예? 헴 같은 사람에게 누가 이런 일을 믿고 맡기겠심꺼."

얼토당토않은 말이라는 듯 죽이는군은 눈을 크게 뜨고 나를 쳐다보았다.

"내가 어떻기에, 인마?"

"오징어도 헴처럼 어리보기한 사람을 보면 속이 터져서 얼른 죽어버리고 말지 더 상대하고 싶지 않을 겁니더."

"뭐야, 인마?"

나는 성질을 내었다. 그러나 말이야 바른말이라는 생각이었다.

7

 집은 조용하고 어둠침침하다. 나는 주제넘게도 나의 부재가 곧 가족의 부재라고 생각했다. 내가 집을 비우자 집이 비어버렸다. 그럴 리가 없음에도 나는 가족들이 나를 찾아다니고 있을 것이라는 너무도 과분한 착각을 하고 있었다. 하지만 뿌듯하지 않았다. 오히려 약간의 불안감을 갖고 집 안에 발을 들여놓았다.
 내가 고개를 갸웃거릴 수밖에 없었던 것은, 조마조마한 마음으로 현관에 발을 들여놓았음에도 나를 가장 역동적으로 반겨야 할 어머니가 보이지 않기 때문은 아닌 듯했다. 빗자루가 날아오고 부업 중이던 제품이 날아오지 않는 것은 나로서는 다행이지 불행이 아니었다. 그리고 이례적이지도 못했다. 가까운 이웃에 부업거리를 찾으러 갔을 테니까. 그렇다면 무엇 때문에 나는 불안을 느끼는 것일까. 아마도 보신탕의 부재 때문일 듯했다.
 외출에서 돌아올 때마다 슬며시 나를 피해 노른자위의 방으로 도망치던 보신탕이 보이지 않았다. 노른자위는 보신탕을 사랑하지만 가슴에 안고 외출하는 일은 잦지 않다. 하물며 보신탕에게 보신탕이라는 이름이 붙도록 만든 어머니가 안고 외출했을 리도 없다. 그렇다면 내가 가장 신뢰할 수 있는 가능성은 한 가지뿐이었다.

나는 측은한 마음으로 보신탕에 대한 명복을 빌었다.

아버지의 행동이 눈에 띄게 느려진 것은 뼈마디에 녹이 슬었기 때문이 아니었다. 원래 만들어지길 둔하게 만들어진 아버지였기에 엔진에 무리가 갈 일도 드물었다. 그러므로 건전지가 다 닳았기 때문이라는 진단이 가장 설득력 있다.

어머니는 늘 아버지의 건전지 충전을 꿈꾸었다. 가장 손쉽게 구할 수 있는 충전용 음식으로는 보신탕이 있었다. 어머니는 내가 축낼 일 없는 무단가출 기간에 노른자위의 막강한 반발을 각오하면서까지 모진 마음을 먹고 통통 튀어 다니던 보신탕을 냄비에 담긴 보신탕으로 만들었을 것이다.

보신탕은 어머니가 아들인 나마저 젖혀두고 공급하는 영양가 높은 음식을 주인의 사랑이 담긴 배려라고 여기고 잘도 받아먹었다. 어머니가 왜 인간인 나보다 자신을 더 우대하는지에 대한 의구심이라고는 보이지 않았다. 그러더니 가출의 기회를 놓치고 끝내 아버지의 똥으로 그 생을 마감한 모양이다. 가엽게도 어머니의 의도를 너무 늦게 파악한 것이다.

살려달라고, 차라리 8비트처럼 취급해도 좋으니 살려만 달라고 간절히 애원했을 보신탕의 그 눈에서 총기를 빼앗을 사람은 내가 아는 한

한 사람밖에 없다. 김다방. 그는 돈만 생기면 다방에 죽치고 앉아 아가씨들에게 요구르트를 사주며 엉덩이를 더듬는 노총각이었다.

그는 이쑤시개 하나로 눈 깜짝 할 사이에 닭을 안락사시키는 재주가 있었다. 짐승을 잡는 그 특별한 재주는 닭에만 적용되는 것이 아니었다. 동네에서 이루어지는 비합법적 도살은 그가 도맡아서 했다. 그에게 맡긴 짐승은, 닭이 그러하듯 순식간에 소리 소문 없이 세상에서 사라지곤 했다.

사람들은 불법도축을 할 일이 있을 때 슬며시 그의 옆구리를 찔러 데려갔다. 그리고 용돈 조금 쥐어주며 손가락으로 대상을 지목했다. 그러면 끝이었다. 그는 간단하고도 완전하게 조금 전까지 숨 할딱거리던 생명을 고깃덩어리로 만들어 놓고 말없이 사라졌다.

김다방의 재주는 그것만이 아니었다. 우리나라 대부분의 물고기가 영양실조에 걸리지 않는 것은 그의 덕분이라는 소문도 있다. 대단한 정력을 가졌음에도 아직 장가도 못 간 노총각이라서 생긴 소문이었다. 하지만 우리 동네의 모든 남편들, 그리고 미망인을 흠모하는 홀아비들도 그를 경계하지는 않았다. 그렇게 자주 다방에 드나들며 숱한 아가씨들의 엉덩이를 어루만지는 그이지만 여자들과 동침은 않았기 때문이다.

그는 무슨 이유에선지 자신의 성기를 용도에 맞게 사용하지 않고 수음만 하는 모양이었다. 좀 밝히는 다방 아가씨가 이 요구르트 말고 따끈따끈한 다른 요구르트를 달라고 말해도 그는 그 뜻을 못 알아듣는 척했다. 그러므로 그가 다방을 찾는 것은 여자에게서 자극을 받기 위함이지 유혹하려는 것은 아니라는 게 정설이었다. 그러니 그가 전국 공사장을 떠돌며 밤마다 여관방 하수구로 흘려보냈을 단백질을 못 얻어먹은 우리나라 물고기는, 선대의 죄를 업보로 타고 태어난 박복한 몇 마리 외에는 거의 없을 것이었다.

김다방은 막노동으로 먹고살았다. 그러나 정작 막노동판의 호황기인 여름이 되면 거의 일을 나가지 않았다. 막노동을 하지 않고도 먹고살 만한 일거리가 있었기 때문이다. 그의 고객은 우리 동네에만 있는 것이 아니었다. 그를 아는 모든 사람이 잠재적인 고객이라고 해도 좋았다. 우리 어머니도 그의 고객 중 한 사람이었다. 외가에서 토종닭을 보내거나 누렁이를 사오면 꼭 그를 찾았다. 번거롭기는 하지만 그를 이용하면 신선한 고기를 얻을 수 있었고, 속을 일도 없었으며, 싸게 먹히기까지 했다.

이번에도 어머니의 은밀한 부름을 받고 달려온 그는 눈으로 인사만 하고 말없이 옥상으로 올라갔을 것이다. 그리고 잠시 후에 옷을 툭툭 털며 내려왔을 것이고, 바로 다방으로 직행했을 것이다. 그가 간 후 어머니는 옥상으로 올라가서 그릇에 담긴, 요리 전 상태의 보신탕을 보았고, 보신탕보다는 노른자위에게 더 미안한 마음을 품으며 그 그릇을 주워들었을 것이다. 그 옆에는 털과 내장 등이 들어 있는 비닐 봉투가 놓여 있었겠지.

나는 진심으로 보신탕을 애도했다. 그리고 놈에게 가한 나의 학대를 뉘우쳤다. 콧구멍에 담배꽁초 쑤셔 박고 불 붙였던 것, 미안했다. 이렇게 일찍 세상을 마감할 줄 알았으면 남은 콧구멍 한쪽을 마저 막지는 않았을 텐데……. 노른자위 몰래 고춧가루 한 줌을 먹였던 것, 그것도 미안했다. 노른자위의 막강 파워로도 어머니의 저의를 잠재우지 못할 줄 알았으면 고춧가루에 밀가루를 섞고 베이킹파우더까지 넣지는 않았을 것이다.

하지만 내가 악의를 갖고 그랬던 것은 아니었다. 변명 같지만 그것은 보신탕을 위한 일이었다. 놈이 변비에 걸려 고생하는 걸 보고서, 변비에 대한 특효약을 개발하려고 놈을 임상용으로 썼던 것일 뿐이다.

우리나라의 모든 변비 환자들이 나를 쳐다보며 빨리 특효약 만들기만 고대하고 있다는 착각을 했던 것은 아니었다. 변비 특효약을 개발하면 취업난에 허덕이지 않아도 될 것이라는 일말의 기대감에서 행한 일이었다.

배가 아파야 응가가 나오고, 방귀가 잦으면 똥이 마렵다는 속담도 있기에 그런 것들로 약을 만들면 효과를 볼 줄 알았다. 고춧가루는 배를 아프게 하는 용도, 베이킹파우더는 방귀를 나오게 하는 용도였다. 그러나 놈이 밀가루 반죽과 함께 꽁꽁 눈덩이처럼 뭉친 고춧가루 덩어리를 강제로 목구멍에 넘기고 캑캑 괴로운 토악질을 할 때에는 내 마음도 어지간히 아팠다.

나는 이제 보신탕을 잊어야 할 때라고 생각했다. 그렇지만 갑자기 생각난 것이 있어서 마지막으로 하나만 더 반성하고 용서를 빌기로 했다.

보신탕의 그 예쁘장하게 염색되었던 털을 얼룩덜룩한 군복으로 만든 사건은 보신탕의 원한을 사기에 충분했다. 보신탕이 원한을 품고 있다면, 오뉴월에 서리가 내리지는 않겠지만 그 원혼이 나의 취업을 방해할지도 몰랐다. 그렇기에 보신탕의 영혼이 그 오해도 반드시 풀고 훌훌

가볍게 저승길로 떠나길 바라는 마음이다. 나의 반성으로도 보신탕의 원한이 풀리지 않는다면 아버지의 똥을 받아다가 묻고 무덤을 만들어 '여기 보신탕 잠들다'라고 적힌 비목을 세워줄 수도 있다. 아예 아버지 배에다가 비문을 적는 것도 좋은 방법이긴 하겠지. 그렇지만 그렇게 하면 나도 곧 보신탕의 뒤를 따라가야 할 것이기에 딱히 좋다고만 할 수는 없는 방법이다.

노른자위가 아침마다 보신탕에게 거울을 보여주며 자랑스럽게 생각하던 염색이었다. 넷카페 동호회원들에게서 배운 기술이었다. 내가 보아도 참 예뻤다. 다만 상당한 돈이 투입되었다는 것이 문제라면 문제였다.

어머니는 내가 용돈을 달라고 손을 내밀었을 때엔 아무 말 없이 빈병을 들려주었다. 그러면서 노른자위가 보신탕 염색약 살 돈을 달라니까 선뜻 배추 이파리를 몇 장이나 꺼내주었다. 개 염색할 돈은 주머니에서 나오고 내 용돈은 빈 병을 팔아서 마련하라니……. 분명한 편애였다. 그 비인간적 모멸감을 견딜 수 없었던 나는 홧김에 차량용 스프레이 페인트로 놈의 털을 옛날 방위들이 입던 개구리복으로 만들어버렸다. 칠이 잘되어서, 내가 봐도 완벽한 위장도색이었다.

그것을 보고 절반은 미친개가 된 노른자위는 페인트칠이 되지 않은 머리만 남기고 털을 모두 깎아버렸다. 그러나 털 깊은 곳까지 뿌렸으므로 깎아도 얼룩복은 그대로였다.

나는 당연히 어머니의 주먹다짐을 받고 쫓겨났다가 돌아왔다. 그렇지만 내 예비군 모자를 보신탕에게 씌우고는 이제 입대만 시키면 되겠다고 농담을 했다가 다시 쫓겨났다. 아직도 반성을 하지 못했다는 것이

다시 쫓겨나게 된 이유였다.

"그때도 나보다 더 인간적 대접을 받는 네가 부러워서 그랬지 네가 미워서 그랬던 건 절대 아냐."

나는 소리 내어 중얼거리며 보신탕에게 마지막 용서를 구했다. 그리고 묵념을 올려준 후에 노른자위의 방으로 들어갔다. 아무도 없는 이 자유의 공간, 자유의 시간에 마음껏 야사를 감상하려는 것이었다.

그동안 얼마나 눈요기에 굶주렸던가를 생각하니 눈물이 다 날 지경이었다. 아버지로부터 컴퓨터 사용을 금지당한 이후로 내 생의 유일한 낙인 야사 감상을 거의 할 수 없었다. 어쩌다가 PC방에 가서 남들이 보면 얼른 창을 내리고 남이 안 볼 때에 다시 창을 올려서 조마조마한 감상을 몇 번 하긴 했다. 하지만 자유롭지 못한 감상은 오히려 스트레스를 더 받았다. 그래서 웬만하면 참을 수밖에 없었다.

참으면 인내력이 늘어나야 할 일이었지만 어쩐 일인지 그 문화 활동만큼은 자꾸만 허기가 졌다. 그 허기를 달랠 생각에 나는 익숙한 솜씨로 컴퓨터를 켜고 인터넷 성인 사이트에 접속했다. 그러나 나는 제대로 메뉴를 찾아 들어가 보지도 못하고 사이트에서 빠져나왔다. 현관 열리는 소리가 나는가 싶더니 하늘나라에 가 있어야 할 보신탕이 뛰어들어와서 앙앙 짖어대었기 때문이다.

'이게 어떻게 된 일이야?'

나는 이 귀한 시간에 난봉꾼처럼 나타나서 방해하는 보신탕이 얄미워 발로 힘껏 놈을 걷어찼다. 놈에게 가졌던 미안한 감정은 어디로 가고 미움과 증오만 가득했다. 그러나 놈은 얄밉게도 내 발길질을 피해

바닥에 납작 엎드렸고, 나의 헛발질은 엄한 컴퓨터에 가서 부딪혔다.

'퍽' 소리가 났으나 다행히 컴퓨터가 꺼지거나 깨지지는 않았다. 다만 아주 편한 자세로 드러누웠을 뿐이다. 나는 놀란 가슴을 쓸며 얼른 쓰러진 컴퓨터를 다시 일으켜 세웠다.

"컴퓨터 좀 그만 괴롭혀. 핼쑥해진 게 안쓰럽지도 않아?"

그 반가울 리 없는 목소리의 주인은 노른자위임이 분명했다. 그 애가 보신탕을 데리고 외출했다가 돌아온 모양이었다. 그러나 나는 어딜 갔었냐고 묻지도 못하고 문 뒤로 몸을 숨겨야 했다. 현관 쪽에서 '팔 씨' 들어왔냐고 묻는 어머니 목소리가 들려왔기 때문이다.

"아이 씨, 팔 씨라고 하지 말라니까."

나도 모르게 흘러나온 말이었는데, 혼잣소리였다. 어머니는 내 이름이 '비트'이고 성은 '팔' 씨인 줄 안다.

현관에 놓인 내 신발, 그리고 켜진 컴퓨터. 이 정도면 어머니가 나의 귀가를 확인하기에 충분했다. 뿐만 아니라 노른자위가 눈짓으로 나의 숨은 위치까지 가리켰을 게 뻔했다.

어머니는 어깨로 내가 숨어 있는 문짝을 힘차게 밀었다. 그 뒤의 나를 압사시키려는 것이었다. 어쩌면 내가 지레 겁을 먹고 달아나는 것을 막으려는 행동일지도 몰랐다.

예상대로였다. 어머니는 왜 거짓말을 했나, 어떻게 된 일이냐 구차하게 따지지 않았다. 그 모든 말은 슬리퍼가 대신했다.

하늘색의 탄력 좋은 고무 슬리퍼는 질기고 오래가는 것이었는데, 두께도 만만찮았다. 어머니는 내가 들어온 것을 아는 순간 자동으로 슬리퍼를 주워들었다. 그리고 내가 숨은 것이 확실한 문짝을 어깨로 밀어붙여서 도망을 못 치게 했다. 그 다음 슬리퍼 든 손만 문 뒤로 밀어 넣어 난타했다. 나는 고개를 숙였고, 팔로 얼굴을 감쌌다.

어머니의 손에 들린 슬리퍼는 신이 내린 무당 슬리퍼였던 모양인지 춤을 아주 기막히게 췄다. 그 춤은 그칠 기미가 보이지 않았다. 대여섯 대를 맞았을 때 나는 이미 머리가 어질어질했다. 무차별 공격이었지만 충격이 꽤 컸다. 그러다가 갑자기 사방이 조용해졌고, 난타가 중단되었다.

나는 이제 어머니의 분풀이가 끝난 줄 알고 살며시 얼굴 가린 팔을 내리며 고개를 들었다. 그런데 슬리퍼가 그 탄력성을 자랑하며 앞뒤로 흔들리고 있는 것이 눈에 들어왔다. 나는 아차 하는 생각에 다시 고개를 숙이려 했다. 그러나 미처 피하기도 전에 그것은 '착' 소리를 내며 내 볼에 와서 찰싹 달라붙었다.

딱 한 대였는데도 그 충격은 무차별 공격의 수십 배에 달했다. 껍질이 벗겨졌는지 피부가 끈적거렸다. 정조준의 위력을 실감하는 순간이었다. 그런데 그 슬리퍼는 내 볼에서 잠시 떨어지더니 다시 앞뒤로 흔들렸다.

이대로 맞고 있다가는 세상 최고의 불효자가 될 것 같았다. 어머니를 폭력 전과자로 만든 불효자. 그래서 나는 어머니가 아닌 문을 완력으로 밀었다. 그리고 잡으려는 어머니의 손을 뿌리치며 집을 뛰쳐나갔다. 진정 효도하는 마음이었다.

신발도 신지 못하고 달아나면서도 나는 신발을 원망하지 않았다. 배신자 하자소녀를 원망했다. 그녀가 나를 속이지만 않았어도, 비록 눈치는 보이겠지만 죽이는군을 따라다니며 대충 연명할 수 있었을 것이다. 그것이 내가 꼭 하자소녀를 만나야 할 이유였다.

"어머니가 아까 노른자위랑 같이 보신탕 예방주사 맞히러 동물 병원에 가는 길이라면서 전화했을 때까지만 해도 오빠를 잘 다독여서 집에 들어오게 해달라고 말씀하셨단 말야."

내가 전화로 버럭 화를 내자 하자소녀는 그렇게 해명했다. 그렇다면 이유는 딱 두 가지였다. 어머니가 하자소녀까지 속인 것이거나, 마음은 그렇지 않았는데 나를 보는 순간 주체할 수 없는 분노가 치밀어 올랐거나.

두 가지 어느 쪽이든 상관은 없었다. 나는 지금 퉁퉁 부어오르기만 한 것이 아니라 슬리퍼 밑바닥의 무늬가 도장처럼 찍혔으며, 일부 살이 패고 피까지 맺힌 볼에 바를 약이 필요했다. 그리고 신발과 잠잘 곳도 필요했다.

하나는 나 스스로 해결을 할 수 있었다. 잠자리는 친구들이나 죽이는군에게 부탁하면 된다. 그러나 나머지는 어떻게 해볼 수가 없었다. 이제 집에 들어가서 예전처럼 편하게 살게 될 줄 알고 남은 돈을 다 써버렸기 때문이다.

소녀는 퉁퉁 부어오른 내 볼을 보고는 기겁을 했다. 그녀는 두말하지 않고 약국으로 달려가서 약을 사왔다.

"어머니가 너무 심하셨다."

하자소녀가 약을 발라주며 몸서리를 쳤다.

"한두 번 있는 일도 아닌데 뭘."

나는 하자소녀의 손가락 끝이 상처를 지날 때마다 '아야, 아야' 엄살을 부리며 인상을 찌푸렸고 울먹였다.

"다친 줄 알았으면 빨리 왔을걸. 그것도 모르고 짜증내서 미안해."

"아냐. 바쁜데 나오라고 한 내가 미안하지. 이제 됐으니 돈 있으면 2만 원만 꿔주고 가봐."

하자소녀는 내가 내민 손에 돈을 얹어주지 않았다. 잠시 내 어깨에 머리를 얹고 안타까운 표정을 지었다. 그러다가 맨발인 내 발을 보더니 대충 신을 샌들부터 사자며 손을 잡아끌었다.

"아직 봉사 활동 일이 남았다며?"

내가 하자소녀의 손을 뿌리치며 말했다.

"지금 오빠를 책임질 일보다 더 바쁜 일은 없어."

하자소녀는 자기 잘못도 있었다면서 회피하지 않고 스스로 그 책임을 지려 했다.

"신발은 친구에게 빌리면 돼. 네 신세를 지고 싶지 않으니 돈이나 좀 꿔줘."

내가 다시 사양했다.

"오빠가 내게 화 많이 났구나? 고의로 그런 것도 아닌데 용서해줘."

"용서하고 말고 할 게 뭐 있니? 나 화난 것 아냐."

"그렇다면 내 말에 따라줘. 오빠가 이대로 가버리면 내 마음이 편하겠어?"

나는 하자소녀를 위해 따라간 것이지 그녀의 신세를 지려고 따라간 것은 결코 아니었다. 그녀가 사준 신발과 양말을 신고, 그녀가 사준 불고기를 먹은 것도 그녀를 위해서였다. 내가 그것들을 사양하면 그녀가 계속 내게 미안한 감정을 가질 것이니까.

하자소녀는 나와 함께 다니는 것을 부담스러워하지 않았다. 깜깜한 영화관에서 유난히 눈에 띄는 하얀 볼따구니의 나를 사람들이 자꾸만 쳐다보았지만 그녀는 개의치 않았다. 이럴 줄 알았으면 상처에 약만 바르고 거즈는 붙이지 않았을 것을.

감상용 영화가 아닌, 그저 웃고 넘어갈 이야기의 전개였다. 하지만 하자소녀와 나는 진지하게 영화를 감상했다. 남들은 다 웃고 깔깔거리는 영화를 무겁고 진지하게 보는 것도 보통 고역은 아니었다. 나는 그것이 미안했다. 나 때문에 하자소녀마저 웃긴 영화를 웃지 못하고 보고 있었다. 웃으면 부어오른 볼이 땅겨 매우 고통스러웠기 때문이다.

"오빠 생각을 하지 못하고 코믹 영화를 보자고 했네?"

그녀는 나 때문에 웃지 못하면서도 나를 원망하는 것이 아니라 자신을 책했다.

"슬픈 영화를 봐도 고통스럽기는 마찬가지였을 거야. 눈물을 흘리지 못할 테니까."

웃을 수 없는 웃기는 영화를 보고 나왔을 때에는 이미 밤이었다. 집 없는 사람은 어둠을 가장 두려워한다. 그늘만 봐도 잠자리 걱정이 되기 때문이다. 나는 어둠을 확인하는 순간 한숨부터 나왔다. 그러나 하자소녀는 그런 내 마음도 모르고 호프 한잔하자며 손을 잡아끌었다.

호프집을 향하여 걷는데 하자소녀의 핸드폰이 몸서리쳤다.

"어머니네."

하자소녀가 번호를 확인하고 난감한 표정으로 나를 쳐다보았다. 나는 손을 뻗어 그녀의 핸드폰을 건네받았다.

"팔 씨 모친? 나 지금 하자소녀랑 재미있게 놀고 있지롱."

내가 배시시 웃으며 어머니 약을 올렸다.

"이 잡놈, 빨리 집으로 들어오지 못해?"

화가 느껴지는 무겁고 낮은 목소리였다. 그러나 어머니는 내게 연락이 닿아서 다소 안도하는 듯했다. 그래도 나를 걱정하고 있었던 것이 분명했다.

"들어가면, 이번에는 엉덩짝에 이잣살을 불려줄 거야? 미안하지만 팔 씨 모친님, 팔 씨는 고리대금업자가 아니라서 타고난 원살 그대로를 원하지 이자 붙은 살은 사양한답니다."

"아깐……, 화가 폭발해서 그랬는데, 미안했다."

무뚝뚝하고도 감정이 억제된 목소리였다.

"이젠 무슨 말을 해도 안 속아요, 팔 씨 모친. 그러니 그만 전화 끊으세요."

"예, 팔 씨, 아니 8비트야. 네가 안 들어오면 아버지가 날 쫓아내신다고 펄펄 뛰신다."

"그 말도 못 믿겠어요, 팔 씨 모친."

어머니 말이 속임수는 아닌 듯했다. 그렇지만 아무리 내 잘못이 컸더라도 그렇게 맞고도 원망이 없을 수는 없었다. 그래서 나는 어머니 처지를 가엾게 여기지 않았다.

"아버지가 얼마나 화나셨으면 소주 사오는 데 5분밖에 안 걸렸다."

집 앞 골목 입구에 있는 슈퍼마켓이었다. 남들은 5분이면 족할 거리를 아버지는 최소 15분은 소요하며 다녀오곤 했다. 그런데 5분밖에 시간을 소요하지 않았다면 내가 아직 본 적이 없을 만큼 크게 화가 났다는 증거였다.

아버지는 코를 풀 때에도 천천히, 침을 삼킬 때에도 천천히, 오줌을 눌 때에도 느릿느릿, 숨 쉬는 것까지 느릿느릿 한다. 코를 풀 때의 경우, 보통 사람들은 '흥' 한 번이면 되는데 아버지는 '흐으응' 삼박자였다. 침을 삼키는 소리도 '꿀꺽'이 아니라 '꾸우울꺼억'이었다. 오줌 누는 소리도 '쏴'는커녕 '졸졸졸'도 아니고 '조로조로조로……록'이었다. 그토록 느린 아버지가 5분 걸려 슈퍼마켓에 다녀왔다면 일이 나도 크게 났다. 보아하니 지금은 술을 마시고 있는 시간인 듯했다. 그런데 어머니는 이미 그 벌칙 내용까지 파악하고 있었다. 내가 집에 들어가지 않으면 쫓겨날 것이라는 게 그것이었다.

아버지는 이례적으로 내려질 벌칙을 미리 예고했다. 그것 또한 예사롭지 않은 분위기를 짐작게 하는 대목이었다. 아버지가 술을 다 마시기 전에 벌칙을 미리 예고한 적은 한 번도 없었다.

"엄마 사정은 대충 짐작이 가지만 나하고는 관계없네요."

내가 말했는데, 쌤통이라는 생각은 아니었다.

"얘, 8비트야. 난 네 엄마야. 엄마에게 어떻게 그리 몰인정할 수 있니?"

"아까 볼에서 피가 나도록 날 때렸던 생각을 한다면 그런 말은 못하지 않을까?"

"그래, 그래. 내가 잘못했다. 다시는……, 늙어서 죽을 때까지 다시는 때리지 않으마. 이렇게 애원한다. 내가 이 나이에 소박맞고 친정에 돌아갈 수는 없지 않겠니? 네가 나를 좀 살려줘라."

"아버지가 내 상처를 보면 더 화내실걸?"

"그래도 일단 네가 돌아와야 내가 쫓겨나지 않는다. 차라리 맞는 게 낫지, 이 나이에 쫓겨나서 어딜 간단 말이니?"

"엄마 말은 못 믿어."

"노른자위 바꿔줄게, 물어봐라."

어머니는 날쌘마미답게 내가 뭐라 할 사이도 없이 노른자위를 덜컥 바꾸었다. 그 애도 어머니 옆에서 함께 벌벌 떨고 있었던 모양이다.

"오빠, 제발……. 아빠가 무서워서 죽겠단 말야. 오늘은 소주도 두 병을 사오셨어."

아버지의 느린 행동으로는 소주 한 병 마시는 데 최소한 한 시간 이상이었다. 그 시간만으로도 기다리는 사람에게는 고역인데, 그 공포의 시간마저 오늘은 두 배인 모양이었다. 그렇지만 나는 '앙' 하고 개가 사람 무는 소리를 냈다. 어머니가 물어보라는 그것을 나는 그렇게 물었다. 노른자위도 못 믿었기 때문이다.

"오빠, 내 말 듣고 있어?"

노른자위가 말했으나 나는 다시 '앙' 하는 소리만 냈다.

"엄마, 오빠가 내 말도 못 믿나봐."

내 습성을 잘 아는 노른자위였으므로 내가 왜 그런 행동을 하는지도 쉽게 눈치 챘다. 그 애는 전화기를 다시 어머니에게 넘겼다.

"너, 정말 우릴 못 믿어서 그러니, 아님 내게 복수를 하는 거니?"

어머니가 울화를 꾹 누른 채 말했다.

"하자소녀에게 제발 나를 잘 다독여서 집에 들어오게 해달라고 한 건 엄마였어. 내가 그 말 믿고 들어갔다가 이 꼴이 됐는데, 엄마 같으면 믿겠어?"

"그럼 어떻게 해야 믿겠니?"

"컴퓨터를 새것으로 사주면 믿지. 그리고 컴퓨터 사용 금지도 당연히 해제시켜야겠지?"

"그것과 이 일이 무슨 상관이야?"

어머니가 성질을 버럭 냈다.

"그것 봐, 엄마는 아직도 성질이 나 있잖아. 나를 유인해서 패 잡으려는 것, 내가 모를 줄 알고?"

"얘, 그런 게 아니라, 그건 아버지 결재가 필요한데……, 이런 상황에서 그건 쉽지 않잖니."

어머니 목소리가 다시 부드러워졌다.

"그럼 노른자위 컴퓨터를 내 방으로 옮겨줘."

어머니는 내가 집에 들어오기 전에 아버지에게 말하여 컴퓨터 사용 금지를 해제시키고, 또 그것을 내 방으로 옮겨놓겠다고 대답했다. 노른자위가 옆에서 그건 안 된다고 소리쳤지만 어머니의 위협에 굴복하였는지 금세 잠잠해졌다.

"얘, 8비트야. 아버지 바꿔드릴 테니 곧 들어간다고 한마디만 해주면 안 되겠니?"

어머니가 이제 안도하며 조심스럽게 물었다. 내가 들어가기 전에 아버지가 어머니를 내쫓을지도 몰라서 안전장치를 마련해두겠다는 생각인 듯했다.

"일단 컴퓨터부터 옮겨놓고 다시 전화해."

어머니에게 내가 이토록 위엄을 부린 적은 없었다. 내 명령 투의 말에도 어머니는 고분고분 그렇게 하겠다고 대답하고 전화를 끊었다.

전화를 끊고 보니 내가 너무한 것 같다는 생각이 들었다. 어머니가 가엾게 여겨진 것이 이번이 처음은 아니었으리라. 그러나 나는 어쩐지 그것이 처음인 것처럼 느껴졌다.

나는 어머니가 뭐라 하셨냐고 자꾸 묻는 하자소녀에게 그냥 씩 웃어만 주었다.

"호프부터 마시며 얘기하자."

나는 하자소녀와 함께 호프집으로 갔다. 나는 안주가 나오기도 전에 1천 시시를 들이켰다. 갈증도 갈증이었지만 이제 집에 들어가서 아버지의 보살핌을 받을 수 있다는 안도감이 나로 하여금 긴장이 풀어지게 했고, 호프 맛을 더욱 돋우었다.

"어머니가 뭐라 하시더냐고, 오빠."

나는 그제야 지금 어머니가 처한 상황을 하자소녀에게 설명했다.

"그럼 빨리 들어가, 오빠."

소녀가 어머니를 걱정하며 내 팔을 잡고 자리에서 일으키려고 했다. 그러나 나는 하자소녀의 손을 뿌리쳤다.

"아직은 안 돼. 조금 있으면 엄마가 다시 전화할 거야. 그러면 아버지와 통화하고, 집안 분위기를 더 살펴서 들어가야 해. 그래야 안전해."

그렇지만 나와 하자소녀가 호프를 각자 3천 시시씩이나 들이켜서 몸을 주체할 수가 없게 될 때까지 어머니 전화는 오지 않았다. 우리는 술에 너무 취해버렸고, 집에 들어가야 한다는 생각마저 잊어버리고 말았다. 우리는 술을 더 마실 수 없다는 데 공감했다. 그래서 어디로 갈 것인지도 정하지 않은 채 자리에서 일어났다.

우리는 비틀거리는 몸을 서로에게 의지하고서 호프집을 나왔다. 그리고 무작정 앞을 향하여 걷고 있었다. 그런데 갑자기 소녀가 몸을 떨더니 발걸음을 멈추었다. 오줌을 지린 것이 아니었다. 그녀는 주머니에서 핸드폰을 꺼냈고, 혀 꼬부라진 소리로 어머니라고 말하면서 내 손에 그것을 건넸다.

"오, 팔 씨 모친이 웬일이세요?"

"오빠!"

술이 잠시 깨도록 빽 소리를 친 저쪽 목소리는 어머니가 아니라 노른자위였다.

"아, 노른자위! 난 또 엄마라고."

"그 계집애랑 술 마시고 있어? 잘 논다. 이제 오빠는 죽었다가 깨도 집에 못 들어올 거야. 잘먹고 잘살라는 말 하려고 전화한 거니까 그렇게 알고, 어디 멀리 가서 잘살아. 기왕 쫓겨난 거, 오빠 생부나 찾아가보든가."

그제야 나는 아까 어머니 전화를 받았던 기억을 떠올렸다. 그런데 어찌된 일인지는 몰라도 노른자위의 행동이 아까하고는 전혀 딴판이었다.

"내 생부가 누군데?"

"여태 몰랐어? 불출 씨라고, 오빠랑 같은 팔 씨 성에 하는 짓도 엇비슷하니까 아마 생부가 맞을걸?"

"그러지 뭐. 그런데 무슨 일이야? 엄마가 이미 쫓겨나기라도 했나?"

내가 술에 취해 비틀거리면서 꼬부라진 혀로 물었다.

"홍, 엄마가 왜 쫓겨나? 쫓겨난 건 오빠야."

"그래. 그런데 왜 상황이 돌변했느냔 말이지."

"히―. 아빠가 술에 너무 취하셔서 그냥 푹 쓰러지셨걸랑."

나는 하하하 소리 내어 호쾌하게 웃었다.

"이 바보야, 그럼 내일 아버지가 술이 깨면 어차피 엄마는 쫓겨나는 거네."

노른자위도 나를 따라 하하하 통쾌한 웃음소리를 냈다.

"팔불출 씨 아들, 미안하지만 쓰러지신 아빠가 뭐라셨는지 알고나 좋아하셔야지. '이 불효자식. 그따위는 필요 없으니 들어오지 말라고 해. 감히 들어오는 전제조건을 달아서 흥정을 하자고? 불효막심한 자식. 집 근처에 얼씬도 못하게 해' 이러셨지. 이제 오빠는 아빠로부터도 버림받았어. 그러게 들어오라고 빌 때에 두말없이 기어 들어오지. 뭐, 컴퓨터를 어쩌라고?"

나는 당황스럽지도 쓸쓸하지도 않았다. 술에 취해 아무 생각도 없었으므로 어떤 위기감도 느낄 수 없었다.

"소녀야, 이제 나 진짜 쫓겨났다. 잘됐지? 잘되지 않았어? 히히."

나는 노른자위가 뭐라 뭐라 계속 떠드는 소리가 들리는 핸드폰을 귀에서 떼었고, 하자소녀를 바라보았다. 그녀도 술에 취해서는 키득키득 이유 없이 웃으며 내 손에서 핸드폰을 건네받았다. 그리고는 노른자위의 목소리가 계속 들리는데도 전화를 끊어버렸다.

"자, 자유다. 가자!"

내가 소리치며 하자소녀의 어깨에 손을 얹었는데, 앞일에 대한 걱정 따위는 눈곱만큼도 없었다.

"좋아, 나도 오늘은 가출이다. 가자, 오빠."

하자소녀가 소리치며 내 옆구리에 팔을 둘렀다.

우리는 서로 부둥켜안고서 흐느적거리며 걸었다. 그렇게 무작정 걷는 우리에게서 제정신이라고 볼 만한 모습은 전혀 찾을 수 없었다.

다시 정신이 돌아왔을 때에는 하자소녀의 손에 이끌려 어디론가 가고 있는 내 모습이 보였다. 나는 아마도 공동묘지로 끌려가는 중일 것이라고 생각하며 하늘을 쳐다보았다. 보슬비가 내리고 있었다. 이 정도의 비라면 그녀가 만족스런 스릴을 느끼지 못할지도 모르겠다고 생각하며 나는 비틀거리는 몸을 그녀에게 더욱 의지했다.

그때 문득 죽은 어머니 얼굴이 떠올라 발걸음을 멈추었다.

"엄마, 도대체 왜 나를 두고 혼자만 좋은 곳으로 간 거야?"

내가 우뚝 서서 주먹을 불끈 쥐며 소리쳤다.

"오빠, 술 많이 취했어. 어서 가."

하자소녀가 다시 내 팔을 잡아끌었고, 나는 힘없이 끌려갔다.

다시 정신이 돌아왔을 때에는 공동묘지였다. 소형 냉장고가 있는 공동묘지의 한 무덤 속이었을 것이다. 하자소녀는 관 속에 누워 있었고, 나는 관 옆에 누워 있었다. 나는 심한 갈증을 느꼈고, 자리에서 일어나 냉장고를 열었다. 물병을 꺼내들고 꿀꺽꿀꺽 목구멍에 물을 들이부었다. 그러면서 하자소녀를 힐끔 돌아보았는데, 속옷 차림이었다. 그녀의 옷은 관 옆 테이블 위에 각이 딱 맞게 잘 개어져서 포개 있었다. 그리고 그 옆에 내 옷이 또 그렇게 개인 채 놓여 있었다. 나는 내 몸을 보았는데, 팬티만 달랑 걸치고 있다는 것을 깨달았다. 내가 벗은 것인지 소녀가 벗긴 것인지는 알 수 없었다.

나는 창으로 다가가 문을 활짝 열어젖히고 무덤 바깥을 내다보았다. 비는 오지 않고 있었다. 비도 오지 않는 공동묘지에서는 할 일이 없었다. 그래서 나는 창문을 닫고 소녀의 옆으로 가 누웠다. 소녀의 등에 내 등을 접합시키고 다시 잠이 들었다.

이튿날 아침에 잠이 깨었을 때, 우리는 서로의 얼굴을 똑바로 바라보지 못하고 어색한 미소를 나누었다. 아마도 '우리 아무 일 없었지?' '그래, 아무 일 없었어, 바보야' 라는 말을 마음으로 주고받았을 것이다.

8

솔직히 말해 나는 백수 생활을 즐기고 있다. 어머니의 생각이 그러하듯 나는 취업의 절박함을 느끼지 못하는 것이 사실인 것 같다. 무모하게도 나는 때를 기다리고 있는 것일지도 모른다. 기다림 그 자체를 즐기면서, 이 사회가 나를 찾아주기를 기다리는 한량일 것이다. 춘추전국시대의 초나라 장왕이 그랬던 것처럼 3년 동안 날지 않고 3년 동안 울지도 않는 새가 되어 때를 기다리다가, 마침내 때를 만나면 3년 동안 비축된 힘으로 날고 울어 시대를 깜짝 놀라게 하려는 것일지도 모른다. 불쌍하게도 지금은 그것이 먹히는 시대가 아님을 나는 아직 깨우치지 못하고 있는 것이다. 그리고 멍청하게도 내가 그만한 인물이 되지도 못한다는 사실 또한 깨닫지 못하고 있다.

나는 무슨 대단한 능력을 비축한 인물인 양 기회를 주어도 내 발로 차버리는 버릇이 있다. 잘난 척하다가 점수를 깎인 것이 한두 번이 아니었다. 절박함이 내게 있었다면 더욱 신중했을 것이다.

이제 웬만한 기업체의 입사 시험은 다 보았다. 아마도 우리나라 기업의 인사 담당자는 내가 가장 많이 알고 있을 것이다. 재차 입사 시험을 보았던 곳도 몇 군데 있었다.

콧대와 눈높이를 낮추었다가 더는 양보할 수 없는 마지노선에 이르렀다고 판단될 때에 다시 단계적으로 높이기를 반복하였다. 그런데도 선택받지 못하였으므로 콧대와 눈높이를 아예 없애지 않으면 가능성이 없다는 결론이 자연스럽게 내려진다. 아직도 이 아들을 믿는 아버지는 조금만 더 시도해보고, 그래도 안 되면 집이라도 팔아서 장사를 시키면 될 것이라는 팔자 좋은 소리를 했다가 어머니로부터 옆구리를 꼬집혔다.

마냥 때를 기다리면서 백수에서 백수건달로 진화할 수는 없는 일이었다. 한 선배는 20대를 도전의 세대라고 했고, 30대는 가능성의 세대라 했다. 나는 가능성의 세대에 아직 가지도 못했다. 그런데도 나는 이미 가능성 없는 놈으로 낙인이 찍혔다. 절망 속에서 희망을 꾸러 다닌 지도 오래됐다. 그러나 아무도 희망을 빌려주려고 하지 않았다. 그렇더라도 도전의 세대답게 끈질긴 도전 정신을 발휘해볼 필요는 있었다.

나는 시네마르멜로의 충격에도 불구하고 다시 두 군데에 입사 지원서를 넣었다. 시간을 갖고 다음 준비를 하고 싶었지만 하자소녀가 서둘렀다. 하자소녀는 여기저기 알아본 후에 내가 도전해볼 만한 회사인 것 같다면서 인터넷으로 지원서를 다운받아왔다. 대기업은 아니었지만 특정 분야에서는 나름대로 이름이 알려진 기업들이었다. 나는 하자소녀의 열정에 보답하지 않을 수 없었다. 하자소녀의 선택을 거부했다가는 안이한 인간이 될 것이었다. 나는 하자소녀의 선택에 동조하고 당분간 그녀의 사랑을 잡아두기로 했다.

하자소녀가 직접 나서서 알아본 곳인지라 부담이 컸다. 나는 전과 같은 실수를 반복하고 싶지 않았다. 그러려면 이미지 컨설턴트를 찾아가 도움 받을 필요가 있었다. 그렇지만 그건 돈이 들어가는 일이었다. 내게는 돈 나올 곳이 없다. 어머니에게 그 말을 꺼냈다가 바늘로 손을 찔렸다.

어머니는 벌린 내 손에 말 한마디 없이 힘껏 바느질을 했다. 내가 피한다고 피했지만 바늘 끝이 손바닥에 콕 찍혔다. 불행 중 다행으로, 어머니는 꿰매고 있던 옷의 모자라는 천을 내 손으로 대신하지는 않았다.

어머니는 찔렀던 바늘을 찌르던 속력으로 뽑았다. 그리고 아무 일 없었다는 듯이 바느질을 계속했다.

"엄마, 제발. 한 번만 더 밀어줘."

내가 손바닥에서 흐르는 피를 옷깃에 닦으며 다시 애원했다. 그러나 어머니는 귀도 달싹하지 않았다. 내 존재를 철저히 무시하기로 한 듯했다.

어머니는 내가 집에 들어온 후로 나의 존재 자체를 인정하지 않았다. 아예 없는 사람으로 취급했다. 마주쳐도 본 척을 않았고, 식사 시간에도 나를 부르지 않았으며, 내가 마음껏 저지레를 해도 무관심으로 일관했다. 심지어는 저녁에 삶아 먹으려고 사다놓은 닭 다리 하나를 떼어다가 내 방에서 라이터로 구워 먹었는데도 나무라지 않았다.

"라이터로 닭다리를 구워 먹다니……. 맛은 있었어?"

노른자위가 물었다.

"맛없으니 따라하지는 마라. 소금 맛으로 먹은 거다."

"라이터로 굽히기는 해?"

"익혀지기는 하더라. 조금씩 익혀서 익은 부위만 칼로 도려서 먹었지. 그렇게 계속 반복하는 거야."

"그런 식으로 하면 닭다리 하나 먹는 데 시간이 얼마나 걸려?"

"백수가 남는 게 시간밖에 더 있겠니? 하루 종일 라이터 들고 있었더니 팔이 다 저리다."

"그런 헛짓으로라도 시간을 때워야지, 백수가 그런 것조차 않으면 남는 시간에 짓눌려서 질식하지 않겠어?"

"그럼, 그럼."

노른자위와 나의 대화를 들으면서도 어머니는 내 쪽으로 눈길 한 번 주지 않았다. 나에 대한 실망감인지, 아니면 분노의 표출인지 알 수 없었다. 집에 돌아온 지 열흘이 지나도록 어머니가 내게 보인 반응은 손에 바느질을 한 것이 유일했다. 그 정도로 나는 어머니로부터 철저히 외면 받고 있었다. 때문에 예전과 다른 해방감을 맛보면서도 집에 있는 것이 가시방석 위의 삶이었다.

마음대로 먹고 놀 수 있는 환경이 어머니의 무자비한 학대를 받는 생활보다 부담스러울 줄은, 예전엔 미처 몰랐다. 그래서 나는 어떻게든 어머니의 관심을 끌어보기로 했다.

나는 어머니가 외출한 틈을 타서 어머니가 부업하는 인형의 눈알 두 개를 훔쳤다. 그것을 어머니가 자주 입는 티에 붙였다. 젖꼭지가 닿는 부분에 강력 접착제로 꼭꼭 눌러서 붙이고는 시침을 떼고 있었다. 인형 눈알이 야광이 아니어서 아쉬웠지만 흔들면 소리가 찰찰 나니 나름대로 역할을 해줄 것이었다.

이튿날, 어머니는 눈알이 달린 줄을 알면서도 그 옷을 입었다. 눈알 두 개가 젖꼭지와 거의 일치하는 곳에 붙어서 움직일 때마다 찰찰 소리를 내고 있었다. 하지만 어머니는 그것도 나를 대할 때처럼 있지만 없는 것 취급을 했다. 신경도 쓰지 않았다.

어머니가 그 옷을 입고 시장에 가려고 할 때에는 보다 못한 내가 만류했다.

"엄마, 눈알 젖꼭지를 남들에게 보이면 조금 부끄럽지 않을까?"

어머니는 들은 척도 않고 그대로 나갔다. 얼마 후, 시장을 보아온 어머니는 태연한 척하고 있었다. 하지만 눈에 가득 찬 눈물을 애써 참고 있다는 것을 나는 느낄 수 있었다.

어머니가 사람들의 놀림감이 될 것을 뻔히 알면서도 그 옷을 입고 나갔던 것은, 사람들의 놀림을 받은 어머니를 보고 내가 스스로 뉘우치길 바랐기 때문이다. 어머니 자신이 희생양이 되어 내 비뚤어진 마음을 바로잡으려는 의도였을 것이다. 그래서 눈알을 떼었을 때 가슴에 두 개의 구멍이 뽕뽕 뚫리게 된 그 옷임에도 그대로 입고 있었다. 내 마음을 계속 불편하게 하려는 생각인 듯했다.

어머니는 아무 말 않았지만 노른자위는 그게 누구 짓인지를 알았다.

"집에 겨우 들어왔으면 조용히 살아. 자꾸 이런 식으로 나오면 내가 가만 안 둬."

나를 노려보는 노른자위의 눈에서 살기가 느껴졌다. 내가 몰래 집에 들어오기 위하여 벽을 기어오르다가 마주쳤을 때의 바로 그 눈빛이었다.

그 애는 내가 몰래 벽을 타고 내 방으로 들어올지도 모른다고 생각하고 있었다. 그래서 창밖의 움직임을 예의주시하다가 뭔가 이상한 낌새가 있자 밖을 내다보았다. 그리고 나와 두 눈이 딱 마주쳤다. 그러나 이내 그 눈이 달렸던 얼굴은 창 안으로 사라졌다.

아무 말 없이 거두어들였던 그 애의 머리는 잠시 뒤에 내 방 창밖으로 다시 튀어나왔다. 안방에서 내다볼 때는 불여우의 불타는 눈빛이었지만 내 방에서 내다볼 때에는 상냥한 미소를 머금고 있었다. 그래서 나는 그 애가 내 여동생으로서의 도리에 충실하여 내가 잡고 있는 밧줄을 끌어올려 주리라고 은근히 기대했다. 그러나 불과 몇 초 뒤에 나는 그것이 악마의 미소였음을 깨달았다.

그 애는 손에 부엌칼을 들고 있었다. 나를 향해 떨어뜨리려는 것이 아니었다. 그 애는 내가 잡고 기어오르는 밧줄을 내리치려고 했다. 옥상에 올라가서 어머니의 빨랫줄을 훔쳐 내 방 창 쪽으로 늘어뜨린 밧줄이었다.

현관이 잠겨서 그렇게 할 수밖에 없었다. 내게는 현관 열쇠가 있었다. 하지만 안에 사람이 있을 때에는 보조키를 잠그고 있어서 열쇠만으로는 문을 열 수 없었다.

처음에는 옥상에서 내 방으로 줄을 타고 내려가려 했다. 그러나 너무 무서웠다. 그래서 밑에서 기어오르기로 했다. 오르다가 떨어지는 것이 내려가다가 떨어지는 것보다 덜 아플 것이었기 때문이다. 그런데 나의 생명줄과 같은 그 밧줄을 그 애는 인정사정없이 칼날로 내리찍었다.

벽에 붙은 밧줄을 칼로 찍으면 칼날의 이가 빠질 수 있다는 것을 그 애도 알았다. 그런데도 그 애는 칼을 아끼지 않고 힘껏 휘둘렀다. 그렇지만 내가 몸을 흔들어 그 애가 휘두르는 칼에 밧줄이 닿지 않도록 피하고 있었으므로 칼은 쉽게 밧줄을 끊지 못하고 있었다. 그러나 그게 더 위험하다는 것을 나는 모르고 있었다.

내가 몸을 흔든 탓에 시멘트 모서리에 밧줄이 닿아서 닳았고, 그 바람에 밧줄이 끊어졌던 것은 아니었다. 그리고 칼로 밧줄을 끊지 못한 노른자위가 약이 오른 나머지 경찰에 도둑 침범 신고를 했던 것도 아니었다. 아찔하게도 그 애의 손에서 빠져나간 칼이 내 쪽으로 떨어져내리고 있는 것을, 나는 너무 늦게 발견했다. 그 애의 방해 작업을 피하여 다시 아래로 내려가는 것이, 즉 집에 들어가기를 포기하는 것이 낫겠다는 생각에 고개를 숙여 내가 올라온 거리를 확인하고 있었기 때문이다. 곧 어머니가 달려오게 될 것이다. 그렇게 되면 힘들여 올라간 보람도 없이 내려가기만 더 힘들 것이다. 그렇기에 이 상황에서의 나의 등반은 오를수록 손해다. 그런 생각이었다.

노른자위는 의욕이 너무 앞선 나머지 칼을 과하게 휘둘렀다가 칼자루를 손에서 놓치고 말았다. 그 칼은 무서운 속도로 나를 향해 떨어지고 있었다. 그것은 너무도 섬뜩한 현실이었다.

순간적인 실수에 사색이 된 노른자위가 경악하며 '악!' 비명을 질렀다. 만일 그 애의 비명 소리가 없었다면 칼은 나의 몸 어딘가에 박혔을 것이다. 병 주고 약 준다고, 역설적이게도 그 애의 비명이 나를 구한 꼴이었다. 그 비명 덕분에 나는 떨어지는 칼을 발견할 수 있었다. 그 소리에 놀라서 내가 고개를 들었으니까.

아주 짧은 순간이었지만 나는 슬로 비디오를 보듯이 나를 향해 날아오고 있는 칼을 보고 있었다. 그리고 칼이 내 얼굴에 거의 다 왔을 때에 이러고 있으면 칼에 맞는다는 사실을 직시했다. 그래서 벽을 딛고 있던 발을 힘차게 구르며 몸을 옆으로 움직였다.

칼은 아슬아슬하게 내 몸을 빗나갔다. 그리고 머리 위에서는 빗방울이 떨어지기 시작했다.

나는 큰 위기를 넘긴 사람답게 부들부들 떨고 있었다. 온몸에서 힘이 빠져나갔고, 등줄기에서는 식은땀이 흘러내렸다. 그렇지만 줄을 놓고 떨어지면 먼저 떨어져서 기다리던 칼이 내 등짝을 무척이나 맛있게 먹어줄 것이기에 안간힘을 쓰며 버텼다.

그 상황에서도 나는 노른자위를 향해 분노를 터트리기보다는 멀쩡히 해가 떠 있는데 빗방울이 떨어지는 것을 이상하게 여기며 하늘을 쳐다보았다. 호랑이는 왜 하필 이 순간에 장가를 가서 밧줄을 미끄럽게 하는 거냐는 생각에 불만 섞인 표정도 지었다. 그러다가 그 빗방울의 출처가 하늘에 뜬구름이 아니라 노른자위의 얼굴에 박힌 두 눈이라는 것을 확인했다. 그 애도 무진장 놀랐던 모양인지 금방이라도 기절을 할 것같이 사색이 되어 있었다.

나는 천천히 밧줄을 타고 아래로 내려갔다. 발이 땅에 닿는 순간 손에 낀 양말을 벗어 주머니에 넣고 노른자위를 향하여 손가락질했다. 그 손가락에서는 발 냄새가 물씬 풍겼다.

원래 양말은 손에 신는 것이 아니었지만 나는 장갑이 없어서 양말로 대신했다. 밧줄을 타다가 미끄러지면 손에 불이 난다는 것을, 나는 벽을 타고 도망쳐본 경험이 있었으므로 익히 알고 있었다. 어머니가 냄비를 들고 쫓아오는 것을 보고는 내 방으로 뛰어들어 문을 잠그고 밧줄을 창밖으로 내려서 타고 도망쳤던 적이 있었다.

노른자위는 내 손가락질을 받고서야 정신을 되찾았다. 그 애는 자신이 얼마나 위험한 짓을 했는지를 깨닫고는 아직 살아 있냐고 물었다.

"정말 미안해. 용서해주면 내가 엄마 아빠께 잘 말씀드려서 오빠가 벽이 아닌 현관으로 들어오게 해줄게."

나는 그 애가 제시한 조건을 받아들였다. 하지만 그 애는 바로 현관문을 열지 않았다. 어머니가 부재중이었기 때문이다. 어쩐지 그 소란에도 어머니의 모습이 보이지 않더라니.

"일단 문부터 열어!"

내가 위협적인 표정으로 소리쳤다.

"미안하지만 오빠, 엄마가 친구 딸 결혼식에 가서 오늘은 늦을 거거든? 어디 좀 가서 있다가 저녁 8시경에 전화해봐. 그러면 내가 집안 동정을 봐서 된다, 안 된다 말해줄게."

"싫어. 내 방에 들어가서 숨어 있을 거야."

나의 위협에도 노른자위는 문을 열지 않았다. 내가 들어가서 칼 떨어뜨린 것에 대한 징벌을 가할 것이 두려웠던 것이다. 그 애는 어머니 아버지가 들어오기 전에는 절대로 문을 열 수 없다고 버텼다. 결국은 몰래 집에 숨어드는 것보다 노른자위의 협조를 받는 것이 여러모로 낫다고 판단한 내가 집 앞을 떠났다.

나는 인근 체육공원과 놀이터에서 죽치다가 저녁 여덟시가 되자마자 집으로 전화했다. 어머니가 받을까봐서 지나가는 여자를 잡고 그녀의 핸드폰으로 전화 한 통만 해달라고 부탁했다.

"노른자위를 바꿔달라고 하세요. 친구라고 하면서."

그 여자는 내가 부모 몰래 노른자위와 연애 전화를 하려는 것인 줄 알았는지 야릇한 미소를 머금었다. 그리고는 잘되길 바란다고 하면서 부탁을 들어주었다.

예상대로 어머니가 전화를 받았고, 잠시 후에 노른자위를 바꾸었다. 노른자위임을 확인한 그 여자는 잠깐만 기다리라고 말하고서 내게 핸드폰을 건넸다.

"아빠가 허락하셨어, 들어와. 내가 충분히 역할을 했으니까 아까 일은 없었던 거다?"

그렇게 하여 어렵사리 집에 들어가게 되었는데, 아버지 혼자서 나를 맞았다. 노른자위는 내게 혼날 것이 두려워서 나와 보지 않았고, 어머니는 내 꼴이 보기 싫어서 나오지 않았다.

"모오온 나아안 놈. 썻고……, 흠, 쉬어라."

아버지는 그 말로 나의 모든 죄를 용서했다. 하지만 어머니는 달랐다. 어머니는 가장의 선택을 거부할 수 없어서 하는 수 없이 나를 받아들이긴 했다. 그러나 절대로 용서가 안 되는 모양이었다. 이튿날 아침에 밥을 먹으러 나갔는데, 내 밥그릇이 없었다. 아버지도 그 사실을 알고 있었지만 어머니의 상한 마음도 이해하였기에 모르는 척했다.

어머니는 나와 눈도 마주치지 않았다. 내가 말을 걸어도 못 듣는 척했다. 나는 일단 어머니의 입부터 떼어야겠다고 생각하고서 옷에 눈알 단추를 달았다. 화난 어머니가 '이놈의 자식이 아직도 정신을 못 차리고……'라고 하면서 내 머리를 쥐어박는다면 성공이었다. 그렇지만 어머니는 내 작전에 말려들지 않았다. 오히려 내가 어머니의 피 말리기 작전에 말려들었다.

노른자위는 어머니를 불러세우고 인형 눈알을 앞니로 물어 힘껏 잡아뗐다. 그러자 옷에 구멍 두 개가 뚫어져 버렸다.

"엄마, 이 옷은 버려야겠어."

어머니는 노른자위의 말을 듣지 않았다. 계속 입고 활동하면서 내 양심의 가책을 유도했다.

낮에는 브래지어를 차고 있어서 아주 볼썽사납지 않았다. 그러나 아버지와 단둘이 있는 안방의 한밤에는 달랐던 모양이다. 아버지가 잠옷 차림으로 내 방에 건너왔다.

"넬……, 엄마한테……, 사과해라."

그 말을 남기고 아버지는 느릿느릿 다시 나갔다. 하지만 나는 이튿날도 어머니에게 사과하지 않았다. 나무늘보 우리 아버지가 왜 내게 사과를 하라고 했는지를 알았기 때문이다.

새벽에 일어나 아침밥을 짓고 있는 어머니는 젖꼭지 두 개만 뽕뽕 밖으로 솟아난 옷을 입고 있었다. 아직 브래지어를 착용할 시간이 되지 않았기 때문이다. 새벽에 화장실에 가다가 그 모습을 본 내 뇌리에 언뜻 스쳐 지나는 별똥별이 있었으니, 그것은 어젯밤 내 방에 온 아버지의 매우 피곤해 보이던 그 얼굴이었다.

아버지가 밖으로 돌출된 어머니의 건포도를 보고 자극을 받을 나이는 아니었다. 그러나 어머니는 달랐다. 어머니는 노출된 성감대가 아버지의 맨살에 닿을 때마다 자극을 받았을 것이다. 그 때문에 아직 며칠 남았을 의무 방어 기한이 앞당겨지게 된 아버지는 내가 어지간히 원망스러웠을 듯하다.

반대로 어머니는 우연히 얻게 된 그 얄궂은 소득이 만족스러웠을 법하다. 짐작지도 못한 우연한 수확이 생각보다 실한 것을 확인한 어머니는 새벽에 밥을 지으러 나가면서 행복한 미소를 머금었을 것이다. 그리고 그 옷을 다시 주워 입었을 것이다. 그러니까 옷에 없어야 할 액세서리를 단 나의 행위는 어머니에게는 효도, 아버지에게는 불효를 한 결과가 되었다.

아침밥을 짓는 어머니 얼굴이 활기차 보였던 것은 그 옷에 대한 만족감의 표출이 아니었을까. 그래서 어머니는 그 옷을 버리지 않고 이튿날에도 입고 있었다.

"그 옷……, 눈에……, 거슬리네."

아침 식사 시간에 어머니의 차림새를 확인한 아버지가 불만스럽게 말했다. 그런데도 어머니는 아버지가 저녁에 돌아올 때까지, 그 이후 잠자리에 들 때까지도 그 옷을 입고 있었다.

그날 밤, 내가 은근히 기다리고 있었건만 아버지는 내 방에 오지 않았다. 그렇지만 이튿날 아침, 나는 아버지로부터 어머니가 그 옷을 다시는 입지 못하도록 조치하라는 강력한 지시를 받았다.

나는 하는 수 없이 어머니의 날개옷을 훔치는 파렴치한 범죄를 저질렸다. 어머니가 그날도 그 옷을 입고 있었기 때문에 달리 방법이 없었다.

 어머니는 여느 때처럼 낮 1시에 욕실로 들어갔고, 샤워를 했다. 나는 살며시 욕실 앞으로 다가가서 소리 나지 않게 조심조심 문 손잡이를 돌렸다. 어머니의 나체를 볼 생각은 추호도 없었다. 그렇지만 어머니가 벗어놓은 옷을 찾아야 할 내가 눈을 감고 안을 살필 수는 없는 노릇이었다. 나는 찰나적 고민 끝에 한쪽 눈만 감기로 했다.

 어머니는 벗은 옷을 욕실 수건걸이에 걸어놓고 샤워 중이었다. 나는 얼른 손을 뻗어 어머니 옷을 모두 훔쳤다. 그중에서 구멍 난 문제의 옷만 빼고 나머지는 다시 욕실 손잡이에 걸어놓았다. 그러는 동안에도 어머니의 무관심은 지속되었다. 덕분에 나는 별다른 견제를 받지 않고 목적을 이룰 수 있었다. 나는 그 옷을 이빨로 잘게 물어뜯은 후 집 앞 재활용품 수집함에 갖다 버렸다.

 그 일로 나는 미처 몰랐던 어머니의 고집을 보게 되었다. 어머니는 내가 그런 짓을 일삼는데도 말 한마디 없이 무관심을 유지했다. 그뿐 아니었다. 어머니는 그날 밤 아버지로 하여금 다시 내 방을 찾도록 만들었다.

 "네가 엄마를……, 저렇게 만들었으니……, 네가 책임을……, 져라."

 수단과 방법은 필요 없었다. 어머니로 하여금 구멍 난 옷을 포기하도록 만들라는 아버지의 지엄한 명령을 거역했다가는 영원이 집 밖으로 추방될 것이었다. 어머니가 구멍 뚫린 상의를 입고 아버지 옆에 눕는 것에 재미를 보고는, 스스로 멀쩡한 옷을 가위로 오렸기 때문이다. 이에 한층 더 피곤해진 아버지는 결자해지의 정신을 내게 강조했다.

나는 스스로 무릎을 꿇고 어머니에게 싹싹 빌었다. 어머니는 여전히 나를 없는 사람으로 취급하며 용서하지 않았다. 하지만 밤에 아버지가 내 방으로 찾아오는 일은 없어졌다. 매우 힘겨워하는 아버지를 위해 어머니 스스로 자제를 했기 때문이다.

아버지가 화장실에 다녀오겠다고 하고선 내 방에 가서 나를 협박하고 온 것임을, 어머니는 뒤늦게 눈치 챘다. 그래서 그 옷을 너무 자주 써먹지는 않기로 했을 것이다. 그러나 어머니는 그 옷을 버리지 않았다. 그것을 장롱에 걸어둔 것은, 가끔씩 요긴하게 써먹겠다는 뜻이었다.

어머니를 들뜨게 만든 문제의 그 옷은 효자가 된 내게 뿌듯함을 선물하지 않았다. 아버지가 그러하듯 나에게도 조마조마한 상태의 잠재된 고통일 뿐이었다. 그래서 나는 그것 또한 몰래 내다 버리지 않을 수 없었다.

어머니는 그 옷의 행방을 알고 있었다. 그럼에도 어머니에게 나는 여전히 존재하지 않았다. 정상적인 어머니였다면 아마도 잠든 나를 보쌈해서 재활용품 수집함에 내다 버리고 내가 버린 문제의 그 옷을 다시 주워왔을 것이다.

나는 정상적인 어머니가 필요함을 절감했다. 무관심은 피임약보다 무서운 지우개였다. 아무리 큰 잘못을 해도, 용서하는 것이 아니라 탓하지 않음으로써 어머니는 내 존재를 지웠다. 그래서 나는 내가 이미 죽은 영혼으로 이 집에 들어온 것일지도 모른다는 생각까지 하게 되었다.

어머니는 내 밥그릇과 수저도 없애버렸다. 세탁기에 빨래를 넣어놓으면 내 빨래만 꺼내놓고 세탁기를 돌렸다. 나는 가족과 따로 밥을 지어 먹으면서 어머니 눈치 때문에 텔레비전도 함께 볼 수 없게 되었다.

　소외감이 내 목을 조르는 올가미처럼 느껴지고 있었다. 무엇보다도 용돈 한푼 없이 살아가야 한다는 점은 예전의 어머니가 그리운 또 하나의 절박한 이유였다.

　작전을 바꾸기로 했다. 모난 행동으로 어머니의 관심을 끌겠다는 생각은 어리석었다. 작심하고 토라진 어머니였기에 그 마음을 풀기 위한 명약으로는 효도가 제일이었다. 내가 착한 아들로 변할 가능성이 있음을 보여준다면, 어머니는 아무리 큰 죄를 지었어도 기른 정 고운 정 미운 정, 쌓이고 쌓인 그 정에 못 이겨 눈을 흘기며 나를 향해 씩 웃을 것이다. 그리고 양은냄비로 내 머리를 사랑스럽게 토닥거려줄 것이다.

　나는 효도를 하기 위하여 아르바이트 자리를 구하려 했다. 선물로 어머니의 꽁꽁 얼어붙은 마음을 녹이겠다는 생각이다. 그래서 토니에게 카페에서 아르바이트를 할 수 있게 해달라고 떼를 썼다. 그러나 그는 끝내 거절했다.

　"장사가 안 되어서 있던 알바생도 내보냈다."

　나는 토니를 비롯한 여러 친구들에게 아르바이트 자리가 나면 말해달라고 부탁했다. 그리고 생활정보지도 빠짐없이 훑었다. 호스트바만 아니면 어떤 일이라도 할 생각이었다. 그러나 나이 많은 내게 돌아올 자리는 좀처럼 찾아지지 않았다. 그러던 중에 하자소녀가 와서 돼지털 캠코더 얘기를 했다.

　"캠을 구해서 오빠를 뒤쫓아오는 어머니의 모습을 찍어. 내가 짐작한 만큼 리얼한 그림이 나온다면 제법 상품 가치를 인정받을 거야."

"그따위 영상이 무슨 돈이 된다는 거야?"

"영상에 광고를 끼워서 무료 배포를 하는 거지."

만일 하자소녀가 그 얘기만 하지 않았어도 나는 조그마한 사출 공장에서 아르바이트를 하지는 않았을 것이다.

나는 하자소녀의 도움을 받아가며 까맣게 잊고 있었던 기억을 되살렸다. 술에 취해 하자소녀와 함께 여관에 들어갔을 때였다. 하자소녀는 잘 아는 선배가 새로운 기법의 광고를 개발해서 영업 중인데, 재미있는 영상을 사들이고 있다는 말을 했다. 그녀로부터 다시 그 일의 설명을 듣게 된 나는, 그런 것이 돈이 되기만 한다면 못할 이유가 없다는 결론을 내렸다.

"내가 정보를 주면 머릿속에 잘 새겼다가 즉각 실천을 해야지, 그걸 까먹고 있었단 말야?"

하자소녀가 한심하다는 듯이 눈을 흘겼다.

"내가 왜 8비트이게. 그것도 그냥 8비트가 아니라, 깡통 컴퓨터를 사다가 불법 복제 운영 시스템을 깐 8비트야."

"오빠는 꿈이 뭐야?"

하자소녀는 내가 원대한 꿈도 없고 역동적인 삶의 의지도 없다고 생각하고서 그 질문을 던진 것 같았다.

"원숭이에게 강간당하는 것."

"응? 원숭이라니……?"

이건 또 무슨 뚱딴지냐는 표정으로 그녀가 나를 쳐다보았다.

"정글 탐험에 나섰다가 원숭이 떼에 납치되는 거야. 암컷 원숭이들이 수컷 원숭이들 몰래 나를 동굴에다 숨기고 생각날 때마다 찾아와서 따먹는 거지."

"애걔, 겨우 수간을 당하는 게 오빠의 꿈이야?"

"난 다른 동물은 필요 없어. 원숭이한테 따먹히고 싶어."

"그렇게 감금된 상태에서 한 번 대어주는 대가로 암컷 원숭이들이 공급하는 바나나 얻어먹으며 살다가 진 다 빠지면 버림을 받는 게 사나이가 품은 원대한 꿈이란 말이지?"

"아니, 거기에서 끝나면 재미없잖아."

"그럼 뭐가 더 있는데?"

"네가 내 꿈이 보잘것없다고 조롱하는 상태에서는 더 말할 수 없어."

나는 토라진 모습으로 입을 삐죽거렸다.

"겨우 원숭이의 정부가 되고 싶다는 남자에게 실망하지 않을 수는 없지만 그래도 더 듣고 싶으니까 조롱은 거두어들일게."

"싫어. 하지 않을 거야."

"내가 실망한 채 이 상태로 돌아가게 된다면, 어쩌면 다시 오빠를 만나고 싶지 않게 될지도 몰라."

꿈이 작은 남자와 계속 사귀고 싶지 않을 수도 있다는 그녀의 위협에 내가 무릎을 꿇은 것은 아니었다. 다만 그녀에게 내 꿈이 그녀의 짐작만큼 작지는 않다는 것을 보여주고 싶었다. 그래서 얘기를 계속했다.

"그러다가 수컷 원숭이들에게도 들키는 거야. 하위 계급의 수컷 원숭이 한 마리가 가끔씩 사라졌다가 나타나는 암컷 원숭이들을 수상하게 여기고는 뒤를 밟아서 숨겨진 나의 존재를 확인하게 되지."

"그럼 수컷들에게 맞아 죽겠네?"

나는 고개를 저었다.

"원숭이 세계에서는 대장 원숭이만 암컷들을 차지하기 때문에 하위 계급의 수컷 원숭이들도 성에 굶주렸을 거야. 나는 그들로부터도 강간을 당하게 돼. 그래서 나의 말랑말랑하고 탐스러운 엉덩이는 대장 원숭이를 제외한 모든 원숭이들의 선택을 받을 것이고, 나를 차지하기 위한 경쟁이 시작되겠지. 원숭이들은 서로 나를 빼돌려서 자기만 아는 장소에다 숨기려 할 거야. 그 혼란을 틈타 나는 자유의 몸이 되겠지."

"원숭이들의 사랑을 가장 많이 받는 사람이 되는 것이 꿈이라는 건가?"

"나는 원숭이 나라를 탈출하지 않을 거야. 대장 원숭이가 가장 아끼는 암컷, 그것을 훔칠 생각이야. 대장 원숭이가 옆구리에 끼고 자는 그 암컷은, 그러나 나를 그리워하고 있지. 그래서 대장 원숭이 품에 안겨 모로 잠자면서도 엉덩이를 나무 뒤로 쑥 내밀고 있어. 나는 발소리를 죽이고 가만히 나무 뒤로 다가가서 대장 원숭이의 품에 안긴 암컷 원숭이와 교접할 거야. 대장 원숭이에게 들키면 나도, 그 암컷 원숭이도 목숨을 잃게 되겠지만 우리의 사랑은 뜨겁고도 감미로울 거야."

"다른 원숭이들이 알게 되면 질투하여 대장 원숭이에게 고자질할 텐데?"

"그래, 그렇겠지. 그래서 대장 원숭이에게 맞아 죽는 것이 내 꿈의 결과이거든."

"그 꿈은 결코 이루어질 수 없겠지만, 만일 이루어진다면……, 그것으로 오빠가 얻는 것이 무엇이야?"

"모든 원숭이들이 나를 인정해줬잖아. 일단 인정은 받은 거니까 죽어도 상관없어."

그녀가 고개를 숙이며 미안하다고 말했다. 그제야 내 꿈의 이유를 읽은 것이다.

"오빠의 마음도 모르고……."

"아니. 네 말대로 내 꿈은 살아생전에 이루어질 리가 없겠지만 이루어진다고 해도 죽게 되니 별로 바람직하지 못해. 그러니 바보 소리를 듣지."

"할 말이 없다, 오빠. 나마저 오빠를 인정하지 않고 비웃었으니……. 그렇지만 난 오빠를 믿어. 아직 오빠의 능력을 알아보는 기업을 찾지 못했을 뿐이야."

하자소녀의 말에 용기를 얻었기 때문이 아니라, 재미있는 영상을 만드는 일은 자신 있게 할 수 있을 것 같았다. 그래서 나는 꼭 그 일을 해 보아야겠다고 결심했다.

그 일을 하려면 디지털 캠코더가 필요했다. 그것만 있으면 나머지는 PC방에 가서 해결할 수 있었다. 그렇게 하여 얼마 정도의 수입이 얻어진다면 백수 생활을 더 연장할 수 있다. 어머니는 취직을 않고도 돈 버는 나를 미워하지 않을 것이며, 따로 효도를 않아도 가족들의 사랑을 받을 것이다. 그런데 나는 무일푼에 자금 공급처의 미움까지 받고 있는 처지였다. 캠코더 살 돈을 스스로 마련하지 않으면 안 되었다. 아르바이트에 목숨을 걸어야 할 상황이었다.

이코노믹 애니멀에게 아르바이트 자리 좀 알아봐달라고 부탁을 했다. 그랬더니 그는 아줌마들 젖 짜주는 아르바이트가 있는데 그거라도 해보지 않겠냐며 짓궂은 장난을 쳤다.

"개. 너란 놈하고 다시 상종을 하나 봐라."

"그러지 말고, 우리 회사 하청 업체에서 일해보지 않을래? 내가 말은 잘 해줄게. 한두 달만 일하면 디캠 살 정도의 돈은 모을 수 있을걸?"

"뭐 하는 곳인데?"

"화장품병 뚜껑 만드는 사출 공장이야."

나는 놈을 따라가서 '해동 사출' 공장장을 만났다.

"이대리님이 특별히 부탁하니까 받아주는 거야. 원래 몇 달만 일하겠다고 하면 아무리 일손이 모자라는 공장이라도 쓰지 않아. 필요한 만큼 잔업을 할 수는 있으니까 열심히 해봐."

사출 공장 공장장은 흔쾌히 나를 받아주었다.

"언제부터 일할 수 있나요?"

"내일 당장 나와. 아침 여덟시 반까지 출근이야. 와서 나를 찾아. 그러면 자세히 일 가르쳐줄게."

나는 알았다고 대답했고, 이코노믹 애니멀에게도 고맙다고 했다.

"이대리님, 기왕 오셨으니 저녁이나 같이할까요?"

공장장이 이코노믹 애니멀에게 말했고, 파리 흉내를 내며 두 손을 비볐다.

"공장장님이 사시게요?"

상위 업체의 도급 책임자에게 식사비를 물게 할 하청 업자는 없었다.

그럼에도 이코노믹 애니멀은 짐짓 모르는 척 능청스럽게 물었다.
"당연히 제가 사야지요."
나는 그런 공장장을 보면서 매우 기분이 상했다. 이코노믹 애니멀과 나는 친구 사이였다. 그런데도 이코노믹 애니멀에게는 깍듯이 존댓말을 하고 나에게는 반말을 했다. 단지 직장인과 백수라는 차이만 있는 줄 알았던 이코노믹 애니멀과 나 사이에 해동 사출이라는 공장이 끼어들자 또 다른 격이 생겨버렸다.
그 정도에서만 그쳤어도 나는 돌아오는 길에 눈물까지 흘리지는 않았을 것이다. 이코노믹 애니멀과 공장장은 저녁 식사를 하러 가면서 나를 끼워주지 않았다. 나를 개밥의 도토리로 안 것이다.
납품을 하는 공장장 입장에서는 납품을 받는 담당자인 이코노믹 애니멀에게 몸을 낮추지 않으면 안 되었다. 그리고 은밀한 부탁이 오갈지도 모를 자리였다. 그렇기에 내가 끼면 곤란하다고 여겼을 것이다. 하지만 내 친구인 이코노믹 애니멀마저 나에게 먼저 가라고 한 것은 용납이 되지 않았다.
취업에 실패한 사람의 당연한 설움은 그러나 그 정도에서 그치지 않았다. 돌아올 차비가 없어서 이코노믹 애니멀에게 천 원만 달라고 말할 때에는 정말이지 쥐구멍이라도 들어가고 싶은 심정이었다.
갈 때에는 이코노믹 애니멀의 차를 얻어 타고 갔지만 올 때에는 버스를 타야 했으므로 차비가 필요했다. 어머니가 내 용돈을 주지 않았으므로 주머니에는 먼지만 가득했다. 그런데 이코노믹 애니멀은 내민 나의 쑥스러운 손을 빤히 바라보기만 할 뿐, 천 원권 지폐를 쥐어주지는 않왔다. 대신에 공장장이 얼른 내 손에 천 원을 얹었다. 공장장의 얼굴이 다시 찌그러진 것으로 보아 나는 꽤나 고된 노동을 하게 될 것 같은 예감이었다.

출퇴근을 하려면 차비가 필요했으므로 나는 아버지에게 용돈을 타야 했다. 하지만 사출 공장에서 아르바이트 한다는 사실은 숨기기로 했다. 나의 숨은 노력을 나중에 보여주어 감격을 시키려는 생각이었다.

"아지, 백수 클럽에 정보 수집 나가야 하는데 차비가 없어요. 차비 좀 줘요."

나는 나와 말하기 싫어하는 어머니의 눈치를 보면서 아버지에게 손을 벌렸다.

"엄마가……, 주잖아."

나는 말없이 고개를 저었다. 불쌍하고 가련한 표정을 짓는 것으로 어머니에게서 지워진 나의 존재를 인식시켰다. 아버지도 요즘 어머니가 나를 어떻게 대하는지를 알고 있었으므로 고개를 끄덕였다.

" '벼'……, 자(字)……, 어디다 팔아먹었어? '벼' 자……, 주어다 가……, 다시 끼워 넣으면……, 준다."

"아버지, 차비 좀 줘요."

아버지는 느릿느릿 안방으로 걸어가더니 1만 원을 가져와서 내 손에 쥐어주었다.

"이걸로 부족해요."

아버지는 다시 느릿느릿 안방으로 들어갔고, 한참 후에 1만 원을 더 가져다가 주었다. 나는 더 달라고 말하고 싶었다. 하지만 아버지가 다시 안방으로 들어갔다가 나오는 그 긴 시간을 어머니 눈치를 살피며 기다리려니 너무 답답했다. 그래서 그 정도로 만족하기로 했다.

"고마워요, 아지."

"'버' 자……, 끼우지 않으면……, 다시……, 빼앗느은다."

"고마워요, 아버지."

아버지는 흐뭇한 표정으로 고개를 끄덕였다.

일찍 자고 일찍 일어나는 착한 어린이가 된 나는, 이튿날 아침에 출근하자마자 쫀쫀하고 비열한 공장장에게 어제 빌린 천 원을 갚으라는 독촉부터 받았다. 아버지가 준 용돈에서 금쪽같은 천 원을 쑥 빼어 그에게 갚을 때, 정말이지 더러워서라도 번듯한 기업에 취직을 해야겠다는 생각이 용솟음쳤다.

일은 힘들지 않았다. 단순노동이 다 그러하듯 따분한 것이 힘이 든다면 드는 것이었다. 사출기에 장착된 금형에서 찍혀나온 제품은 냉각기를 거치면서 딱딱하게 굳는다. 나는 사출기 앞에 서서 기계가 밀어내는 데 실패하여 금형에 붙은 제품을 뜯어내거나 불량을 골라서 분쇄기에 넣었다. 초보자도 어렵지 않게 할 수 있는 일이었다.

일은 기계가 하고, 나는 기계를 보조하는 정도였다. 그러나 나는 일하는 것을 힘겨워하고 있었다. 공장장 때문이었다. 그는 이유 없이 나를 미워했다. 잘하고 있는데도 와서 뒤통수를 때리며 불량률이 너무 높다느니, 유압유가 제품에 묻었다느니, 빠릿빠릿하게 움직이라느니 잔소리를 했다. 열심히 일하는 것 같지 않아서 약속한 시간 수당을 다 못 쳐주게 될지도 모른다는 말로 의욕을 꺾어놓았다.

나는 열심히 일하고 있었다. 다른 사람들에 비해 불량을 많이 내지도 않았다. 그 불량이라는 것도 내가 내는 것이 아니라 기계가 내는 것이 대부분이었다. 열을 너무 많이 받은 금형에서 제때 떨어져나오지 못한 제품이거나, 냉각기를 거치는 동안 찌그러지는 것들이었다. 어머니의 그 깊은 사랑과 정성으로도 나를 명품으로 만드는 데는 실패하였듯이, 아무리 숙련된 기능공이라도 찌그러진 제품을 바로잡는 능력은 없다. 대부분이 자동으로 공정이 이루어지기 때문이다. 그런데도 공장장이 나를 흠잡는 것은 내가 이코노믹 애니멀의 친구이기 때문이리라.

도급 업체의 직원인 이코노믹 애니멀은 하도급 업체를 업신여길 것이다. 강자의 입장에서 거들먹거리며 조그만 하자도 트집을 잡아 괴롭힐 인물이다. 공장장은 그런 이코노믹 애니멀이 얄미워서 나를 고용한 것일지도 모른다. 내게 대신 화풀이를 하려고. 그렇기에 나를 납품하러 가는 차에 딸려 보냈을 것이다.

나는 사출 견습공으로 취직하였지만 꼭 사출 일만 하는 것이 아니었다. 규모가 작은 공장이었기에 일손이 필요한 곳은 여기저기 불려 다니며 이런저런 잡일을 하기도 했다. 이틀째 되는 날부터 윤활유 가는 일이나 기계를 고치는 일도 도왔다. 사흘째부터는 아줌마들 잠심부름에 납품까지 따라가야 했다. 납품을 가서 짐을 내릴 때에 힘쓸 사람이 필요했기 때문이다.

납품을 가서 이코노믹 애니멀을 만났다. 그가 자재과의 담당 대리였기 때문이다. 물론 나는 정식 직원도 아니었고 납품 책임자도 아니었다. 그러므로 이코노믹 애니멀이 나를 상대할 일은 없었다. 하지만 이코노믹 애니멀이 내 앞에서도 우리 사장을 면박 주며 자기 과시를 했으므로 돌아오는 길이 무사하지 못했다.

"이 따위로밖에 못 만들어요? 이거 원칙대로 하면 다 불량이야. 금박이 비뚤비뚤하잖아요. 이런 식으로 하면 거래처 바꿀 수밖에 없어요."

이코노믹 애니멀은 납품을 하러 간 우리 사장과 말하고 있었지만 눈은 내게 던져두고 있었다. '내가 이만큼 높은 신분이다. 어때, 멋지지'라고 뽐내고 싶은 얼굴이었다.

"죄송합니다, 대리님. 인쇄 필름이 잘못 나와서……."

사장은 한낱 대리 앞에서 쩔쩔 매며 진땀을 뻘뻘 흘렸다.

"그럼 필름을 바꿔야 할 것 아녜요."

"우리 같은 영세 업체에서는 필름 값도 만만찮은 지출입니다."

"돈이 아까워서 제품을 제대로 못 만들겠거든 사업을 집어쳐야지요. 도대체가 프로 정신이 없어. 이 정도는 중국에서도 만들어요. 우리가 그 싼 중국 업체를 두고 왜 비싸게 먹히는 국내 업체에서 납품을 받는데. 마무리 차이 때문이잖아요. 작은 차이 같지만 그게 기술 아닙니까. 제대로 좀 하세요."

"예, 알겠습니다. 당장 가서 필름을 바꾸겠습니다."

굽실거린 대가였지만 일단 납품은 했다. 나는 혼자 낑낑거리며 차에서 짐을 내려 이코노믹 애니멀네 회사 창고에 쌓았다. 그런 모습을 이코노믹 애니멀은 흐뭇하게 지켜보았다, '역시 너는 그런 일이 어울려'라는 듯.

짐을 다 내리고 차에 올랐다. 그런데 이코노믹 애니멀이 다가오더니 내게 월급 타면 술 한잔 사라는 말을 했다. 그것도 취직이라고 자기 수고의 값을 쳐달라는 말이었다. 나는 대충 알았다고 대답했지만 술 살 생각이 전혀 없었다.

사장은 내가 이코노믹 애니멀과 친구라는 것을 안다. 트럭은 그가 직접 운전을 하고 있었고, 차에는 그와 나 둘밖에 없었다.

"넌 이대리 친구라면서 우리 공장을 위해 말 한마디 못 해주냐?"

사장의 원망이 내게 날아왔다. 이코노믹 애니멀에게 당한 분풀이를 시작하려는 모양이었다.

"제가 뭘 알아야지요."

"아무리 몰라도 함 봐달라는 말은 할 수 있잖아. 내가 널 왜 데려왔는지 모르겠어? 생기기는 멀쩡하게 생겨서 눈치가 없어요. 그래서는 사회생활 하기 영 어렵겠다."

"죄송합니다."

나는 마음에도 없는 사과를 했다. 그리고 다시는 납품을 따라오지 말아야겠다고 다짐했다. 그러나 사장이나 공장장의 생각은 그게 아니었다. 그 다음날, 공장장은 나를 사무실로 불러서 앞으로 납품 갈 때마다 따라가라고 강요했다.

"납품은 사장님과 내가 번갈아서 가게 되는데, 누가 가든 너는 반드시 따라간다. 가서 네 친구 이대리가 제품 하자를 트집 잡으면 옆구리 콕콕 찔러서 대충 납품을 받으라고 설득해야 한다. 알았지?"

결국 나는 사출 견습공이 아니라 이코노믹 애니멀의 독 제거요원으로 고용된 모양이었다. 그렇더라도 나는 잘해보려 했다. 그러나 이코노믹 애니멀은 제발 트집 잡지 말고 내가 일하는 공장 물건 좀 잘 받아달라는 내 부탁을 일언지하에 거절했다.

"네가 아무리 나와 친하다지만 공과 사는 구분하자. 하자 있는 제품을 납품받으면 내 모가지가 달아나는데 어쩌겠어."

"결정적인 하자가 아닌 이상 약간의 융통성은 발휘할 수 있잖아."

"넌 참 멍청해서 좋겠다. 아는 것이 없으니 먹고 싶은 것도 없겠지?"

"무슨 말을 그리 섭섭하게 해."

"내가 왜 널 그 공장에 넣었는지 아직 모르겠어? 그 짠돌이 사장, 맨날 빈손으로 들어오는데 말야, 네가 힌트를 줘서 한 역할 좀 해봐. 그러면 트집을 잡으래도 안 잡을 테니까."

"무슨 말인지 모르겠다, 나는."

"이 융통성 없는 놈아, 눈치 좀 긁고 살아라. 그렇게 머리가 안 돌아가서 어떻게 이 난잡한 사회의 구성원이 될래?"

"그까짓 것에도 비리가 있다는 얘기냐?"

"비리가 아니라 관행이다, 관행. 나도 위에 맞춰서 올려야 할 금액이 있어서 그렇게라도 짜내지 않으면 안 돼."

이쪽에서는 이쪽대로, 저쪽에서는 저쪽대로 꿍꿍이가 있어서 나를 끌어들인 것이었다. 서로가 나를 이용하여 덜 빼앗기고 더 뺏고 하려는 것임을 나는 너무 늦게 깨닫고 있었다.

나는 세상일이 참 복잡한 것 같아 긴 한숨을 쉬었다. 취업을 준비한답시고 오랫동안 나름대로 공부를 했으면서도 나는 아직 사회를 너무 모르고 있었다.

나는 그동안 일한 임금도 포기하고 그 공장일을 그만두었다. 출근하려고 집을 나섰다가 버스 정류장에서 결심이 섰다. 그래서 공중전화로 공장장에게 나의 결심을 통보했다. 이코노믹 애니멀도 알아야 할 것 같아서 전화로 알렸다. 왜 그만두려 하냐는 공장장의 질문에는 이코노믹 애니멀과 별로 친하지 않기 때문이라고 대답했다. 똑같은 이코노믹 애니멀의 질문에는 친구를 고발하는 처지가 되고 싶지 않아서라고 대답했다.

"인마, 잘만 하면 너도 떡고물 좀 얻어걸릴 수 있었어."

이코노믹 애니멀의 말에 나는 다시 한숨을 쉬었다.

"네가 바보라고 놀리겠지만……, 난 남에게 이용당하는 게 딱 질색이거든."

"넌 아직 취업 준비가 덜 되었다. 회사 배지는 폼으로 다는 줄 아냐? 알고도 속고 모르고도 속고, 속고 속이며 이 치열한 경쟁 사회에서 살아남을 능력이 있는 사람에게만 주어지는 자격증이 회사 배지라는 거야."

이코노믹 애니멀의 말을 나는 영악하지 못하다는 충고로 받아들였다. 그의 말이 옳았다. 고용주 입장에서는 나처럼 매끄럽지 못한 털을 가진 짐승에게 선뜻 동행을 제의하기 어려울 것이다. 가다가 가시밭을 만나면 엉킨 털에 가시 덩굴이 걸려 혼자만 뒤처지게 될 테니까. 함께 일사불란하게 나아가야 할 조직에서 낙오자가 생기면 전체 생산 능률이 떨어진다. 그 때문에 나는 여태 선택받지 못하고 있었던 것 같다.

털을 다듬고 모난 구석도 갈고닦아야 할 필요성을 느낀다. 하지만 나는 이코노믹 애니멀에게 그 공장에 다시 가서 일하겠다고 말하지 않았다. 나를 매끈하게 만들 다른 방법이 있을 것이다.

이리저리 하릴없이 돌아다니며 머릿속을 정리하던 중 갑자기 하자소녀가 생각났다. 그러고 보니 나는 여태 미련스럽게도 하자소녀에게 선물 하나 하지 않았다. 바보 같은 나의 애인이 되어준 것에 대해 고마움을 표할 필요가 있었다.

나는 지금이라도 선물을 하려고 인형 뽑기 기계 앞에 섰다. 뽑은 인형을 사서 주는 것처럼 하려는 생각이었다. 그러면 선물이 고마워서라도 하자소녀가 더 오래 나의 애인으로 남아줄 것 같았다.

1회 1백 원짜리 인형 뽑기 기계에 5백 원짜리 동전을 넣고 5회를 했지만 모두 실패하고 돈만 날렸다.

"아이 씨."

나는 투덜거렸고, 다시 5백 원을 기계에 밀어 넣었다. 그렇지만 그 동전도 인형들의 옆구리만 간질이다가 다 날렸다.

오기가 발동한 나는 다시 1천 원을 동전으로 바꾸었다. 그것으로 인형 뽑기를 계속했다. 그래서 그 돈마저 모두 날렸다. 그런데 나와 나란히 서서 인형 뽑기를 하던 40대 아저씨는 2백 원만 넣고서 인형 한 개를 뽑아 들었다.

"와, 아저씨는 잘하시네요?"

나는 부러운 눈으로 그를 쳐다보았다.

"뭘요."

그가 잠시 쑥스러운 미소를 지었고, 자랑하듯이 인형을 흔들어 보였다.

"제 것도 하나 뽑아주시지 않겠어요?"

그가 그러겠다고 했다. 그래서 나는 다시 1천 원짜리 지폐를 동전으로 바꾸어 왔다.

나는 그에게 일단 5백 원을 건넸다. 그런데 그가 뽑은 인형은 재수가 좋아서 우연히 뽑혔던 것이 분명했다. 그 또한 나와 별반 다를 것 없는 솜씨였다. 인형도 뽑지 못하고 내 돈 5백 원을 다 날렸다.

"이거, 잘 안 되는군요. 미안해서 어쩌죠?"

나는 그래도 그에게 희망을 걸 것인가 내가 다시 도전할 것인가 잠시 고민했다. 아무래도 나보다는 그가 재수 좋은 것 같았다. 그렇다면 그에게 일정액을 주고 다시 인형 뽑을 기회를 주는 대신에 그가 이미 뽑은 인형을 내가 가지면 될 것 같았다.

"아저씨, 그 인형 내게 파실래요?"

내가 염치없게 물었다.

"이거요? 후후, 미안하지만 오늘이 우리 딸 생일이라서 안 돼요. 실업한 후로는 선물 한 번 못 사줬는데, 오늘 마침 생일이라서 이걸로 선물할 생각에 뽑기를 했던 거예요. 그런데 운이 좋은 건지 두 번째 판에 이게 딱 뽑혔지 뭡니까."

그도 나와 비슷한 신세였다. 또한 나와 다를 것 없는 생각에서 인형 뽑기를 했다. 그런데 그만 뽑고 나는 뽑지 못했다. 그가 나보다 더 절박한 처지라는 사실을 알고 하늘이 도운 것일 수도 있겠지만 어쨌거나 나보다 운이 좋은 것은 분명했다. 그래서 나는 남은 동전 5개 중에서 그에게 다시 3백 원을 투자해보기로 했다. 그의 인형을 살 수 없다는 걸 안

이상 다시 인형 뽑기에 도전을 해볼 수밖에 없었기 때문이다. 그러나 그의 시도 세 번과 나의 도전 두 번도 끝내 불발되고 말았다.

"허, 이거 잘해보려 했는데……, 미안합니다."

그가 손을 툭툭 털고 돌아서더니 인형을 들고 뚜벅뚜벅 걸어가버렸다. 그리고 남겨진 나는 멍하니 서서 다음 행선지를 고민해야 했다.

인형 뽑기에 투자한 돈이 모두 3천 원이었다. '그 돈으로 차라리 인형을 샀더라면……' 하고 나는 생각했다. 좋은 것은 못 샀겠지만 조그마하고 귀여운 인형 하나는 살 수 있었을 것이다.

인형을 뽑지도 못하고 인형 살 돈만 날린 나는, 웬일인지 몰라도 인형 없이 하자소녀를 만나는 것은 의미 없다는 생각이 들었다. 아마도 잘못된 투자로 인해 필요한 인형은 구하지 못하고 돈만 날린 내가 무엇을 한들 성공할 수 있을까라는 자신감의 상실 때문이었을 것이다. 나는 손에 인형을 들고 있는 내 모습을 하자소녀에게 보여주고 싶다.

그렇다면 집으로 돌아가야 하는가? 나는 고개를 저었다. 이 기분으로 집에 들어가고 싶지 않았다. 그래서 집에 있는 노른자위를 전화로 불러냈다.

"술값 없으니까 나오라는 거지?"

노른자위는 나의 순수성을 의심했다.

"그런 게 아니라니깐. 누군가와 대화를 하고 싶어서 그래."

"내가 오빠의 위로가 되리라고 생각해? 그러지 말고 하자를 불러."

"소녀를 만날 기분도 아니라니까."

"내가 꿀꿀이죽통도 아닌데 오빠의 그 꿀꿀한 기분을 왜 받아줘야 하지?"

"부탁할게."

노른자위는 모처럼 하는 나의 부탁을 더는 사양하지 못하고 마지못해 나왔다.

나는 그 애에게 술을 사달라고 말하지 않았다. 그런데도 그 애는 스스로 술을 사겠다면서 학사주점으로 나를 이끌었다. 그래서 실로 오랜만에 다정스럽게 술을 나눠 마시며 오누이의 정을 나누게 되었다.

"난 엄마로부터 지워지고 그림자만 남았어. 내 존재가 회복되도록 네가 좀 도와줘."

해물전과 막걸리를 앞에 놓고 마주앉아서 내가 말했다. 그때의 나는 어깨를 축 늘어뜨려 매우 처량하고 가엾은 모습이었다.

"그것 때문에 기분이 제로인 거야?"

나는 천천히, 그리고 힘없이 고개를 저었다. 하자소녀에게 선물하려고 인형 뽑기를 했는데 돈만 날려서 기분이 엉망이 되었다고 얼토당토않게 둘러댔다.

"인형 하나 못 뽑는 내가 무엇을 한들 성공하겠어. 그러니 취직도 못하고 이 모양이지."

내가 너무 의기소침해 있다고 생각했을까, 아니면 모처럼 잡은 분위기를 망치고 싶지 않았던 것일까. 노른자위는 그따위 요행이나 바란다고 나를 나무라지 않았다. 오히려 측은한 눈빛으로 나를 쓰다듬었다.

"우리 오빠가 바보인 건 알았지만 생각보다 훨씬 더 멍청한걸. 오빠처럼 그런 일로 실망한다면 세상에서 인형 뽑기에 실패하거나 복권 당첨이 되지 않은 사람들은 다 실업자고 다 망했겠다."

노른자위는 나름대로 나를 위로하려고 애쓰고 있었다.

"아무리 노력해도 아무것도 안 되는 나를 인형 뽑기 기계마저 우습게 보니깐 그렇지. 이런 재수 없는 인간을 누가 좋아하겠어. 소녀도 곧 나를 떠나겠지?"

"오빠, 하자가 오빠 조건보고 좋아했어, 인형 뽑아줄 남자라고 좋아했어? 아니잖아. 여자는 남자에게 기대고 싶고, 남자는 여자에게 안기고 싶은 거래. 그런데 오빠처럼 나약하다면 하자가 아니라 그 어떤 여자라도 떠나고 싶어질 거야. 오빠, 자신감을 갖고 늠름하게 하자를 만나. 그러면 하자는 절대로 오빠를 떠나지 않아."

"정말?"

노른자위는 직접 만나서 확인해보라면서 전화로 하자소녀를 불러냈다.

하자소녀를 기다리면서 우리는 꽤 많은 술을 마셨다. 낮술에 취한 노른자위의 볼이 발그레 달아올랐다. 그 애는 곧 어머니 마음도 풀어질 것이고, 또 나라 경제도 좋아져서 취업도 될 테니 너무 기죽지 말라고 위로의 말을 했다. 그러다가 하자소녀가 오자 그녀에게 나를 인계하고 자기는 자리를 떴다. 술값을 부담하고 싶지 않아서 나를 하자소녀에게 떠넘긴 것이라는 의구심을 떨쳐버릴 수 없었다.

하자소녀는 술을 마시지 않고 내 말만 들었다. 나는 그녀에게 아르바이트를 그만두었다는 것과, 그 이유에 대해 말했다.

"세상 읽기가 너무 힘들어. 참, 노른자위가 이런 나약한 모습을 네게 보이지 말라고 했는데……, 실수했다."

나는 주정처럼 말하며 허탈한 웃음을 지었다.

"내 눈에는 지금의 오빠가 나약하지 않아. 불의와 타협하지 않는 그 모습이 어째서 나약하다는 거야. 오빠의 그 순수함을 지키면서도 능력을 인정받을 방법이 있을 거야."

하자소녀는 내 마음을 이해했다. 그녀는 아직 내 몸과 마음에 때를 묻힐 때가 아니라면서 따뜻한 미소로 위로했다. 그렇지만 나는 결정적인 결점을 보완할 대책이 아직 없었으므로 기분이 크게 호전되지 않았다.

"기분도 우울한데 우리 드라이브나 하자. 아빠가 출장 가서서 차가 놀고 있거든."

하자소녀가 말하며 내 손을 잡아끌었다.

우리는 주점을 나와 버스를 타고 그녀의 집으로 갔다. 처음 가보는 그녀의 집이었다. 그러므로 나는 그녀가 가족들을 인사시키지는 않더라도 집이 어디인지는 가르쳐줄 줄 알았다. 그러나 그녀는 나를 아파트 단지 입구의 경비실 앞에서 기다리게 하고는 혼자 들어갔다. 그리고 잠시 후에 차를 몰고 나왔다.

소녀가 빵빵 경적을 울려 내게 신호를 보냈다. 나는 달려가서 그녀가 운전하는 차에 올라앉았다. 그렇지만 나는 뽀로통하게 토라져 있었다.

수위가 수상쩍은 눈으로 흘깃흘깃 흘기는 곳에 나를 방치하고서 그녀 혼자 집에 들어갔다가 나왔기 때문에 화가 난 것은 아니었다. 그녀가 나를 가족들에게 소개하지 않는 것은 아직 내게 직장이 없어 떳떳하지 못하기 때문이리라. 그러나 그것이 내 자존심을 상하게 한 것도 아니었다. 그녀가 나보다 운전을 못하지만 목숨을 위협하는 수준은 아니었기에 화가 날 정도로 불안하지도 않았다. 그렇다고 그녀의 아버지 차가 최고급이었기 때문인 것도 아니었다. 내가 나를 위해 희생하고 있는 그녀에게 화를 낼 수밖에 없었던 것은, 그녀가 나를 올바른 친구도 없는 못난이로 모욕했기 때문이다.

"차라리 막노동을 알아보았어야지. 어떻게 그런 친구에게 알바 자리를 부탁했어?"

"그런 친구라니?"

"이코노믹 애니멀이라는 사람 말야. 친구를 부정한 일에 끌어들이는 것도 우정인 줄 아는 그런 인간을 왜 사귀었어. 오빠에게 진정한 친구가 있기나 한 거야? 오빠가 그런 친구에게 그런 일자리까지 부탁한 줄은 몰랐어. 내가 알았으면 우리 이모부 가게 운전기사 자리에 소개했을걸."

그녀는 그 말을 한 후에 내게 여기서 기다리라고 하고는 혼자서 차를 가지러 아파트 단지 안으로 들어갔던 터였다. 왜 그런지는 모르겠지만 나는 그녀가 차를 갖고 나타나길 기다리면서, 그녀가 마치 길 잃은 가여운 어린 양에게 내 젖을 먹고 기운을 내라고 말하는 늑대처럼 생각되었다. 통통하게 살 찌워서 잡아먹으려는 늑대는, 그러나 너무도 인자한 모습이었다.

하자소녀에게 섭섭한 마음을 품고 있었던 나는 차에 앉아서도 시무룩하게 입술을 빼어 물고 앞만 바라보았다. 그때였다. 전방 사거리에서 교통정리 중인 교통경찰이 눈에 들어왔다. 하자소녀가 운전하는 차는 그 경찰 가까이 다가가고 있었다.

"차 세워. 전후좌우 안전 확인, 제동장치 작동, 핸드브레이크 잠금."

내가 야전 수송 교육대 교관처럼 명령했다. 나의 갑작스러운 돌발 행동에 그녀가 놀란 눈으로 나를 돌아보며 브레이크를 걸었다. 차는 경찰 앞을 약간 지나서 멈추었다.

"왜 그래, 갑자기? 화난 거야?"

"복명복창을 해야지!"

하자소녀가 멍한 눈으로 나를 쳐다보고 있을 때, 우리가 서 있는 것을 발견한 경찰이 차를 빼라는 수신호를 보내며 뒤에서 호루라기를 불었다.

"일단 차 빼고 얘기해."

그녀가 다시 차를 출발시키려 했다.

"핸드브레이크를 당기라고 했잖아."

내가 고개를 강하게 저으면서 신경질적으로 말했다.

"왜 내게 화를 내고 그래?"

그러는 사이에 경찰이 다가왔다. 그는 왼손을 허리에 얹고 오른손으로 손가락질을 하면서 빨리 차를 빼지 않고 뭐 하냐고 소리쳤다.

"여긴 주정차 금지구역이에요. 빨리 빼요."

"잠깐만요."

하자소녀가 조수석 차창을 내리면서 억지 미소를 지었다.

"무슨 문제가 있습니까?"

경찰이 허리를 굽히고 차 안을 들여다보았다.

"우리 둘 다 안전벨트를 안 맸어요."

내가 어깨를 으쓱하고 손바닥을 뒤집어 펼치며 경찰을 향해 말했다.

"오빠, 미쳤어?"

하자소녀는 얼른 안전벨트를 끌어당겨 매면서 내게 눈을 흘겼다.

"뭐요? 그것 때문에 이 혼잡한 곳에 차를 세웠단 말입니까?"

경찰은 어이없다는 표정이었다.

"안전벨트를 안 맨 것은 아주 중요한 문제이지요."

내가 무겁고 위엄 있는 목소리로 말했다.

"지금 자진 납세 하겠다는 겁니까, 아니면 업무방해를 하겠다는 겁니까? 뒤에 차 밀린 것 안 보여요? 장난치지 말고 빨리 차나 빼요."

별 미친놈 다 보겠다는 듯한 경찰의 그 눈빛에는 못난 인간에 대한 멸시가 서려 있었다. 그것 때문이었다, 꼭 딱지를 끊고야 말겠다는 오기가 발동한 것은.

"교통경찰에게 교통법규 위반을 고발하는 것도 업무방해에 들어갑니까? 당장 딱지를 발부하지 않으면 경찰청 홈페이지 게시판에 글을 올릴 겁니다."

교통경찰은 찔끔 놀라는 표정이었다. 그는 기가 막혀 할 말이 없다는 듯이 고개를 가로저었다.

"그럼 저 앞으로 차 빼요, 소원하는 딱지를 끊어드릴 테니까."

그렇게 원하니 하는 수 없다는 식이었다.

"두고 보자, 오빠."

하자소녀가 이를 사리문 채 이 사이로 말을 밀어냈다.

"내가 오빠를 위해서 차까지 훔쳐 나왔는데 이런 식으로 해도 되는 거야? 무엇 때문에 화가 난 건데?"

차를 빼면서 소녀가 다시 말했다.

"일종의 백수 히스테리이지."

"노처녀 히스테리는 들어봤어도 백수 히스테리는 처음이라 당황스럽네?"

하자소녀가 경찰의 인도에 따라 사거리를 벗어난 갓길에 차를 대었다. 경찰이 하자소녀 옆으로 가서 서더니 면허증을 제시하라고 했다.

"저 고발자도 면허증 있으니까 저분께 스티커를 발부하세요."

하자소녀가 나를 지목하며 말했다.

"스티커는 운전자에게 발부하도록 되어 있습니다. 자진해서 스티커를 발부해달라고 한 사람들이 왜 이럽니까? 어서 면허증 제시하세요."

하자소녀가 하는 수 없다는 듯 입술을 빼어 물었고, 면허증을 꺼내 경찰에게 주었다. 그녀의 눈은 나를 쏘아보고 있었는데, 매우 독한 기운이 감돌고 있었다.

"아까 정차했던 곳은 주정차 금지 구역이었습니다. 안전벨트 미착용에 주정차 금지 위반까지, 두 장 발부했으니 사인하세요."

하자소녀는 괘씸죄까지 곁들여진 스티커 두 장에 사인을 하고 면허증을 돌려받았다.

"싸웠어요? 감정이 격한 상태에서 운전하면 매우 위험하니까 여기서 다 싸우고 가세요."

경찰이 말하면서 거수경례를 하고 자기 자리로 돌아갔다.

"오빠, 왜 화가 났는지 이제 얘기해봐."

이를 악물고 말하는 하자소녀의 표정에서 나는 최소 전치 3주의 진단서를 보았다. 나는 은근히 두려움이 일었다. 그래서 슬그머니 문을 열고 차에서 내리려 했다. 그러나 그녀의 손이 덥석 내 목덜미를 잡았고, 힘차게 당겼다.

"어딜 도망가려고 그래."

반쯤 들렸던 내 엉덩이는 그녀의 분노가 실린 힘에 의해 다시 좌석에 내리꽂혔다.

"소녀야, 나 지금 떨고 있거든. 그냥 가게 해주면 안 될까?"

"내 복수는 받고 가야지."

"나는 있잖아, 캠이 생기면 요강에 앉아서 오줌 누는 여자 인형을 만들어서 찍을 꼬야. 여자 인형이 발사한 오줌은 안타깝게도 요강으로 들어가는 것이 아니라 하늘을 향해 솟구치고, 그게 고개를 숙이고 아래를 내려다보는 그 인형의 입으로 날아드는 고야. 그러면 그 먹은 오줌이 다시 아래로 나오고, 나온 오줌은 다시 입으로 날아들고……. 이 오줌 누는 소녀 인형을 영상에 담아서 '악순환'이라는 제목을 붙일 생각이야."

하자소녀의 관심을 다른 곳으로 돌려보기 위해서 내가 애교스럽게 말했다.

"아이디어는 좋은데 지금 이 상황에서는 하지 않아도 될 소리인 것 같다, 오빠."

하자소녀의 속에서 끓어오른 분노는 폭발하기 직전의 풍선처럼 위태로웠다. 그녀의 그 팽창한 압력을 미리 빼지 않으면 결국 폭발하여 나를 돌이킬 수 없는 상태의 망가진 인간으로 만들지도 몰랐다. 그래서 나는 매우 가련한 표정으로 두 손을 모으고 비는 자세를 취했다.

"왜? 이 상황에 딱 맞는 말이잖아. 네가 그 인형이고 나는 그 오줌이라고 생각해보면 말야. 그러니 소녀야, 그 멋진 영상을 위하여 나를 죽이지만 말아주었으면 해."

하자소녀가 황당하다는 표정으로 '푸풋' 웃음을 흘렸다.

"인간아 인간아, 이 미워할 수 없는 인간아. 죽이지는 않을 테니 왜 화가 났는지 말해 봐."

그녀는 같잖고 기가 막히기는 하지만 그런 인간인 것을 모르고 사귄 것도 아니니 자신이 이해를 해야 한다고 생각했을 것이다. 그 순간의 그녀는 나를 구박하지 않을 수 없는 우리 어머니의 심정도 절절히 공감하고 있었을 법하다.

"면사(免死) 정말 고맙다. 사실은 소녀야, 네가 나를 진정한 친구도 없는 못난 인간으로 치부했기 때문에 화가 났던 거란다. 그 친구를 보면 그를 안다는 말이 있듯이, 내가 그 모양이니 내 친구도 그 모양이라고 말하는 것같이 들렸걸랑."

"그럼 진작 그렇다고 말할 것이지, 경찰에게 안전벨트 안 맨 것은 왜 고자질을 해서 비싼 벌금을 물게 만들어?"

"경찰이 있는 자리에서 따지면 네가 나를 때리지 않을 것 같았기 때문이란다. 헤헤."

사실 그 경찰이 차를 빼라고 달려오지 않았다면 나는 그 문제만 따졌을 것이다. 경찰이 달려와서 차를 빼라고 재촉하는 바람에 우발적으로 안전벨트 얘기를 꺼내게 되었다.

"알았어, 오빠. 내가 좁은 소견으로 말을 함부로 했던 것, 사과할게."

그녀는 맞아도 쌀 인간인 나를 아량으로 용서했다. 나는 하자소녀가 자기 실수를 즉시 인정하면서 사과하는 것을 보고 진심으로 그녀에게 미안해졌다. 그래서 돈이 생기면 범칙금 절반을 내가 갚겠다고 말했다.

그렇게 하여 우리는 잠시의 분란은 없었던 것으로 하고 이제부터라도 기분 좋게 놀기로 합의를 봤다. 그녀는 다시 차를 출발시켰다. 시내를 벗어나서 홍천 방면으로 신나게 달렸다.

만일 양평을 지나면서부터 비가 내리지 않았다면 다 큰 처녀 총각인 우리가 발가벗은 알몸으로 개울물에 멱을 감지는 않았을 것이다. 갑작스럽지는 않았지만 흐린 하늘이 점점 검어지더니 굵은 빗방울이 차창에 날아와 우두두둑 소리를 내며 자결했다. 하자소녀가 알 듯 모를 듯한 미소를 지으며 하늘을 쳐다보았다.

"비가 온다, 오빠."

하자소녀의 목소리는 처량하고도 애처로웠다.

"비가 온다, 소녀야."

나도 하자소녀처럼 처량한 톤으로 말했다. 나는 차창을 내려 고개를 내밀고 하늘을 올려보았다. 그리고 착한 하자소녀를 괴롭힌 것에 대한 벌을 받았다. 국도변에 자란 개나리 꽃나무 중에서도 도로 쪽으로 뻗은 불량 가지 두세 개가 내 뺨을 사정없이 후려쳤다. 그러나 그것은 천벌이 아니었다. 하자소녀는 내가 고개를 내밀기만 기다렸다가 악의적으로 차를 찻길 바깥으로 붙였다. 그 때문에 꽃나무 가지가 내 얼굴을 할퀴고 지나갔다.

"생각보다 독종이군. 아까 일을 아직도 가슴에 묻어둔 채 꽁하고 있었던 거야?"

내가 룸미러를 돌려 얼굴을 비추고 상처를 살피면서 말했다. 자국이 나기는 했지만 살이 파이지는 않았다.

"어머, 미안해. 천천히 가기 위해 뒤따르는 차들에게 길을 피해주려고 했던 것일 뿐이었는데……."

"왜 하필 내가 고개를 내밀었을 때야?"

"용서는 했지만 분노는 다 풀리지 않았기 때문인가? 오빠가 경찰이 와서 간섭하는 바람에 우발적으로 안전벨트 미착용을 고발했듯이, 나 또한 개나리 꽃나무를 발견하는 순간 갑자기 잠재된 분노가 폭발하여 우발적으로 그랬을지도 모르지."

"치사하다, 소녀야. 이제 너랑 안 놀아."

"아까 오빠가 말한 그 인형 말야. 요강에 앉은 소녀 인형이 아니라 누워 있는 소년 인형으로 하는 게 어떨까? 누워서 오줌을 누는데 고추가 위로 향해 있어서 오줌 줄기가 입으로 속속속 날아드는 걸로."

"소녀야, 지금 이 상황에서는 그 말이 별로 어울리지 않는 것 같다."

"무슨 말. 오빠가 그 소년 인형이고 내가 소년 인형의 오줌이라고 생각한다면 매우 적당한 악의 고리가 형성될 수 있을걸?"

"그래도 안 놀아."

"비가 오는 날 공동묘지에 누워 있는 소년 인형을 떠올려봐. 그래도 나랑 안 놀 거야?"

　나는 바보처럼 히히 웃었다. 공동묘지에 어울리게 그녀 또한 하얀 원피스를 입었다는 사실을 새삼 깨달은 나는 감격하며 얼른 고개를 도리질했다.

　"아냐, 놀 꼬야. 소녀랑 신나게 놀 꼬야."

　나는 공동묘지에 누운 소년 인형을 떠올리며 흐뭇한 미소를 머금었다. 소년 인형은 소변을 보고 있는 중이다. 그 소변은 소년의 입으로 속속 날아든다. 그리고 빗방울도. 그래서 오줌 줄기는 시간이 흐를수록 굵어진다. 자꾸만 빗물이 보태지기 때문이다.

　가까운 공동묘지를 찾아다녀야 할 때였다. 공동묘지에 가면, 차 안에 앉아 비를 바라보며 밤이 오길 기다려야 한다. 이윽고 영혼의 도시에 어둠이 내리면 우리는 차에서 나와 비를 맞으며 잘 자란 잔디밭을 찾을 것이다. 그리고 그 위에 누워 귀신 소리를 내게 되겠지. 나는 칠칠치 못한 인간의 상징으로 여겨지기까지 했던 동정을 미련 없이 하자소녀에게 바치게 될지도 모른다. 그런 다음에는 칠칠치 못하던 내가 칠칠하게 될 수 있을까.

　어쩌면 하자소녀는 밤이 될 때까지 기다리지 않을 생각인지도 모른다. 먹구름이 몰려와서 칠흑 같은 어둠이 내린다면 굳이 밤을 기다릴 필요는 없다. 귀신이 나올 듯한 음산한 기운이 감돌기만 한다면 하자소녀는 주저 없이 내게 옷 벗길 자격을 부여할 것이다. 나는 마른침을 꼴깍 삼켰다.

　우리는 여기저기 외진 길을 헤매고 다니다가 이름 없는 공동묘지를 발견했다. 인적이 드문 산비탈에 위치한 공동묘지는 규모가 크지는 않았는데, 그곳으로 가는 길옆으로 개울물이 흐르고 있었다.

공동묘지에 가려면 심신을 깨끗이 해야 한다. 소녀는 조그마한 폭포를 샤워기에서 쏟아지는 물로 오인했다. 비가 오는 날 외진 시골길에 사람이 나다니지 않는다는 점과 주변에 인가가 없다는 점이 참작되었겠지만 길가에 차를 세우고 주저 없이 옷을 벗어젖혔다.

"아침에 샤워를 못했는데, 잘 됐다."

하자소녀는 알몸으로 뛰어가더니 폭포 아래에 가서 섰다. 가슴깨에서 쏟아진 물이 아래에 고여 엉덩이까지 잠겼으므로 전형적인 욕조인 셈이었다.

나는 차에 앉아 하자소녀의 훌륭한 몸매를 감상했다. 충분한 감동을 주고도 남는 그 몸을 내가 곧 차지하게 될 것이라는 생각을 하자 미리부터 뜨거운 피가 해면체에 몰렸다.

하자소녀가 중요한 곳을 씻은 후에 내게 손짓을 했다. 나도 와서 샤워를 하라는 뜻이었다. 나는 착한 소년답게 하자소녀의 명령에 따라 옷을 벗어젖혔다. 그리고 차에서 내려 하자소녀의 옆에 가서 섰다.

하자소녀가 정성스럽게 내 몸을 닦아주었다. 그 손길에 나는 이미 절정을 경험하고 있었다. 송사리 떼가 주변에 몰려든 것으로 볼 때, 놈들은 내 몸에서 찔끔찔끔 새어나온 단백질로 배를 불리고 있는 것이 틀림없었다.

하자소녀가 눈치를 챈 것 같다. 그녀가 손으로 송사리 떼를 흩으며 야릇한 미소를 지었다. 나는 쑥스럽기도 하고 민망하기도 했다. 또한 약간의 자존심이 상하기도 하여 그녀의 눈을 피했고, 물속으로 잠수했다. 물속에서 물고기 흉내를 내었다.

좀 좁긴 했지만 나는 물 위에 엎드린 것처럼 몸을 길게 뻗고 머리는 물속에 잠기게 하여 한참을 떠 있었다. 그러다가 숨을 쉬기 위해 머리를 들었는데, 하자소녀가 보이지 않았다. 나는 몸을 세우고 서서 두리번거리며 하자소녀를 찾다가 그녀가 내 머리 위에 있음을 발견하고 바보처럼 히죽 웃었다. 그러나 나는 웃음을 멈추고 황급히 다시 물속으로 몸을 숨겨야 했다. 폭포 위에 선 하자소녀의 몸이 아무래도 내 몸을 향해 날아올 것 같았기 때문이다.

나는 다행스럽게도 아버지를 닮지 않고 친어머니를 닮은 일반형 인간이었다. 하지만 가끔은 느림보의 행태를 보일 때가 있었다. 지금이 바로 그런 순간이었다. 서두르기는 했지만 생각처럼 몸이 민첩하지 못하여 어느새 내 허리가 하자소녀의 두 다리 사이에 끼여 있었.

그녀의 다이빙은 10점 만점을 받을 정도로 우아했을 것이나 나는 전혀 우아하지 않게 뒤로 넘어졌다. 그리고 꼬르륵 소리를 내며 바닥으로 가라앉았다. 하자소녀가 날아온 그 힘에 밀려서 넘어졌고, 그녀의 무게에 눌려 가라앉았던 것이다.

순식간에 벌어진 일이었다. 그래서 나는 미처 호흡을 가다듬지도 못하고 물속에 잠겼다. 하자소녀가 금방 나를 풀어주기는 했지만 가라앉은 나는 바로 일어나지 못하고 허둥거렸다. 아가미 호흡도 못하면서 붕어처럼 입을 쩍쩍 벌리고 눈을 끔벅거렸다.

한 번 무너진 몸의 균형은 금방 바로잡히지 않았다. 나는 물을 한껏

들이마신 후에야 몸의 균형을 되찾아 일어났다. 물 밖으로 머리를 내밀자마자 거친 기침을 했다. 물이 코로 역류했기 때문에 콧속이 알싸했다. 기침을 할 때마다 목까지 차오른 물이 덩어리져서 픽픽 날아 나왔다.

나는 기침과 구역질을 번갈아서 했고, 사이사이에 심호흡을 했다. 그렇게 어느 정도 물을 토해낸 후에야 겨우 호흡이 정상적으로 돌아왔다. 그때까지 하자소녀는 옆에 서서 고소하다는 표정으로 구경만 하며 내 등을 두드려주지 않았다. 그것은 그녀가 또 다시 아까의 일을 떠올리고는 내게 그 보복을 가했다는 증거였다. 그래서 나는 심하게 그녀를 쩨려보았다.

"이 무슨 괴이한 짓인고?"

나는 아직도 목이 간지러워 컄컄 소리를 내며 물과 함께 마신 찌꺼기들을 내뱉었다.

"딱지가 두 장이었잖아."

"한 장은 내가 책임진다고 했을 텐데?"

"아참, 그랬지. 그걸 잊고 있었네. 미안해서 어떡한데? 헤헤헤."

하자소녀가 얄밉게 웃으며 말했다.

비가 내리는데, 정신 상태가 양호하지 못한 청춘 남녀는 비를 맞으며 멱을 감고 있었다. 그리고 비를 맞으며 물속의 미성년자 물고기들에게 알몸을 보여주고 있었다. 계속되는 스트립쇼에 미성년자 물고기들은 당혹감을 감추지 못하며 바위틈으로 숨어들었다. 아마도 숨을 할딱거리며 정신없이 우리의 알몸을 감상했을 것이다.

그녀가 그렇듯 얄밉게 웃으며 나를 약 올리지만 않았어도 나는 그녀를 찔러야겠다고 생각하지 않았을 것이다. 연약한 여자라 때릴 때는 없었고, 그렇다고 참고 넘어갈 수도 없었다. 그래서 그녀를 찔러보고 싶어졌다.

"소녀야. 찌르고 싶을 때에 찌르도록, 혹은 찔리고 싶을 때에 찔리도록 미리 칼질이 되어 있기에 찔러서 아파도 용서받을 수 있는 그곳을 공략해도 되겠니?"

내가 하자소녀에게 협조를 청했다. 그러나 그녀는 찔리고 싶지 않은 모양이었다.

"공동묘지에 가야 하잖아."

"그래, 가야지."

나는 잠시 호흡을 가다듬으며 흥분을 가라앉혔다. 그 때문이었을 것이다. 갑자기 이가 달달 떨렸다. 매우 불쾌한 기운이 내 몸을 음습했다. 한기였다.

"아, 춥다. 그만 나가자, 오빠."

하자소녀도 한기를 느끼기는 마찬가지였다. 그녀도 입술이 새파래져서는 나처럼 몸을 떨고 있었다.

"난 아직 보복을 못했는데?"

"이따가 공동묘지에서 혼낼게."

"그럼 빨리 공동묘지로 가자."

하자소녀도 부르르 몸을 떨었고, 허리를 구부리며 웅크렸다. 몸에서 열을 너무 많이 발산했을 때 오는 현상이었다. 나 또한 심하게 추위를 느끼고 있었으므로 그녀의 손을 잡고 부산하게 물을 빠져나왔다.

우리는 차에 앉아 시동을 걸었고, 히터를 켰다. 히터의 뜨거운 바람이 느껴질 즈음, 우리 몸에서는 김이 피어오르고 있었다. 우리는 각자의 의자를 뒤로 젖혀 몸을 눕혔다. 그리고 차창에 김이 뿌옇게 서리는 것을 보며 잠이 들었다.

매우 깊고 안락한 잠이었던 모양이다. 우리가 눈을 떴을 때에는 이미 날이 어두워져 있었다.

"이런. 너무 오래 잤네. 오늘은 공동묘지에 못 가겠는걸. 빨리 돌아가서 엄마 몰래 차를 세워두어야 할 시간이야."

하자소녀가 쓸쓸한 목소리로 말했다.

"다음에 기회가 또 오겠지. 다음번에는 내가 차를 훔칠게."

내가 말했고, 하자소녀는 힘없이 고개를 끄덕였다.

하자소녀는 힘이 느껴지지 않는 동작으로 천천히 옷을 입었다. 그러나 나는 절호의 기회를 놓친 아쉬움에 한숨이 나왔다. 그래서 나는 다음 아르바이트직에서도 쫓겨나게 된 날 다시 공동묘지행을 시도했다.

미리 예고했던 대로, 하자소녀가 내게 소개한 아르바이트 자리는 운전직이었다. 이모부의 건재상이었다. 5톤 덤프트럭으로 건축 현장에 모래, 자갈, 기타 건자재를 배달하는 일이었다. 하자소녀의 부탁을 받은 그녀의 이모부는 그러잖아도 기사가 없어서 자신이 직접 배달을 다녔는데 마침 잘되었다면서 기쁘게 받아주었다.

"직접 영업을 뛰어야 하는 건 아니니까 별 어려움은 없을 거야."

하자소녀의 이모부는 친절하게 덤프트럭 조작법과 주의 사항을 일러

주었다.

　25톤 대형 덤프트럭을 모는 기사가 한 명 있었다. 그는 생산지에서 모래를 운반해오는 일을 전담했다. 15톤 덤프트럭 기사도 한 명 있었다. 그는 생산지에서 모래를 운반하는 일과 제법 규모가 큰 건설 현장에 모래를 배달하는 일을 겸했다. 그리고 막내인 나는 5톤 덤프트럭으로 건설 현장에 모래와 자갈과 기타 건축자재를 배달했다.

　모래와 자갈은 사장이 직접 톤수를 맞추어서 실어주었다. 대부분의 주문 현장에서는 무게를 재어보거나 양을 따지지 않았다. 그것을 알고 약간씩은 모자라게 싣는 듯했다.

　나는 주로 단독주택 단지로 배달을 나갔다. 좁은 골목길을 빠져 다녀야 했다. 들어가면 차를 돌릴 곳이 없어 어린아이와 노인들이 많은 골목을 후진으로 빠져나와야 하는 곳도 상당했다. 그래서 생각보다 위험하고 일도 수월치 않았다.

　첫날은 사장이 그려준 약도를 보고 물어물어 찾아다니며 정확히 배달했다. 그러나 둘째 날에 나는 바로 잘렸다. 하자소녀의 안면마저 몰수할 정도로 사장은 대단히 화났다. 덤프트럭이 내게 협조를 않은 탓이었다. 물론 협조를 했더라도 일을 망치기는 마찬가지였을 것이다. 하자소녀에게 미안할 뿐이다.

　나는 모래를 주문한 현장 약도를 보며 어렵게 재래시장 골목을 헤치고 나아갔다. 다시 이어지는 좁은 골목의 비탈길을 한참이나 올라갔다. 그러고서야 겨우 2층 단독주택을 건설 중인 현장을 찾았다. 그날의 첫 배달이었다.

차를 정차시킨 나는 운전석에 앉아 차창 밖으로 고개만 빼고 현장을 지휘하고 있는 반장에게 여기서 모래를 주문했냐고 소리쳐 물었다. 그는 무척 바쁘게 일꾼들을 부리다가 나를 돌아보며 고개를 끄덕였다. 그리고 모래 부려 놓을 장소를 손가락으로 가리켰다.

나는 전날의 경험을 믿고서 익숙하게 덤프 레버를 밀어 넣었다. 액셀러레이터를 밟아 덤프에 파워를 공급했다. 그런데 어쩐 일인지 덤프가 올라가지 않고 엔진 소리만 왕왕 요란하게 울렸다. 다시 덤프 기어를 뺐다가 넣어보았지만 여전히 덤프는 작동되지 않았다.

나는 차에서 내려 적재함을 잡고 있는 것이 있나 살펴보았다. 아무것도 보이지 않기에 다시 덤프 레버를 확인했다. 그러나 잘못된 점을 발견할 수 없었다.

"어이, 빨리 모래 내려놓고 차 빼. 일하는 데 방해가 되잖아!"

한 철근공이 철근을 어깨에 둘러메고 차 옆을 지나가면서 소리쳤다. 내가 몰고 온 차 때문에 철근을 자유롭게 운반하지 못하고 있다는 불평이었다. 현장 안으로 들어가기 위해 그가 바로 몸을 돌리면 뒤로 뻗어 나온 철근이 차의 유리창을 때릴 것이었다. 그래서 그는 무거운 철근을 메고 멀리까지 가서 몸을 돌리고 현장 안으로 들어가는, 이를테면 하지 않아도 될 수고를 하고 있었다.

마음은 급한데 덤프는 작동할 생각도 하지 않았다. 나는 답답한 마음에 현장을 지휘하는 반장에게 다가갔다. 그에게 덤프가 작동하지 않는데 어떡해야 하느냐고 물어보았다.

"그걸 내가 어떻게 알아? 안 되면 삽으로 퍼서라도 내려."

그는 바쁜데 별 게 다 방해라는 듯 짜증스럽게 말했다.

나는 하는 수 없이 반장의 말대로 했다. 덤프트럭의 적재함 위로 올라가서 삽을 들었다. 그리고는 삽으로 모래를 퍼서 아래로 던지기 시작했다.

보는 사람마다 왜 덤프를 들지 않고 삽질이냐는 질문을 던졌다. 나는 그때마다 번거롭게 덤프가 작동하지 않는다는 대답을 해야 했다. 그 대답을 들은 사람들은 그렇다고 덤프트럭에서 삽으로 모래를 퍼 내리는 바보가 어디 있냐며 비웃었다. 차를 끌고 돌아가서 고쳐오면 될 것이라는 생각일 터였다. 그러나 그건 그들이 몰라서 하는 생각이었다. 모래를 싣고 그 복잡한 시장 골목을 빠져나갔다가 다시 돌아올 생각을 하니 눈앞이 캄캄했다. 차라리 삽질이 나았다.

처음 얼마 동안은 별 힘을 들이지 않고 모래를 퍼서 내릴 수 있었다. 그러나 적재함의 모래가 아래로 내려가서 허리 위로 삽을 올려야 할 상황이 되자 괜히 삽질을 시작했다는 생각이 들었다. 손에 물집이 잡히고 팔이 부들부들 떨리면서 삽을 들 힘조차 없었다.

땀이 비 오듯 흘러내리는데, 반장은 빨리 모래를 내리고 차를 빼지 않는다고 호통이었다. 나는 나름대로 쉬지도 못하고 낑낑거리며 안간힘을 썼고, 최대한 서두르고 있었다. 그럼에도 그들로서는 불만일 수밖에 없었다. '왱' 소리 한 번이면 끝날 일을 한 시간도 훨씬 넘게 차박 차박 삽질을 하고 있었던 것이다.

한참 그러고 있는데, 내가 삽질하고 있는 차 옆으로 모래를 실은 다른 5톤 덤프트럭이 와서 섰다.

"뭐야! 내가 조금 늦었다고 다른 곳에다 주문한 거야?"

5톤 덤프트럭을 몰고 온 기사가 현장에 있던 반장을 향해 소리쳤다.

"그럼 이 차가 기성 건재 차 아냐?"

반장이 뜨악한 표정으로 소리쳤다.

"글자도 못 읽어? 저 차에는 성진 건재라고 적혔잖아."

"바쁜데 그런 거 확인할 시간이 어디 있어?"

반장은 그제야 내가 끌고 온 차에서 성진 건재라는 글자를 확인하고 있었다.

나는 벙 찐 얼굴로 기성 건재 기사와 현장 반장의 얼굴을 번갈아서 바라보았다. 그들 또한 나와 다를 것 없는 표정으로 나를 뚫어져라 쳐다보았다. 이제 내가 해명을 해야 할 차례라는 뜻이었다.

"여기가 234―5번지 현장 아네요?"

내가 주머니에서 약도를 꺼내 확인하며 물었다.

"여긴 235―16번지야."

반장이 소리쳤다.

"이런. 그럼 이걸 어떡하죠?"

내가 난감하여 쩔쩔매며 반장을 향해 소리쳤다.

"다시 퍼서 담아."

반장은 내 알 바 아니라는 식이었다.

"너, 초보자지? 전에 일하던 성진 건재 기사는 언제 그만뒀어?"

기성 건재 기사가 소리쳤다. 나는 그에게 어떡하면 좋겠느냐는 애원의 눈빛을 보내며 고개를 끄덕였다.

"우린 경쟁 업체지만 네가 불쌍해서 한 번 봐준다. 내가 234-5번지에 배달할 테니까 영수증 줘. 사인만 받아오면 되는 거지?"

기성 건재 기사가 다시 말했다. 똑같이 모래 5톤을 주문한 것이니 영수증만 바꿔서 사인 받으면 될 것이라는 생각이었다. 아주 좋은 생각이었다. 나는 얼른 내 영수증을 그에게 주고 그의 영수증을 받았다.

그렇게 일은 간단히 마무리되는 듯했다. 이제 그가 234-5번지에 모래를 내리고 와서 내가 사인을 받은 영수증과 교환을 하면 끝이었다. 나는 그가 오기 전에 모래 내리기를 마무리하려고 더욱 힘을 내어 삽질했다. 그러나 모래는 아직도 많이 남았고, 그의 차는 덤프가 고장 나지 않았다. 그래서 나는 그가 돌아오기 전까지 남은 양의 10분의 1도 내리지 못하고 있었다.

"어이, 성진 건재. 그런데 덤프를 두고 웬 삽질이래?"

옆에 차를 대고서 내 차 적재함에 뛰어오른 기성 건재 기사가 희한한 일도 다 있다는 듯이 물었다.

"덤프가 작동되지 않아서요."

"영수증 사인은 받았어?"

"아직 못 받았어요. 이걸 다 내려야 사인해줄 것 아네요."

나는 고개를 가로저으며 미안한 표정을 지었다.

"덤프가 어떻게 작동하지 않는데?"

그가 물었다.

"어제는 멀쩡하게 잘됐는데, 오늘 모래를 싣고 와서 해보니 안 되네요."

"너, 혹시 차 밑의 유압 밸브 잠그지 않았어?"

"아뇨."

그는 못 믿겠다는 듯 고개를 흔들었고, 적재함에서 땅으로 뛰어내렸다. 그리고는 쪼그려 앉아서 차 밑을 들여다보았다.

"잠겼네, 인마."

그가 소리치며 손을 뻗어 밸브를 틀었고, 손을 툭툭 틀고 일어났다.

"유압 밸브가 잠겼는데 덤프가 작동되겠어? 이제 해봐, 될 거야."

나는 삽을 던지고 운전석으로 갔고, 덤프를 작동시켜 보았다. 덤프는 아주 쉽게 위로 솟구쳤다. 나는 너무도 신이 났다. 그래서 맺힌 한을 풀기라도 하듯 힘차게 액셀러레이터를 밟았다.

그때였다. '스톱, 스톱!' 다급한 합창 소리가 들렸다. 하지만 내가 소리친 현장 사람들을 의아한 표정으로 돌아보는 사이에 이미 사고는 일어나고 말았다.

사람들이 손가락질하는 곳을 확인하려고 덤프를 중단시키고 차 밖으로 고개를 빼는데, 온몸이 찌릿찌릿했다. 그리고 '펑' 하는 폭발음이 났고, 사람들이 몰려들었다.

"뭐 저런 덤프 기사가 다 있어? 얌마, 위도 확인 않고 덤프를 올리면 어떡해!"

기성 건재 기사가 소리쳤다.

"감전되지 않은 것만도 천만다행이네. 괜찮아? 전선이 땅에 떨어졌기 망정이지 차체에 떨어졌으면 전기구이가 되었을 거야."

너무도 놀라서 어떡해야 할지를 모르고 벌벌 떨고 있는 나를 쳐다보며 현장 노동자 한 명이 말했다. 전선이 덤프에 걸려서 끊어져버린 것이다. 그제야 나는 내 몸이 왜 찌릿찌릿했는지, 그 이유를 알 수 있었다.

전기구이 통닭 꼴이 되고 싶지 않았던 나는 차에 전기가 통하지 않는지 다시 확인을 하고서야 차 문을 열고 내렸다. 그리고 끊어진 전선을 쳐다보았다. 비탈진 곳에 세워진 전봇대는 그 높이가 생각보다 낮았다. 그중에서도 옆으로 뻗어져 나와서 본선보다 더 늘어진 전깃줄이 끊어져 있었다. 이내 몇몇 가구에서 사람들이 뛰쳐나와 전기가 나갔다고 불만을 터트렸다.

"빨리 한전에 연락해서 전기선 이어줘."

현장 반장이 소리쳤다.

"너 인마, 이제 큰일 났다. 저거 간단하게 선만 연결하면 될 것 같지만 이 동네 전기 다 끊어야 연결할 수 있기 땜에 그 손해배상까지 해야 돼. 네가 물어주기에는 너무 큰돈이니까 일단 사장한테 연락해. 사장이 책임을 지게 하란 말야."

나는 기성 건재 기사에게 핸드폰을 빌려서 사장에게 전화했다. 승용차를 몰고 사장이 달려온 다음에는 기성 건재 차를 얻어 타고 버스가 다니는 길까지 나왔다. 사고 현장에서 해고가 된 것이다.

"처조카 소개만 아니었어도 네가 다 배상하게 했을 거야."

사장은 그냥 해고만 시키는 것을 고맙게 생각하라고 했다. 나 또한 그의 말에 충분히 공감했다. 그래서 엉뚱한 곳에 모래를 내려서 이 난리 친 과정을 사장에게 상세히 설명한 후에야 사인을 해주는 반장으로부터 영수증을 받아 그 고마운 기성 건재 기사와 교환하는 것을 마지막으로 모든 업무를 마쳤다.

그 난리 법석을 피우고 허탈하게 집에 돌아왔다. 그런데 소식을 들은 하자소녀가 먼저 집에 와서 나를 기다리고 있었다. 그러나 그녀는 그런 손해를 끼쳤음에도 나를 책망하지 않았다.

"이모부도 오빠를 더 크게 야단칠 수 없었던 것이, 오빠가 친척 소개로 들어온 것에 불만을 품은 15톤 기사가 오빠를 골탕 먹이려고 일부러 유압 밸브를 잠가놓은 것 같았기 때문이래. 그 기사는 오빠가 일에 잘 적응해서 처음 말했던 것보다 오래 있게 되면 15톤 기사 자리를 빼앗고 올라올 것이라고 생각했을 거라네."

"그럼 그 기사를 잘라야지 나를 왜 잘랐대?"

"기사를 구한 후에 잘라야 하는데, 그 사이에 오빠가 더 큰 사고를 당하면 안 되니까. 그렇다고 위도 확인하지 않고 덤프를 든 오빠에게 15톤을 맡길 수도 없는 거고."

나는 아주 형편없는 놈으로 몰려서 쫓겨난 것은 아니라는 점을 위안 삼기로 했다. 다만 하자소녀에게 또 다시 실망스러운 모습을 보여준 것이 미안하고 부끄러울 뿐이었다. 그래서 이 재수 없는 놈을 이해해주는 그녀에게 고마움을 표하는 뜻에서 공동묘지에 함께 가자는 말을 하게 되었다. 어쩌면 그녀를 더 확실히 잡지 않으면 내 곁을 떠날지도 모른다는 불안감이 작용했을지도 몰랐다. 더는 실망할 수 없다고 생각한 그녀가 미련 없이 나를 차버릴 것 같았다.

"오늘은 비가 오지 않잖아, 오빠."

하자소녀가 공동묘지에 가기에는 적당하지 않은 날이라는 뜻으로 말했다.

"하지만 우리 엄마가 부업 일감 찾아서 집을 나가고 없을 때 아버지 차는 대문 밖에 서 있는 기회가 다시는 오지 않을걸?"

"아버님이 출장 가셨어?"

"아니. 아버지의 최고 시속 40킬로미터를 극복할 수 있는 운전자가 극히 드문 우리나라 도로 환경을 생각해서 아버지 스스로가 차를 두고 나가신 거야. 대중교통이 불편한 시화공단 공장에 출근하실 때는 차를 끌고 가시지만 서울 사무실로 출근하실 때는 차를 두고 나가시지."

"그럼 아버님이 오늘은 서울 사무실에 계신 거야?"

"아니, 시화공단에 계셔."

"그럼 뭐야? 말이 안 되잖아."

"오늘은 같이 가는 동료가 있어서 그 차를 얻어 타고 가셨어."

나는 아버지가 안방 문갑 위에 올려놓은 차 열쇠를 들고 나왔다. 하자소녀를 향해 그것을 흔들어 보였다. 갈 것인지 말 것인지를 묻는 행동이었다.

"혼날 게 뻔한데, 괜찮겠어?"

하자소녀가 망설였다.

"공동묘지 귀신들하고 막춤 한 번 추고 나면 스트레스가 확 풀릴 것 같다. 그리고 돌아왔을 때 화난 엄마가 나를 혼낸다면 그동안 지워진 나의 존재도 회생하지 않겠어? 이런 걸 일석이조라고 하던가?"

하자소녀가 환한 미소를 머금으며 고개를 끄덕였고, 나를 따라 밖으로 나갔다.

"참, 미리 말해두는데, 안전벨트는 꼭 매자."

차 문을 따면서 내가 말했다.

"내가 오빠 같은 줄 알아?"

하자소녀가 눈을 흘겼다. 그녀는 차에 올라앉자마자 안전벨트부터 맸다.

"무엇을 찍을 것인지 생각났어. 15톤 덤프트럭에 가득 실린 모래를 티스푼으로 퍼서 내리는 장면을 찍을 거야."

차를 출발시키면서 내가 말했다.

"바보같이, 덤프트럭의 모래를 삽으로 퍼서 내리는 사람이 어디 있어. 왜 그런 무모한 짓을 했어?"

하자소녀가 말했다.

"그 차는 15톤이 아니라 5톤이었거든."

"이모부도 화가 나고 어이없기도 했지만 오빠 하는 짓이 귀여워서 심하게 나무랄 수가 없었다고 하던걸. 사무실로 전화만 했어도 이모부가 덤프 작동이 안 되는 이유를 설명했을 것 아냐."

"주변에 공중전화는 보이지 않았고, 나는 그 흔한 핸드폰이 없잖아."

"암튼, 오빠는 평범한 걸 너무 할 줄 몰라."

내 문제는 바로 그것이었다. 남들이 다 생각하는 걸 혼자만 생각하지 못한다는 것.

"그래서……, 내게 실망했겠지?"

"아니. 나는 오빠가 그래서 좋아."

"솔직히 덤프트럭의 모래를 삽으로 퍼서 내리는 것, 생각보다 엄청 힘들거든. 그런데도 좋다고?"

"무슨 뜻이야?"

"우리 나이의 이성 교제는 장래를 생각하는 이성 교제라는 말이지. 앞으로도 내가 네게 더 미안할 일이 많으면 어떡하지?"

"괜찮아. 난 오빠가 평범한 것을 할 줄 몰라서 더 좋으니까. 평범한 사람을 만나면 평범하게 살 수밖에 없잖아. 오빠의 그 엉뚱함은 멍청해서가 아니라 천재적이라서 그래. 아직 실력 발휘할 곳을 찾지 못해서 남들보다 조금 뒤처진 것처럼 보이기는 할지 몰라도 언젠가는 보란듯이 일어설 거야."

위로 삼아 듣기 좋으라고 하는 말인지 진심에서 우러난 말인지 알 수 없었다. 그래서 나는 진정 그렇게 생각하느냐고 묻지 않을 수 없었다.

"그럼 내가 왜 오빠랑 사귄다고 생각해? 그냥 갖고 놀기 좋은 장난감이라서?"

"딩동댕."

"오빠, 바보온달 알지? 선화공주가 없었다면 바보온달은 영원한 바보로 묻혔을 거야."

"선화공주가 맞니?"

"응. 내가 선화공주야."

"그게 아니라, 바보온달에게 시집간 공주가 선화공주 맞냐고. 혹시 평강공주가 아니었니?"

"무슨 공주든 알게 뭐야. 아무튼 공주는 공주였잖아."

"그래, 분명 왕자는 아니었어."

그런 잡스러운 이야기를 나누며 가고 있는데 하자소녀의 핸드폰이 울렸다.

"하자야, 너 지금 팔 씨랑 같이 있지?"

핸드폰에서 흘러나온 목소리는 어머니였다.

"네, 어머님."

하자소녀가 바짝 긴장한 얼굴로 큰일 났다는 신호를 내게 보내면서 말했다.

"팔 씨 바꿔라."

어머니는 그때까지도 나하고의 소통 단절을 유지하고 있었다. 그런데 갑자기 나와 대화를 하겠다며 전화를 바꾸라고 말하고 있었다.

나는 어머니가 아버지 차 때문에 전화한 것임을 잘 알면서도 두려움은커녕 오히려 반갑고 고마운 마음이었다. 그래서 얼른 빼앗듯이 소녀의 손에 들린 핸드폰을 건네받았다.

"전화 바꿨어, 엄마."

내가 반가움을 감추지 않고 들뜬 목소리로 말했다.

"아버지 차가 없어졌다. 네 소행이지?"

어머니의 목소리는 착 가라앉아서 무미건조했다. 아직도 마음이 풀리지 않았다는 증거였다. 그러나 실로 오랜만에 나를 대화상대로 인정해주었다는 점 때문인지 따뜻하고 사랑스럽게 느껴졌다.

"응, 엄마. 내가 맞아 죽고 싶어 환장해서 아빠 차에 손을 댔어."

"당장 제자리에 가져다 놔."

"그럼 엄마가 나를 때려줄 거야?"

"안 때려."

"그럼 싫어, 날 여사. 양은냄비 하나 사서 들어갈 테니 아까워하지 말고 마음껏 내 머리를 내리쳐 줘, 응? 그러겠다고 하면 즉시 돌아갈게."

"내가 널 때릴 힘이 어디 있니? 차만 가져다 놓으면 돼."

"때리지도 않을 거면서 왜 차는 가져다 놓으라는 거야. 나는 맞아서 죽는 것이 꿈이고 소원이니까 아버지라도 나를 때리게 실컷 끌고 다니다가 가져다 놓을 거야."

"그 차, 아버지가 고장 나서 두고 가신 거다. 낼 모레 일요일에 고치려고. 어디가 어떻게 고장 났는지 정확히는 모르겠다만 제동장치 계통의 고장이라서 무척 위험한 상태라고 하셨어. 큰 사고를 당할지도 모르니까 얼른 가져다 놓아."

"지금 날 여사가 나를 걱정해주는 거지. 그렇지?"

나는 반갑게 소리쳤다. 만일 그렇다고 하면 당장 차를 돌릴 셈이었다. 그러나 어머니는 아니라고 부정했다.

"남의 자식까지 사고 당할 것 같아서 그러는 거야. 하자가 다치면 그 원망이 우리에게 쏟아질 것 같아서 걱정이다. 착각은 나중에 혼자서 실컷 하고, 일단은 차나 얼른 가져와."

"공동묘지에 가야 하는데, 엄마."

나는 실망하여 입을 삐죽거렸다.

"너, 벌써 차 박고 죽었어? 그럼 보험금 타야 하니까 사고 지점이 어딘지 말해."

갑자기 어머니 목소리에서 생기가 돌았다.

"못 말려. 그렇게 돈이 그리우면 꼭 사고 나줄게."

"무사히 돌아오면 내 손에 맞아 죽을 줄 알아. 맞아서 죽으면 보험금을 못 타니까 오다가 절벽 같은 거 나오면 힘껏 핸들을 꺾어. 알았어?"

이제야 예전 어머니의 그 목소리 그 말투가 되었다. 내 작전에 말려든 어머니가 자신도 모르는 사이에 내게 그만 화해 제스처를 하고 만 것이다.

"정말이야? 고마워, 엄마. 내 꼭 무사히 돌아가서 엄마한테 맞아 죽을게."

나는 전화를 끊었다. 그리고 공동묘지는 다음에 가야겠다며 하자소녀의 양해를 구하였다. 어머니의 나에게만 적용되던 그 긴 빙하기가 끝나고 드디어 해빙기가 와서 나도 매를 맞을 수 있게 된 것 같다는 말에 하자소녀는 차를 돌리는 데 흔쾌히 동의했다.

"이제 어머님이 화를 푸신 거야? 그 화해 방법 하나 기막히네."

우리는 공동묘지에 갈 기회를 또 놓쳤지만 조금도 아쉬워하지 않았다.

나는 나무늘보도 아니면서 아버지를 흉내 내며 조심조심, 최고 시속 40킬로미터로 차를 운전했다. 어머니가 그 오랜 침묵을 깨고 내게 다급히 전화했을 정도라면 모르긴 해도 차가 심각한 고장일 터였다.

"오빠, 너무 느리다고 생각하지 않아?"

답답한 속도에 하자소녀가 푸념했다.

"고장 난 차를 몰고 돌아가다가 사고 나면 엄마의 매질을 당할 수 없잖아."

나는 이제 어머니에게 맞을 수 있다는 기대감에 가슴 설레며 바보처럼 히죽 웃는 얼굴로 하자소녀를 돌아보았다. 그리고 무사히 돌아가기 위하여 최선을 다했다.

"오빠가 참 행복해 보여. 매 맞으러 가는 사람이 이렇듯 행복한 모습일 수 있다는 것이 신기해."

하자소녀가 스틱 위에 얹힌 내 손을 잡으며 말했다.

"소녀야. 혹시 엄마한테 맞아서 내가 죽거든 양지바른 곳에 묻어줘. 비가 오면 덮어주고, 눈이 오면 쓸어주고, 정든 친구 오거들랑 모른다고 말해줘."

"유언이야, 오빠?"

"아니. 일제 강점기에 불렸을 것으로 짐작되는 패배주의적인 구전가요 가사야. 정확한 건 아니지만 아마도 일본이 우리 민족에게 식민 근성을 심으려고 만들어서 퍼뜨린 노래일 거야."

"그런 좋지 않은 노래를 왜 되살려?"

"내가 패배주의에 물들어버린 것 같아서. 예전에는 나도 무한한 가능성을 믿었고, 그 믿음을 바탕으로 과감히 도전했어. 그런데 이젠 복종이 그리워질 뿐이야. 내가 벌써 늙어버린 건가, 아님 막막한 현실 앞에 좌절한 건가."

"내겐 아직도 가능성 무궁무진한 오빠만 보여. 엄마의 사랑에 복종하는 건 굴종이 아니니까 기죽지 말았으면 좋겠어."

"그럼 그게 뭐야?"

"불의에 복종하는 건 굴복이지만 사랑에 복종하는 건 신앙이야. 한용운의 '복종'이지."

우리는 그런 시시콜콜한 것 같으면서도 시시콜콜하지 않은 것 같기도 한 대화를 나누며 집을 향해 돌아가고 있었다.

하자소녀는 나의 엉뚱함을 가능성이라고 말해주었지만 나는 그것이 그녀의 진심이라고 믿지는 않았다. 다만 나를 미워하지 않고 내 편이 되어주는 여자가 있으므로 나는 아직 살 가치가 있다는 생각이 들긴 했다.

9

 입사 지원서를 넣었던 두 곳 중 광고사인 '3P기획'이 내게 기회를 주었다. 필기 시험을 통과했고, 최종 면접도 보았다. 면접관은 조심스러우면서도 열정적인 내 태도에 관심을 보였다. 하자소녀와 연습한 것이 효과 있었다. 그녀와 나는 이번 면접에 대비하여 닷새 동안 매일 한 시간씩 모의 면접을 봤다. 그녀는 나의 답변하는 말투, 태도 하나하나를 세심하게 분석해서 지적했다.
 여느 때보다 성공적이었다고 자평할 수 있었다. 그러나 나는 조바심을 갖고 결과를 기다리지 않았다. 어차피 결정은 저들이 했다. 내가 애를 태운다고 저들이 내릴 결정에 영향이 미치는 것은 아니었다. 그래서 나는 입사 시험을 봤다는 사실조차 잊어버리고 지냈다.
 나는 다시 다른 기업에 입사를 지원하기 위해 매일 자기소개서를 수정하고 있다. 자기소개서는 매끄러운 것보다 개성적인 것이 더 낫다는 친구들의 도움말을 참고했다. 입사에 성공한 친구들이었다.

덤프트럭 사건 이후 한동안 집에서 예전의 생활을 반복하던 내게 토니가 새로운 아르바이트 자리를 소개했다. 그의 여자친구의 친구 오빠가 하는 심부름센터인데, 어쩌면 내가 할 일이 있을지도 모른다고 했다.

내가 그 사무실 앞에 가서 공중전화를 걸었을 때 소장은 지금 상담중이니까 30분 후에 다시 전화하라고 했다. 나는 생명을 좀먹기만 하고 쓸데는 없는 30분이라는 시간을 날려버리기 위해 근처 문방구에서 2백원짜리 뽑기를 했다. 동전을 넣고 기계가 작동되면 적당한 때 스위치를 누른다. 그러면 상품명이 적힌 종이가 튀어나온다. 그것을 가져가면 주인이 상품으로 바꾸어준다.

첫판에는 '꽝'이 나왔지만 두 번째에는 공룡알이 나왔다. 나는 그것을 주인에게 보이고는 공룡알을 받았다. 말랑말랑한 탄력고무였다. 반을 가르자 그 속에서 공룡 새끼 모형이 나왔다. 문방구 주인의 말로는, 물에 넣으면 불어서 커진다고 했다.

나는 뽑기에서 나온 공룡알을 만지작거리며 주변을 서성거리다가 길가 벤치를 발견하고는 그곳으로 가서 앉았다. 공룡 새끼 모형은 지나가는 한 아이에게 주었다. 그리고 그 껍질인 탄력고무 반쪽씩 양손에 쥐고 만지작거렸다.

나는 따분하고 무료한 것을 견디기 위해 탄력고무 반쪽짜리를 하나씩 눈에 붙였다. 병뚜껑으로 자주 하던 장난이었다. 그런데 그 몰골이 희한하였던 모양인지, 엄마 손을 잡고 지나가던 남자아이가 보고는 크게 울음을 터트렸다. 나는 얼른 그것들을 눈에서 떼어내고 아이에게 미안한 웃음을 지었다.

"그런 장난을 하면 아이가 놀라잖아요."

아이 엄마가 항의했다. 나는 고개를 꾸벅 숙여 사과의 뜻을 표했다. 아이가 울음을 그쳤으며, 아이 엄마는 용서를 하고 자리를 떠나려 했다. 그러나 엄마가 손을 잡아끄는데도 그 아이는 끌려가지 않으려고 버텼다.

"엄마 저거. 저거 뺏어줘."

아이가 말했다. 갈라진 공룡알을 내놓으라는 것이었다.

"인마, 무섭다고 울었잖아."

내가 줄 수 없다는 뜻으로 고개를 저으면서 말했다.

"엄마, 저거."

아이가 제 엄마를 쳐다보며 다시 졸랐다.

"죄송하지만 그것, 아이들 장난감 같은데, 주시면 안 될까요?"

아이 엄마가 정말 미안한 표정을 지으며 말했다.

"아까는 이런 걸로 장난치지 말라고 저를 혼내지 않았던가요?"

"아이가 놀란 것 같아서 그랬는데, 미안했어요."

나는 아이를 내려다보았다. 귀엽게 생긴 녀석이었다. 녀석은 자기 엄마의 실력을 믿는다는 듯이 계속해서 내 손을 쳐다보며 엄마의 손을 잡아당겼다. 빨리 빼앗으라는 신호였다.

"너, 몇 살이니?"

내가 아이에게 물었고, 아이는 얼른 엄마의 손을 놓고 손가락 다섯 개를 펼쳐 보였다.

"나 따라하면 이거 줄게."

내가 말하자 아이는 강하게 고개를 끄덕였다.

"오 살, 해봐."

"오 살."

아이가 따라했다.

"너, 몇 살이니?"

내가 다시 물었다.

"다섯 살."

"내가 금방 가르쳐줬잖아. 오 살, 해야지."

"아이에게 나이를 이상하게 가르치면 어떡해요?"

공룡알을 얻기 위해 참고 지켜보던 그 아이의 엄마가 항의했다.

"그럼 말구요."

"한얼아, 뭐 하니? 얼른 오 살, 하고 아저씨 따라해야지."

아이 엄마가 바로 자세를 바꾸었다. 떼쓰는 아이와 씨름을 하느니 약간의 이상한 교육이 낫다는 판단인 모양이었다.

"오 살."

아이가 시무룩하게 말했다.

"손가락도 펴야지."

아이 엄마가 나보다 한술 더 떴다.

"오 살."

아이가 손가락을 다섯 개 펼치며 다시 말했다.

"한얼이, 몇 살?"

내가 확인 차원에서 다시 물었다.

"오 살."

아이가 손가락 다섯 개를 펼치며 제대로 대답했다.

"좋았어. 너, 훌륭한 사람 되겠다. 이것 가질 자격이 충분히 있어."

나는 아이 손에 공룡알 껍질인 탄력고무를 넘겨주었다. 아이는 좋아라 그것을 받아 들고는 내가 했던 것처럼 눈에 붙여보았다.

"한얼아, 엄마 바빠. 이따가 하자, 응?"

아이 엄마가 아이의 손을 잡아끌었다. 아이가 한 손으로는 공룡알을 눈에 붙이려 하면서 끌려갔다.

나는 그 벤치에 좀더 앉았다가 일어나서 다시 심부름센터로 전화했다. 소장은 이제 상담이 끝났다면서 사무실로 올라오라고 했다.

"건너편에 24시 편의점 보이지요? 그 건물 6층이에요."

나는 건너편을 보았고, 24시 편의점을 발견했다. 전화를 끊고 바로 길을 건너 사무실로 올라갔다. 그런데 뜻밖에도 아까 내게서 공룡알을 빼앗아 간 녀석을 그 사무실에서 다시 만났다.

"너 인마, 여기서 뭐 해?"

내가 아이를 보며 말했다. 아이는 벌써 나를 잊은 것인지 멀뚱멀뚱 쳐다보았다.

"당신이군요, 애한테 오 살이라고 가르친 엉뚱한 사람이. 어쩐지 내 여동생 친구가 말한 캐릭터가 떠오르더라니."

소장으로 여겨지는 사내가 다가오며 말하더니 손을 내밀었다. 나는 씩 웃었고, 그의 내민 손을 잡아 악수했다.

"잘 부탁합니다."

내가 말하며 사무실을 둘러보았다. 여직원이 한 명 출입문 옆에 놓인 책상 앞에 앉아 있었고, 소장 책상이 창가에 보였다. 소장의 책상 앞 소파에는 내게서 공룡알을 얻기 위해 아이에게 오 살이라고 가르치는 것을 묵인했던 예의 그 아주머니가 앉아 있었다. 그녀는 오다가 별 희한한 인간을 만났다며 나에 관한 얘기를 소장에게 들려주었던 것 같다. 그렇다면 이곳에서 아르바이트를 하기도 틀린 것 같아서 나는 잠시 낙담했다.

"가서 앉읍시다."

소장이 나를 소파로 안내했다.

"인사하시지요. 여기는 제가 아까 말했던 사람이에요."

소장이 아이 엄마에게 말했다. 아이 엄마가 살짝 웃음을 흘리며 내게 고개를 까닥 해 보였다. 나는 얼떨결에 아이 엄마의 인사를 받았다. 그리고 무슨 영문인지를 묻는 눈빛으로 소장을 돌아보았다.

"괜찮으시겠어요?"

소장이 내게는 아무 설명을 않고 아이 엄마에게 다시 말했다.

"엉뚱하긴 하지만 나쁘진 않겠어요."

아이 엄마가 대답했다.

"운이 좋군요. 오늘 바로 일거리가 생겼어요. 이분과 함께 한얼이 데리고 놀이 공원 가서 저녁까지 놀아주는 일입니다. 그리고 저녁에는 한얼이를 업어서 집까지 데려다주는 거지요. 최대한 재밌게 놀아줘야 합니다. 그리고 항상 인자하고 포근한 표정이어야 한다는 것도 잊지 말고요."

소장이 그제야 나를 돌아보며 말했다.

"아니, 저……?"

나는 어떤 상황인지나 알자는 뜻으로 소장을 바라보았다.

"오늘 하루 한얼이 삼촌이 되어주는 역할이에요. 나머지는 갔다가 와서 얘기하죠."

소장은 아이가 듣지 못할 작은 목소리로 설명했다. 그리고는 얼른 가라는 손짓을 했다.

나는 얼떨결에 한얼이 삼촌이 되었고, 그 아이를 목에 올라 앉히고 밖으로 나왔다. 그런 내 뒤로 아이 엄마가 말없이 따라붙었다.

우리는 다시 택시를 타고 놀이 공원에 갔다. 그러는 동안 아이 엄마는 나와 노는 아이, 나와 이야기하는 아이를 바라보기만 할 뿐, 필요한 말 외에는 하지 않았다. 어쩌면 사는 게 힘들어서 그럴지도 몰랐다. 그녀의 얼굴이 매우 피곤해 보였다.

놀이 공원에서 나는 아이가 타고 싶다는 것들을 태워주며 신나게 놀아주었다. 비용은 아이 엄마가 다 대고 있었으므로 나는 아이와 놀기만 하면 되었다. 그렇지만 그것도 여간 고된 일이 아니었다. 아이가 성가시지는 않았지만 안거나 목에 태우고 이동하는 것도 만만찮은 노동이었다.

나는 힘들어서 조금 쉬고 싶었다. 그러나 아이는 조금도 쉬지 않고 신나게 놀았다. 까르르 해맑게 웃으며 '또 태워줘, 또'라고 하거나 내 목에 목마 타고 싶다고 할 때에는 몸이 고되어도 차마 거절하지 못하고 요구를 들어주어야 했다.

마지막으로 회전목마를 탔다. 한얼이를 안고 목마를 타고 났을 때, 아이가 내 팔을 잡아당기며 긴 하품을 했다. 나는 아이가 피곤할 것이라고 짐작했고, 앉아서 아이에게 등을 들이댔다. 역시나 아이는 미안한 표정도 없이 내 목을 팔로 두르며 냉큼 등에 올라탔다.

나는 아이를 업고 아이 엄마가 기다리는 곳으로 갔다. 그녀의 눈은 한 번도 아이와 내게서 떨어지지를 않았지만 그 눈빛은 늘 우수에 젖어 있었다. 아마도 그녀는 그다지 오래되지 않은 때에 아이와 단둘이 살게 되었으리라. 이혼일 가능성이 많았다. 그래서 아이와 놀아줄 아빠 대용 삼촌이 필요했겠지. 또한 그 때문에 우울한 것이라는 나의 짐작이었다.

아직 저녁때는 되지 않았지만 아이가 잠들어버렸다. 나는 아이 엄마에게 눈빛으로 그것을 물었다. 깰 때를 기다려서 더 놀아주어야 하는 건지, 아님 다른 계획이 있는 건지……

"집에 데려다주세요."

나는 아이를 등에 업고 아이 엄마와 나란히 걸어서 택시 정류장으로 갔다. 그리고 그녀의 도움으로 아이를 등에서 내렸고, 앞으로 안고 택시에 올랐다.

"아이쿠, 아드님이 잠드셨군요. 아빠가 힘드시겠어요. 땀을 뻘뻘 흘리시네."

택시 기사가 말을 걸었다.

"힘들지 않습니다."

그렇게 말하면서도 나는 매우 피곤한 표정을 지었다.

택시가 출발할 때에 나는 나른한 하품을 했다. 그리고 얼마 가지 못해서 곧 눈을 감아버렸다. 아마도 심하게 고개를 끄덕이며 졸았을 것이다.

아이의 엄마가 흔들어 나를 깨웠을 때는 택시가 아파트 단지 안에 서 있었다. 아이 엄마가 먼저 차 문을 열고 내렸다. 나는 아이를 안고 그녀를 따라서 내렸다. 다시 아이를 등에 업었고, 그녀를 따라 집까지 올라갔다. 그때까지도 아이는 깨지 않고 깊은 잠에 빠져 있었다.

"아이가 깨면 가세요. 깨서 없으면 쓸쓸할 거예요. 찾을지도 모르고."

아파트 문을 따면서 그녀가 말했다. 나는 고개를 끄덕였고, 그녀를 따라 안으로 들어갔다. 그러나 아이는 집 안에 발을 들여놓기가 무섭게 잠에서 깨어났다.

"한얼이, 깼어? 집에 왔네. 오늘 신났지?"

아이 엄마가 내 등에 업힌 채 눈을 뜬 아이의 머리를 쓰다듬으며 다정스럽게 물었다. 아이가 말없이 눈을 비비며 고개를 끄덕였다.

"오늘은 신나게 놀았으니 이제 삼촌 가셨다가 다음에 또 오시라고 하자?"

아이는 아마도 고개를 끄덕였을 것이다. 그러나 내릴 생각은 않고 볼을 내 등에 부비며 두 손을 자기 가슴과 내 등 사이에 밀어 넣었다.

"이제 엄마한테 와야지. 삼촌 힘드시겠다."

아이 엄마가 두 팔을 뻗었다. 아이가 내키지 않은 동작으로 천천히 몸을 일으켜 엄마의 품으로 건너갔다.

"오늘 고생하셨어요. 사무실에 가시면 알아서 해주실 거예요."

나는 그럼 그만 가보겠다고 인사하며 몸을 돌렸다.

"잠깐만요."

그녀가 나를 불렀고, 나는 몸을 돌려 그녀를 보았다.

"피곤하실 텐데 택시 타고 가세요."

그녀가 내 손에 1만 원을 쥐어주었다. 나는 사양하지 않고 고맙다며 돈을 받아쥐었다.

"한얼이, 안녕."

나는 손을 흔들어 아이에게 인사하고 그 집을 나왔다.

나는 택시비를 받았지만 택시를 타지 않았다. 돈을 아끼려는 생각에 버스를 타고 심부름센터 사무실로 갔다.

"오늘 임무를 훌륭히 잘해냈으니 일당 쥐야지. 자, 5만 원이에요. 수고하셨어요."

소장이 하얀 봉투를 내 앞으로 내밀었다.

"잠깐 아이와 놀아주었을 뿐인데 제법 많이 주는군요."

내가 봉투 안의 돈을 들여다보며 말했다.

"아르바이트치고는 꽤 짭짤하지요? 일해보니 어때요. 할 만해요?"

"쉬운데요. 이런 일이라면 얼마든지 하겠어요."

"오늘부터 대기자 명단에 올려놓을 테니 전화 하면 나오세요."

"정말입니까? 고맙습니다. 그런데 이런 일이 많나요?"

"오늘은 대타였어요. 원래 아이 아버지 역할을 하던 사람이 있었는데, 갑자기 부친상을 당하여서 오늘 못 나왔거든요. 그래서 당신을 삼촌 역할로 대신 보낸 거예요."

"그건 그렇고……, 앞으로는 상황판단이나 하고 일하게 해주세요. 무슨 영문인지도 모르고 나가서 무조건 일하는 거, 그거 상당히 난감하더군요."

"어쩌다 보니 오늘은 그렇게 됐네요. 의뢰인이 내용을 밝히길 꺼릴 때도 있거든요."

나는 이해할 수 있다는 듯 고개를 끄덕였다.

"그 고객은 오늘로써 일이 마감되었으니 말해도 되겠네요. 실은 그 아이, 내일부터 엄마와 떨어질 거예요."

"아니, 왜요? 그 여자가 아이를 두고 재혼하나요?"

내가 놀란 얼굴로 소장을 쳐다보았다.

"자세한 것은 나도 모르겠지만 분위기로 짐작해보면 보육 시설 같은 곳에 보내지 않을까 싶네요. 그 아이도 참 안됐지. 아이 아빠가 3년 전에 사업을 실패하고 자살했대요. 그런데도 여태까지 아이 엄마가 혼자서 근근이 잘 버텼는데, 어떤 사정으로 더는 아이를 데리고 살 수 없게 되었나봐요. 그래서 아이 엄마는 마지막으로 온전한 가족의 모습으로 아이와 놀아주고 이별하려고 임시 아빠를 구했던 거지요."

나는 갑자기 가슴이 뭉클해졌다.

"이제 헤어지면 한얼이는 엄마와 언제 다시 만나게 될지도 모르겠군요."

나는 까르르 해맑게 웃던 아이의 얼굴을 떠올리고 있었다.

"그럴 공산이 큰 것 같아요. 만약 이게 만화라면 이렇게 이야기가 이어질 거예요. 아이 엄마가 병이 들었고, 얼마 후에 생을 마감하게 되는 거지요. 아이를 맡아줄 사람은 세상에 없고, 아이 엄마도 이제 더는 아이와 함께 보낼 시간이 없고……. 세상에 혼자 남게 될 아이에게 엄마는 마음속으로 나지막이 속삭이고 있었을 거예요. '얼아, 엄마가 없더라도 씩씩하게 잘 살아야 해. 그리고 이 엄마를 잊지 말고 꼭 기억해줘. 하늘나라에 올라가더라도 이 엄마는 늘 너를 지켜보고 있을게.' 그리고는 남들이 그렇게 하듯이 '일곱 밤'만 자면 데리러 오겠다고 하면서 보육원에 아이를 남기고 돌아서겠지요. 아이는 그 '일곱 밤'이 지나기만 손꼽아 기다리지만 그 밤은 영원히 지나가지 않을 거예요. 그런데 이건 만화가 아닌데도 그 비슷한 상황인 것 같아요. 확실하지는 않고 내 짐작일 뿐이지만……."

"저런……."

내가 탄식했다. 소장이 너무 리얼하게 추정했기 때문이지만 나는 사실이 아닐지도 모를 그 이야기를 마치 사실인 것처럼 받아들이고 있었다.

"그럼 이 돈을 내가 받으면 안 되겠군요. 어려운 사람들인 것 같은데……."

내가 돈 봉투를 다시 소장에게 내밀면서 안타까운 표정을 지었다.

"그건 곤란해요. 당신이 이런 식으로 나오면 우리만 양심 불량이 되잖아요."

소장이 다시 돈 봉투를 내 앞으로 밀었다.

"이 돈을 가져가면 그 아이의 천진난만하던 웃음과 그 아이 엄마의 쓸쓸하던 표정을 영원히 떨치지 못할 것 같아요. 돈 몇 푼 때문에 평생 동안 그 무거운 마음의 짐을 지고 살 수는 없지요."

"하는 수 없군요. 그럼 당신 일당은 다시 그쪽으로 입금시킬게요."

"참, 여기 택시비 하라고 받은 돈 만 원도 있어요. 이것도 같이 보내주세요."

나는 꼬깃꼬깃 접어서 주머니에 넣어두었던 1만 원도 꺼내서 봉투에 넣었다.

나는 빈손으로 심부름센터를 나오면서 다시 아이의 웃음을 떠올렸고, 눈시울을 붉혔다. '그런 사정이 있는 줄 알았으면 아이와 더 오래 놀아주었을 것을' 하고 후회했다. 그리고 죽은 내 친어머니의 얼굴이 떠올랐다. 견딜 수 없을 만큼 친어머니가 보고 싶었다.

술 생각이 간절했다. 나는 하자소녀에게 전화하여 술 한 잔만 사달라고 졸라보려 했다. 그러나 그녀의 핸드폰은 꺼져 있었다. 하는 수 없이 나는 슈퍼마켓에서 소주 한 병을 사 들고 공원으로 갔다. 공원 벤치에 앉아 소주를 병나발 불었다. 술이 매우 썼으므로 벤치 옆의 소나무 잎을 뜯어 씹었다.

불행한 건 한얼이와 그 엄마인데 왜 내가 우울할까. 나도 엄마를 잃고 새어머니의 손에서 자랐지만 한얼이에 비하면 너무도 벅찬 행복을 누리고 있다는 생각이 들었다. 그것이 다 새어머니가 나를 지켜주었기 때문이다. 나는 한심한 아들을 키우느라 고생한 어머니가 가엾어졌다.

나 같은 못난 자식을 키우면서도 생일 때마다 미역국을 맛있게 끓여주었던 어머니는, 그러나 미역국 마시기 전문가가 된 이 아들을 또다시 믿어주었다. 취업이라는 것이 재촉으로 될 일도, 자극으로 될 일도 아니라고 생각한 것 같다. 어머니는 내게 면접용 양복을 새로 사주었다.

하자소녀와 공동묘지로 가려다가 어머니 전화를 받고 포기한 날이었다. 그녀와 함께 집에 돌아갔는데, 어머니는 보이지 않았다. 대신 내 방 벽에 번쩍번쩍 빛이 나는 고급 양복이 걸려 있었다.

나는 '설마……' 했다. 아버지가 사온 것을 어머니가 걸어놓았을 거라고 짐작했다. 그러나 하자소녀 앞에서 그 옷을 입고 멋지게 폼을 잡는데, 속주머니에 이상한 것이 만져졌다. 손을 넣어서 꺼내보았다. 부적이었다. 지난번 부적의 효력이 다하였다고 생각하고서 새것을 구한 모양이었다.

아버지는 절대로 미신 같은 걸 믿지 않는다. 그렇기에 부적을 구하여 주머니에 넣어둘 사람은 어머니밖에 없었다. 곧이곧대로 믿기지 않는 일이지만 어머니는 내 양복을 새로 사고 부적까지 만들었다. 아직 나를 믿고 있으니 열심히 해보라는 뜻이었다. 겉으로 구박은 하지만 속마음은 그렇지 않았다는 것을 설명하고 싶었으리라. 그래서 나는 소녀가 지켜보는 앞에서 부끄러움도 모르고 눈물을 두둑 떨구었다.

몰래 차를 몰고 나간 아들이 돌아오길 기다렸다가 돌아온 아들의 머리를 냄비로 내리쳐야 할 어머니가 전혀 뜻밖으로 미운 자식에게 떡 하나를 더 주었다. 나는 태어나서 그때처럼 어머니의 사랑을 크게 느낀 적이 없었다. 그래서 시장을 봐 오는 어머니에게 달려가서 덥석 안겼다가 오이로 머리를 얻어맞았다. 나는 나를 때려준 어머니가 고마웠다. 그래서 어머니 볼에 뽀뽀를 했다가 사과로 이마를 얻어맞았다. 이마에 멍이 들었다. 나는 그래도 어머니가 고마웠다. 그래서 그 표현으로 사과에 식초를 넣었다.

약국에서 1회용 주사기를 사다가 사과식초를 가득 빨아들였다. 그리고 주삿바늘로 세 개의 사과를 찔러 식초를 밀어 넣었다. 어머니는 부업을 하다가 목이 칼칼하면 사과를 잘라서 씹곤 했다. 그때를 노린 것이다. 그러나 씹던 사과를 뱉고 이가 시리다고 호소한 사람은 엉뚱하게도 어머니가 아닌 하자소녀였다. 어머니가 손님 대접을 한답시고 그녀에게 사과를 깎아주었기 때문이다. 그녀를 안방으로 불러들여서 사과를 주었기 때문에 나는 손을 쓸 수 없었다.

어머니는 아마도 하자소녀를 안방으로 불러서 못난 아들이지만 잘 부탁한다고 당부하려 했을 것이다. 그러나 뜻하지 않게 그 신 사과식초를 먹은 하자소녀는 체면 불구 씹던 사과를 뱉으러 화장실로 달려갔고, 양치를 해야겠다며 칫솔을 사러 슈퍼마켓에 다녀오는 부산을 떨었다. 그 때문에 어머니는 말할 기회를 잃었다.

결국 내 복을 내가 걷어찼다. 그리고 엄마는 지지리 복도 없는 나를 걷어찼다. 그런 짓을 할 사람이 나 말고는 없었기 때문이다. 그러고도 모자라 나는 어머니가 보는 앞에서 식초가 든 사과를 다 씹어 삼켜야 했다. 그럴 줄 알았으면 하나에만 식초를 넣었을 것이다.

물론 벌칙을 피해 달아나고 싶은 마음이 없지 않았다. 그러나 나는 차마 꼬리 빠진 강아지 꼴로 달아나는 모습을 하자소녀에게 보여줄 수 없었다. 그래서 달아나지도 못하고 그 신 사과를 꾸역꾸역 씹어 삼켰다. 몸을 오소소 떨 때마다 오줌이 찔끔찔끔 샜다. 신맛과 요의의 상관관계가 궁금했다.

그토록 못난 짓만 하는 아들임에도 어머니는 나를 버리지 않았다. 나는 그 어머니의 사랑에 경의를 표하며 남은 소주를 마저 입 안에 쏟아부었다. 친어머니는 아니었지만 친어머니 못지않은 사랑을 주는 어머니가 내게 있기에 더 슬퍼지지는 않았다.

나는 빨리 어머니의 품으로 돌아가야겠다고 생각하며 벤치에서 일어났다. 앞으로는 어머니에게 진짜 잘해야겠다는 다짐을 하며 집으로 향했다.

나는 비틀거리며 현관에 들어섰다. 문을 열어주러 나온 어머니에게 다녀왔다는 인사를 했다. 그리고 어머니의 그 가슴에 쓰러지듯이 안겼다.

"이놈의 자식이 왜 이래. 술 마셨어?"

어머니가 쌀쌀맞게 소리치며 나를 밀쳤다. 그렇지만 나는 다시 어머니를 끌어당겨 그 품에 안겼다. 그때였다. 내 뒤통수에서 박 깨어지는 소리가 났다. 뒤통수에 묵직한 고통이 맴도는 것을 보면 어머니의 그 날렵한 손이 어느새 내 뒤통수에 다녀간 것이 분명했다. 그러잖아도 솔잎 안주만으로 깡소주를 마신 탓에 속이 매스꺼운 판에 어머니의 자상함이 넘치는 손길까지 겹쳐서 나는 걷잡을 수 없는 구토 증세를 일으켰다.

나는 어머니의 품을 벗어나 바삐 화장실로 뛰어갔다. 그리고 변기에 대고 1종을 반납했다. 어머니에 대한 동경도 반납했다.

"잘하고 처자빠졌다. 또 술 처먹고 들어와라, 응?"

화장실 문에 대고 어머니가 소리쳤다.

어머니의 그 말 때문이었을 것이다, 내가 그 이튿날 또 술에 취해서 집에 들어가게 된 것은.

옛날에, 내가 초등학교에 다니던 시절에 어머니는 나와 함께 어딘가를 다녀오다가 내 손에 아이스크림을 사서 들려주었다. 내가 흐느적거리며 겨우 겨우 어머니 뒤를 따르고 있었던 것으로 보아 햇살이 매우 따끈따끈한 날이었던 것 같다. 아이스크림은 쉽게 햇살에 녹아내렸고, 내 손을 타고 줄줄 아래로 낙하를 거듭했다. 나는 그 흘러내려 손에 묻은 아이스크림을 혀로 살살 핥아서 먹었다. 그러나 얼마 후에는 너무 빠른 속도로 아이스크림이 녹아내려서 감당할 수 없을 지경에 이르렀다.

한참 앞서 걷던 어머니가 그런 나를 돌아보았다.

"아끼지 말고 빨리 먹어. 아이스크림이 다 녹잖아."

나는 고개를 끄덕였지만 여전히 먹는 속도는 아이스크림이 녹는 속도를 따라잡지 못했다. 어머니의 짐작 그대로, 나는 아이스크림을 아껴 먹고 있었던 것이다.

"빨리 먹으라니까! 손에 다 묻었잖아. 또 옷에 닦아라, 응?"

어머니의 그 말은 손에 묻은 아이스크림을 옷에 닦기만 하면 혼을 내겠다는 반어법이었다. 그러나 나는 그 말을 있는 그대로 받아들였다. 나는 그러잖아도 손이 찝찝했는데 잘됐다며 얼른 아이스크림을 왼손으로 옮겨 들고 오른손에 묻은 아이스크림을 가슴에 문질러서 싹싹 깨끗이 닦았다.

바로 어머니의 손이 날쌔게 내 볼을 향해 질주했다. 그리고 내 볼 살의 일부가 어머니의 손에 잡혀서 앞뒤로 끌려 다녔다.

"말하고 있는데도 옷에다가 닦아?"

어머니의 호통이었다. 그러나 나는 어머니가 왜 화를 내는지, 그 이유를 몰라 어리벙벙한 표정을 지었다.

"엄마가 닦으라고 했잖아, 옷에."

내 대답에 어머니는 어이없는 표정으로 '허허' 실소를 흘렸다.

어머니는 어제 내게 '또 술을 처먹고 들어와라'라고 말했다. 착한 아들인 나는 어머니의 그 명령을 거역하지 않고 또 술을 먹고 들어왔다. 그러니 어머니는 말 잘 듣는 내가 얼마나 기특했을까. 그렇지만 어머니에 반하여 나는 내가 그리 장하게 여겨지지 않았다.

심부름센터에서 내게 준 다음 일거리는 또다시 양심의 가책을 자극했을 뿐만 아니라 보람도 없었다. 나는 소장이 일부러 그런 일거리를 내게 맡긴다는 의심까지 들었다. 그래서 또 혼자서 깡소주를 마셨다. 술의 향기로 현실의 괴로움을 달랬다.

이번에는 한 노인을 시골 딸 집에 모셔다주고 오는 일이었다. 노인은 선비처럼 점잖은 분이었고, 과묵했다. 며느리인 듯한 여자가 시외버스 터미널 앞에서 인도했다. 소장이 업무상 비밀이라고 알려주지 않았으므로 나로서는 그 여자의 신분을 알 길이 없었다. 또한 노인의 신분도 알지 못했다.

내 임무는 다만 주소와 약도에 적힌 집까지 노인을 모시고 가는 것이었다. 그리고 돌아오면 끝이었다. 아주 간단한 일이었으므로 나는 행복한 표정으로 출장비를 받아 들고 약속 장소로 나갔다.

"어쩌면 그 집에 사람이 없을지도 몰라요. 그렇더라도 다시 모시고 오지 마세요. 시골은 낮에 다 일을 나가니까요. 저녁이면 사람이 올 테니 그 집 마루에 앉혀두고 오세요."

노인을 인계하는 자리에서, 그 여자는 노인과 약간 떨어진 곳으로 나를 끌고 가더니 그렇게 말했다. 나는 그 말만 믿고서 노인을 모시고 버스에 올랐다.

서울에서 두 시간 거리의 한 시골 읍에 내렸다. 그곳에서 다시 택시로 갈아타고 한참을 달려 도착한 작은 시골 마을 초입에서 나는 한 아낙과 마주쳤다. 내가 찾는 집 주소를 대며 길을 물었는데, 쉰이 안 되었을 법한 그 아낙은 나와 노인을 번갈아 훑으며 쯧쯧 혀를 찼다.

"또 오셨어요?"

아낙은 노인을 아는 듯 고개를 까닥하여 인사를 했다. 나는 그녀의 이해할 수 없는 반응에 어리둥절했는데, 어쨌거나 그 아낙은 내게 길을 가르쳐주었다.

나는 아낙을 잡고 그런 반응을 보인 이유를 묻지 않았다. 내 임무가 우선이었으므로 노인을 모시고 그 집부터 찾아갔다. 그 집에 사람이 있으면 또 어떤 반응을 보일 것이기에 아낙의 반응 따위에는 크게 신경을 쓰지 않았다. 그런데 가서 보니 노인을 내게 맡긴 그 여자의 짐작대로 그 집에는 사람이 없었다. 그러나 사람이 살지 않는 집은 아니었다.

나는 몇 번 사람을 불러보다가 대답이 없기에 문을 열어보았는데, 모두 잠겨 있었다. 다행히 집 구조가 마루를 통하여 방으로 들어가게 되어 있었고, 그 마루는 문 없이 트여 있었으므로 일단 노인을 앉힐 수는 있었다.

노인은 나와 함께 여행을 하는 동안 아무 말도 하지 않았다. 가끔 버스가 정류장에 멈출 때마다 여기가 어디냐고 물었고, 딱 한 번 물을 마시고 싶다고 했을 뿐이다. 그리고 역시 그 빈집 마루에 앉아 계시라고 말했을 때에도 말없이 고개를 끄덕였다.

나는 그런 노인을 보면서 어쩌면 이런 식으로 낯선 사람의 안내를 받아 여러 번 와본 경험이 있는 듯한 느낌을 받았다. 아까 마을 아낙의 반응에서 짐작할 수 있듯이, 노인은 이렇게 따님 집에 자주 다녔으리라. 그래서 나는 큰 걱정을 않고서 노인을 두고 돌아섰다. 딸의 집이기에 혼자 계셔도 별 탈은 없으리라는 생각이었다.

"저는 이만 가보겠습니다. 안녕히 계십시오."

노인은 쓸쓸한 미소를 살짝 머금었고, 천천히 고개를 끄덕였다.

노인과 헤어져서 마을을 빠져나오는데, 다시 그 집을 가르쳐준 아낙과 마주쳤다. 아낙은 바구니에 배추를 담아서 들고 있었다. 아마도 김치를 담그려고 밭에서 배추를 뽑아오는 길인 모양이었다.

"그 집에 사람이 없지?"

아낙이 시큰둥한 표정으로 입을 삐죽거리면서 물었고, 나는 "예" 하고 대답했다.

"여우 같은 년이 영감의 딸이 집 비운 걸 알고서 '이때다' 하고 보냈구먼."

"집을 비웠다니요. 그럼 언제 오는데요?"

나는 깜짝 놀라며 아낙을 쳐다보았다.

"심부름꾼이지? 아무것도 모르고 노인을 모시고 왔군, 그래."

나는 말없이 고개를 끄덕이며 걱정스러운 표정으로 내가 한 질문의 대답을 기다렸다.

"악녀야, 악녀. 그 영감 며느리 말야. 영감의 딸이 시댁 행사 때문에 며칠 집을 비우게 되었거든. 오늘 아침에 갔어. 그걸 알고서 딸이 돌려

보내지 못할 때에 시아버지를 딸 집으로 보낸 거야. 전에도 몇 번이나 그렇게 보낸 걸 딸이 얼마간 모시다가 돌려보내곤 했어. 저번엔 돌려보내면서 다시 보내면 가만 안 두겠다고 다투기까지 했는데 또 보냈네."

아낙은 다시 쯧쯧 혀를 찼고, 노인이 안쓰럽다는 듯이 고개를 저었다.

"그럼 어르신이 혼자 계시게 되겠군요. 문도 다 잠겼던데……. 굶고 계셔야 하는 것 아녜요?"

"시골 인심에 이웃들이 모른 척은 않겠지만 점잖은 노인이 이집 저집 불려 다니며 밥 얻어먹으려면 얼마나 자존심이 상할까. 옛날에는 그래도 대학교수였다는데……."

"그럼 어르신이 며느리에게 또 버림받는다는 걸 아시면서도 절 따라오셨겠군요?"

"당연히 아시지."

"무척 마음이 상하셨겠어요."

"마음 상하다뿐이겠어. 지난번에 오셨을 때에는 딸에게 미안하다면서 돌아갈 때까지 바깥출입도 하지 않았대. 동네 사람들에게 보이면 딸과 사위가 흉잡힌다고 말야."

"그토록 깐깐한 분이라면 이웃집에서 불러도 가지 않고 굶으실지 모르겠군요."

나는 노인을 걱정하면서도 그 아낙과 다시 마주치지 않았어야 했다고 생각했다. 솔직히 모르고 그냥 서울로 돌아갔다면 마음이 편했을 것이다.

"이웃들이 아주 굶게야 하겠어?"

아낙의 말이었다.

"저 집 주인이 언제 돌아오죠?"

"일러야 삼 일 후에나 온다고 하던걸?"

나는 모른 척 돌아설 용기가 나지 않았다. 아낙의 따가운 눈총이 내 뒤통수를 사정없이 쏠 것 같았다. 그러나 그것보다는 내가 노인을 버리는 데 적극 동참했다는 사실에 더욱 마음이 찜찜했다. 그래서 다시 노인을 두고 나온 그 집을 향해 발걸음을 돌렸다. 하지만 몇 걸음 못 가서 나는 걸음을 멈추었다. 내가 돌아가면 노인의 자존심이 더 상할 것 같다는 생각이 문득 머릿속에 떠올랐다. 노인에게 돌아간다고 뾰족한 수가 생기는 것도 아니었다. 그저 노인을 다시 한 번 더 살펴보고, 좀더 편안히 딸이 올 때까지 지낼 방법을 찾아보는 것 이상의 일을 할 수 없었다.

나는 뒤를 돌아보았다. 아낙은 아직 그 자리에 서서 나를 지켜보고 있었다. 그 아낙의 옆을 뻔뻔스럽게 지나가기에는 내 얼굴 두께가 너무 얇았다. 나는 망설였다. 노인에게 돌아갈 것인가 아낙의 옆을 당당하게 지나갈 것인가. 나는 에라 모르겠다며 아낙의 옆을 지나가지 못했다. 노인에게 돌아가는 척하며 걸어가다가 어느 집 담 밑에 몸을 숨겼다. 그리고 조심스럽게 아낙이 있던 곳을 살펴보았다. 아낙은 어느새 사라지고 없었다.

나는 죄를 지은 사람처럼 사방을 두리번거렸다. 보는 사람이 없었으므로 부리나케 뛰어 마을을 빠져나갔다. 어머니도 쫓아오지 않는데 이처럼 열심히 뛰었던 적은 없었다. 그렇게 쉬지 않고 뛰어서 큰길까지 갔다. 지나가는 화물차를 얻어 타고 읍내로 나갈 수 있었다.

나는 서울로 돌아와서 수고비 6만 원을 받았다. 하지만 시골에서 있었던 일은 아무에게도 말하지 않았다. 남겨진 노인의 쓸쓸한 눈빛이 자꾸만 눈에 밟혔다. 양심의 가책을 느꼈고, 나 자신이 부끄러웠다.

나는 나쁜 놈이 된 기념으로 오늘도 소주를 마셨다. 역시 안주는 솔잎이었다. 죄 없는 솔잎을 씹으며 나는 시골에 남겨두고 온 노인을 생각했다. 노인의 자존심을 상하게 하지 않고도 노인을 위해 할 수 있는 일이 없지 않았다. 나는 그것을 알면서도 모르는 척 외면했을 것이다.

술기운이 오르니 다소 우울감이 가셨다. 나는 자리를 털고 일어났고, 비틀거리며 집을 향해 걸었다. 그러다가 길가 옷가게를 발견하고는 어머니에게 어울릴 만한 옷을 찾았다. 그러나 내가 가진 돈으로 살 수 있는 옷이 그 가게에는 없었다.

나는 옷가게를 그냥 나왔고, 다시 걸었다. 그러다 보니 어느새 집 앞이었다. 집으로 가는 도중에 어머니에게 선물할 다른 것이 눈에 띄면 살 생각이었다. 그런데 집에 도착할 때까지 그것을 찾지 못했다.

나는 대문 앞에서 발걸음을 멈추었다. 다시 찾아온 망설임이었다. 돌아가서 어머니의 선물을 살 것인가 그냥 들어갈 것인가. 나는 그냥 들어가자는 결론을 내렸다. 어머니가 가장 좋아하는 것이 현금이라는 사실이 떠올랐기 때문이다. 그러나 어머니에게 현금을 선물했다가 매만 맞고 또 쫓겨났다.

"도둑질했지?"

돈을 받은 어머니의 반응이었다. '네가 웬일이니?' 하며 흐뭇한 표정을 지으리라 기대했던 나는 어머니의 매보다도 허탈감을 감당할 수가 없었다.

"엄마는……? 내가 도둑놈으로 보여? 선물을 해도 보람이 없어요."

내가 입술을 쑥 빼어물고 말했다.

"그럼 돈이 어디서 났어? 하자에게 빌린 돈이냐?"

"알바해서 번 돈이야."

"지 쓰기에도 바쁜 놈이 알바해서 번 돈을 내게 주겠다. 빨리 진실을 말하지 못해? 돈 어디서 났어?"

"정말 내 힘으로 번 돈이라니까."

"그럼 어디서 무슨 일을 어떻게 해서 벌었는지 설명해봐."

나는 대답할 수 없었다. 차마 노인을 버리는 데 협조하고 받은 돈이라는 말을 어머니에게 할 수 없었다. 어머니가 아닌 다른 사람이었어도 나는 말하지 않았을 것이다.

어머니는 머뭇거리지 않았다. 바로 날아온 어머니의 주먹이 내 명치를 가격했다. 이어 각종 살림살이들이 날개도 없이 하늘을 훨훨 날아다녔다. 마지막으로 아버지의 구두 한 짝이 대문 밖에까지 따라와서 내 뒤통수를 가격했다.

나는 내 머리를 공격하고 땅에 떨어진 그 한 짝의 구두라도 주워서 신을 생각에 뒤로 돌아섰다. 그런데 대문에 선 어머니의 손에 들린 다른 한 짝의 구두가 눈에 들어왔다. 나는 그것도 마저 던지라는 시늉을 했다. 그러나 내 의도를 읽은 어머니는 남은 구두 한 짝을 나의 반대쪽인 대문 안으로 훌쩍 던져버렸다. 그리고는 나를 향해 쏜살같이 달려왔다. 구두를 줍다가는 어머니에게 잡힐 것이 뻔했으므로 나는 포기하고 다시 몸을 돌려 달아났다.

취한 걸음으로 달음질을 하던 나는 골목을 다 빠져나가지 못하고 거대한 벽과 마주쳤다. 그 벽은 내가 타고 넘어야 할 벽도, 피해 돌아서 가야 할 벽도 아니었다. 부수고 지나갈 수 있는 벽은 더더욱 아니었다. 그래서 벽 앞에 발걸음을 멈추었다.

"소녀."

나는 뒤쫓아 오는 어머니와의 거리를 확인하면서 동시에 하자소녀의 표정도 살폈다. 하자소녀는 씩 웃고 있었다. 그렇다면 피하여 가도 될 벽인 듯했다. 소녀도 내 등 뒤쪽으로 눈길을 던져 다급한 나의 현실을 확인하였기에 이해할 것이었다. 그러나 하자소녀는 이해심을 발휘하고 싶은 생각이 없는 모양이었다. 팔을 벌려 벽을 더욱 넓혔다. 나는 그 장벽에 막혔고, 뒤쫓아 온 어머니의 손에 뒷덜미를 잡혔다.

"하자구나. 잘했다."

어머니가 하자소녀의 공헌을 치하했다.

"어머니, 안녕하셨어요? 지금 무척 바쁘신가 봐요. 죄송하지만 바쁘시더라도 오빠를 제게 좀 빌려주실래요?"

하자소녀가 상냥한 목소리로 어머니에게 말했다.

"이 불한당을 어디다 쓰려고……?"

어머니가 내 팔을 꺾어 신병을 확보하면서 말했다.

"오빠를 만나고 싶어하는 사람이 있어서요. 제가 졸업하면 같이 창업을 하기로 한 동업자예요."

어머니는 얼른 나를 풀어주었다. 그 표정이 밝아지며 소녀의 말에 관심을 보였다. 내 일자리에 대한 기대감이었다.

"넌 취업이 아닌 창업 쪽을 택했니? 그런데 그 사람이 왜 팔 씨는 보자는 건데?"

"아마도 동업을 제의하려는 것일 걸요?"

"일자리를 준다면 모를까, 우리 팔 씨는 이게 없잖니."

어머니는 엄지와 검지로 동그라미를 만들어 보이면서 인상을 찌푸렸다. 실망한 모양이었다.

"돈은 없지만 오빠는 달리기를 잘하잖아요. 우리에겐 열심히 뛸 동업자가 필요해요."

하자소녀의 말이었다.

"무슨 소릴 하는 거야? 정말 창업을 할 생각이야?"

어머니보다 내가 더 의아했다. 그래서 나는 어리둥절한 표정으로 소녀에게 물었다.

"내가 말했잖아, 스스로 책을 읽어 주는 동화책을 개발했다고."

"그런 말을 했었나?"

나는 기억을 더듬었다. 언제 술이 취했을 때 얘기한 모양이지만 전혀 생각나지 않았다.

"접때 다 얘길 했는데……. 오빠가 술에 취해서 잊어버렸나봐. 책에 메모리칩을 장착해서 책 내용을 입력시키는 거야. 캐럴송이 나오는 크리스마스카드와 같은 원리지. 책 자체에서 내용을 읽어주니 따로 동화책을 읽어줄 필요가 없어. 유아 교재 같은 경우에는 숫자, 한글, 영어 등을 쓰인 글자대로 읽어주니 절로 공부가 될 거야. 잘 팔릴 것 같지 않아?"

"그래, 잘 팔리겠다. 그 대단한 걸 누가 개발했니? 팔 씨를 만나자는 그 사람이니?"

어머니가 나 대신 대답하며 나보다 더 관심을 보였다.

"네, 어머니. 그 사람과 제가 열심히 만들고 오빠가 그걸 팔아준다면 틀림없이 성공할 거예요."

"그렇지만 어떡하니? 우리 팔 씨는 이미 취직이 되었는걸. 안됐지만 창업은 너희끼리 해야겠다."

어머니가 들뜬 목소리로 말했다. 가슴 뿌듯한 표정이었다. 그러나 나는 어머니가 무슨 말을 하고 있는지 몰라 그 입을 빤히 쳐다보았다. 분명 어머니 입에서 나온 어머니의 목소리였지만 진실성이 결여되었다.

어머니는 거짓말을 하고 있었다. 하자소녀가 말하는 동업에 관심이 없지는 않지만 안정적 수입이 보장되지 않았으므로 모험을 할 수는 없다고 판단한 듯했다. 잘된다면 몰라도 자칫 잘못되어 내 앞으로 빚이라도 생기게 된다면 우리 형편에 감당이 안 된다. 그런 우려에서 내가 취업이 되었다는 거짓말을 했을 것이다. 하자소녀의 제의에 대한 우회적 거절이었다. 나중에 사실이 탄로 나면 곤욕을 치르겠지만 일단은 급한 불부터 끄고 보자는 생각인 듯했다. 어머니의 급한 성격 때문에 종종 발생하는 오류의 일종이었다.

"엄마, 지금 무슨 말을 하고 있는 거야?"

어머니와 반대로 나는 하자소녀의 제의를 받아들이고 싶었다. 그래서 짜증스러운 표정으로 어머니를 노려보았다. 될 수 있으면 협조를 해 달라는 압력이었다.

"사실은 아까 '3P기획'이라는 광고사에서 전화가 왔어. 합격이 되었으니 모레 오전에 나와서 회사 업무에 관한 설명을 들으래."

어머니는 하자소녀를 상대로 부연설명을 하고 있었다.

"정말이에요, 어머니?"

하자소녀가 눈을 크게 뜨면서 믿지 못하겠다는 표정을 지었다.

"엄마, 그 거짓말이 내게 얼마나 큰 상처가 될지는 생각해보고 말하는 거겠지?"

나는 뻔한 거짓말을 하면서도 얼굴빛 하나 변하지 않는 어머니에게서 예전에 몰랐던 잔혹성을 보고 있었다.

"물론 거짓이 아니니 그런 생각은 하지 않았지."

"엄마, 소녀의 동업 제의에 찬성하기 싫으면 그냥 싫다고 말해. 왜 거짓말을 하고 그래? 정말 엄마가 싫어지려고 한다."

"이놈의 자식이……."

어머니가 불끈 쥔 주먹을 머리 위로 높이 처들었다. 그러나 그 주먹을 스스로 풀더니 내 멱살을 거머쥐었다. 나를 완력으로 잡아당기며 집으로 돌아가려 했다. 나는 끌려가지 않으려고 버텼다. 어머니는 여자친구 앞인 만큼 얌전하게 굴라고 나지막이 경고했다. 하자소녀에게 흉악한 꼴을 보이지는 말자는 뜻이었다. 나도 어머니의 그 말에 공감하였으므로 모든 것을 포기하고 순순히 어머니의 연행에 응했다. 하자소녀가 묵묵히 그 뒤를 따랐다.

번쩍하고 별이 빛났다. 천둥도 쳤다. 현관에 발을 들여놓았을 때였다. 곧바로 거실의 불이 밝혀졌다. 그런데 앞에 선 아버지의 손과 뒤에 선 하자소녀의 손에는 발사되고 남은 폭죽 껍데기가 들려 있었다. 그리고 노른자위의 손에는 냄비가 들려 있었다. 번쩍하고 빛난 별 중의 몇 개는 폭죽 불꽃이 아니라 노른자위의 냄비가 내 머리를 내리친 후유증이었다. 그리고 그 천둥소리 중의 하나도 냄비가 깨어지는 소리였다.

"이것이!"

노른자위의 손에 들린 냄비를 확인한 나는 성질을 버럭 내며 눈을 부라렸다. 그러나 노른자위는 생글생글 웃고 있었다. 그리고 축하한다면서 그 찌그러진 냄비를 내 머리에 씌웠다.

"이건 백수 생활의 흔적이니까 오빠가 기념으로 간직해."

하자소녀는 어머니의 전화를 받고서 우리 집으로 오던 중이었다. 내가 취업이 된 게 확실하니 와서 파티를 열자는 전화 내용이었다. 그러면서도 동업 제의를 하러 온 것처럼 행동했다. 깜짝 파티를 고려했던 것 같다.

아버지와 노른자위도 깜짝 파티를 준비해두고서 안방에 숨어 있었다. 그러나 나보다 먼저 와서 나를 기다렸어야 할 하자소녀의 도착이 늦어지고 있었다. 하자소녀를 기다리는 동안 몰래 준비한 파티를 들킬 것 같았던 어머니는 괜한 트집을 잡아 나를 내쫓았다.

나만 모르던 사실이 또 있었다. 언제 친해졌는지, 하자소녀는 완전히 어머니 편이 되어 있었다. 그래서 어머니는 내가 요즘 무슨 짓을 하고 돌아다니며, 어떤 실수를 해서 어떤 망신을 당했는지도 다 알고 있었다.

하자소녀가 어머니의 첩자였다. 나는 그런 것도 모르고 어머니의 첩자에게 내 마음을 시시콜콜 털어놓았다. 하자소녀는 그 모든 이야기를 어머니에게 보고했다. 어머니 입장에서는 하자소녀가 기특하지 않을 수 없었을 것이다. 그러나 나로서는 원망스럽기 짝이 없는 일이었다.

어머니는 오늘 내가 번 돈의 구체적인 내용은 몰랐지만 대강 심부름센터 아르바이트로 번 돈이라는 것은 알았다. 그러면서도 일부러 도둑질을 했다는 누명을 씌웠다.

"엄마, 어떻게 다 알면서도 그럴 수 있어?"

모든 사실을 알게 된 내가 그것을 따졌을 때, 어머니는 생글생글 웃으며 내 약을 더욱 돋우었다.

"네가 백수를 면하면 또 때릴 기회가 없잖아. 내가 네게 보내는 격려의 마지막 피날레였다. 피를 못 봤으니 절반의 성공이었지만."

그동안 어머니는 나 몰래 하자소녀와 내 장래에 대해 상의하고 있었다. 그 결과, 나만 괜찮다면 하자소녀가 자신의 사촌오빠와 함께 준비 중인 창업에 나를 끼워주기로 약속이 되었다. 새 양복도 그래서 사다 걸어두었다. 그런데 때마침 '3P기획'에서 합격 소식을 전해왔다. '3P기획'에서는 내게 신진의 새로운 감각을 기대했다.

"전화한 사람이 너를 신선한 아이디어가 많은 사람이라고 칭찬하더라."

파티 도중에 어머니가 전한 내용이었다. 어머니가 구체적 내용을 전한 것으로 볼 때 거짓은 아닌 듯했다. 그렇지만 나는 믿을 수 없다며 고개를 절레절레 흔들었다.

노른자위는 자기도 옆에서 전화 내용을 똑똑히 들었다면서 사실임을 강조했다. 그 회사 홈페이지에 오른 합격자 명단도 보여주었다. 그런데도 나는 영 믿기지 않았다.

나는 몇 번이나 거듭 내 이름을 확인하고서야 취업을 사실로 받아들였다. 그렇지만 하자소녀에게 뒤통수를 얻어맞은 것 같아 못내 불쾌했다. 그녀마저 나를 배신하고 어머니의 편에 설 줄 몰랐다. 그래서 나는 하자소녀의 입술을 깨물었다.

하자소녀를 집까지 바래다주는 길이었다. 버스에서 내렸는데, 마침 정류장에는 사람이 없었다. 나는 주변을 둘러보았고, 목격자가 없기에 기습 키스를 감행했다.

나는 키스였는데 그녀는 공격으로 받아들였다. 입술을 물어뜯긴 그녀는 불같이 화를 냈다. 그녀는 공동묘지도 아닌데 귀신처럼 피를 입에 물고 손톱에 날을 세워 내게 달려들었다. 나는 그 독기를 감당할 자신이 없었다. 그래서 내 전문인 줄행랑을 택했다. 될 수 있으면 하자소녀에게 보여주고 싶지 않은 모습이었다. 그러나 이 상황에서는 달리 선택의 여지가 없었다.

나는 뛰면서, 이젠 무한책임을 져야 하는 회사원이므로 앞으로는 책임지지 못할 짓을 저지르지 않아야겠다고 다짐했다. 그리고 굳이 내게 새 양복을 입힌 어머니를 원망했다.

어머니는 아까, 파티를 하려면 제대로 해야 한다면서 내가 새 양복을 입었으면 했다. 싫다는 내게 반강제로 양복을 입힌 어머니는 그것을 입고 출근하는 내 모습을 상상하며 환한 미소를 머금었다. 느린 아버지는 소리도 나지 않는 박수를 쳤고, 노른자위는 잘 어울린다면서 양복에 묻은 먼지를 털어주었다. 하자소녀도 다가와서 어깨에 손을 얹었고, 정말 멋지다고 말했다. 나는 내가 정말 멋진 남자인 것 같아서 가슴을 쫙 폈다. 그리고 힘차게 촛불을 껐다.

그때가 좋았다. 우쭐했던 그 순간의 내 모습은 지금, 달아나고 있는 이 순간 찾아볼 수 없다. 주름 하나 가지 않은 새 양복을 입은 사람에게는 줄행랑이 어울리지 않는다. 신사 체면이 많이, 아주 많이 구겨진다. 그리고 양복도 구겨진다.

뒤쫓는 하자소녀는 어머니만큼이나 빨랐다. 치마 날리는 소리가 예사롭지 않았다. 나의 앞날이 걱정스럽다.

어리버리 백수, 세상과 맞짱 뜨다

초판 1쇄 인쇄 2006년 3월 25일
초판 1쇄 발행 2006년 3월 31일

지은이 전은강
펴낸이 김연홍

편 집 안현주 조원미
디자인 임호
영 업 김은석 송갑호
관 리 박은미 고혜원

펴낸곳 디오네
출판등록 2004년 3월 18일 제 313-2004-00071호
주소 121-865 서울시 마포구 연남동 224-57
전화 02-334-7147 **팩스** 02-334-2068

값 8,800원

ISBN 89-89903-87-4 03810

주문처 아라크네 02-334-3887

잘못된 책은 바꾸어 드립니다.
저작권법에 의해 보호받는 저작물이므로 무단전재 및 복제를 금합니다.